年華似錦

1

風文創 199

天然宅 著

目錄

自序

天然宅

這部小說是小宅第一部作品，能夠出版是小宅的意外之喜。

寫這本書的時候，小宅還是個無憂無慮的女孩，如今幾年過去，小宅已經嫁為人婦，馬上就要當媽媽了。再讀自己第一部作品，就像看自己第一個孩子，雖然不夠完美，但也是珍而重之的心血之作，喜歡得不得了。

這部小說的靈感，源自於北宋時期狸貓換太子的戲說故事。大家關注的重點都在太子身上，沒人注意到狸貓的結局，狸貓似乎也只剩下為太子犧牲一條路可走了。然而，倘若被換的「狸貓」身體裡裝的是個聰明的成年人靈魂，結果又會怎麼樣呢？

小說中的女主角沈丹年是個聰慧的女孩，被狠心的親生父親用來交換太子遺孤，在「狸貓」命懸一線之際，忠勇雙全的養父救下她，還收養她。融入新家後的經歷，彌補了她前世對親情的渴望，她得到疼愛她的父母，瀟灑俊逸的「妹控」哥哥，在濃濃的親情中享受悠然恬靜的田園生活，經歷了精采而豐富的童年。

然而好景不長，就在沈丹年以為自己這輩子就會這麼過下去時，養父和哥哥卻被徵召去了戰場。為了拯救父兄，沈丹年勇敢地挺身而出，敲響了親生父親的家門……

沈丹年並不完美，她沒有傾國傾城的相貌，更不是運籌帷幄的巾幗英雄，她只是個普通的女孩，有點小聰明，有時又會犯二迷糊，更是個十足的小財迷。然而她聰明得恰到好處，認真回報著家人的愛，勇敢真摯地活著，這樣的她，吸引了很多人。

要成為一個真正幸福的女孩，親情、愛情、友情三者缺一不可，「狸貓」在嶄新的世界裡學習探索怎麼愛護家人、守護戀人、幫助朋友。只要付出，就有回報，善良的女孩總會尋到值得她守護一生的寶物。

這部小說寄託了小宅對親情、愛情與友情的理想，不管這個世界如何現實冷酷，小宅始終相信，只要用心、努力、積極地生活，就會有人不摻一絲雜質、全心全意地愛著自己，這個人可能是父母、親朋好友，也可能是相伴一生的愛人。

若有榮幸得到這份愛，請好好珍惜，認真去愛愛自己的人。

感謝編輯們的指導和支持，有他們的幫助，才能讓這套書問世。

小宅的第一部作品在文筆和情節上難免有不足之處，還望讀者朋友海涵。希望你們喜歡小宅講述的故事，有一個愉快的閱讀體驗！

第一章　穿越重生

丹華覺得自己似乎處在一個窄小黑暗的地方，擠壓感讓她覺得極為不舒服。就在丹華忍不住要扭動身體的時候，一股很大的力量拖著她向外滑去，她感覺周身一涼，空間猛然放大了，整個人似乎從那悶熱的環境中解脫了出來，還被人抱在懷裡。

此時，丹華聽到抱著自己的人欣喜地喊道：「恭喜夫人，是個漂亮的小姐！」

漂亮的小姐？是誰？

丹華意識稍微清醒了一些，她感覺自己被人赤身裸體抱在懷中，一陣風朝著自己的屁股飛去，「啪啪」幾個巴掌就落在自己的屁股上，痛得丹華下意識扯開嗓子啊啊叫了幾聲，幾滴淚水不受控制地從眼角滑落。

接著，丹華又聽到一個虛弱的女人聲音。「快，讓我看看，讓我看看！」

那人連忙把丹華抱到女人眼前，不住地誇獎道：「小姐長得真俊俏，看這小臉嫩的！我這輩子見了那麼多剛生下來的孩子，都沒見過這麼可人的娃娃！」

丹華止住了眼淚，睜開眼看向前方，一個面色蒼白的年輕女人映入了眼簾，她的額頭上滿是汗水，長長的黑髮散落在床上，正溫柔地撫摸著自己的臉，漂亮的眼睛裡全是愛意。

旁邊一個約莫二十多歲的女人，上前為那個年輕女人擦了擦汗，開心地說道：「我這外甥女長相隨妳，生下來還不鬧人，看著就讓人喜歡！」說著轉頭對抱著丹華的人說道：「劉嬤嬤，快幫孩子洗澡吧。」

丹華顧不上聽這個女人說的話，她注意的是用來擦汗的東西，是一條繡著花的白絲絹。這年頭，誰還在用手絹啊？更重要的是，那個女人身穿對襟盤扣的青色衫子，盤著髮髻，髮髻上還有兩根明晃晃的金釵，一身打扮就像電視劇裡的古代婦人，說話也不像現代人的語氣。

丹華有點恐慌，努力轉動著頭和眼睛，打量起四周。房間雕樑畫棟，人人都穿著古裝，自己則縮水成剛出生的嬰兒，一切的一切，都在向她宣告——她穿越時空成了一個剛出生的女孩！

未等丹華消化完這個事實，就被抱著她的劉嬤嬤放到溫熱的水中，洗起了澡。劉嬤嬤為丹華洗完澡，迅速擦乾她的身子，就拿過一旁準備好的衣服和棉被，俐落地把丹華包成一個粽子。

丹華被束縛得動彈不得，有苦難言。從一個成年人驟然穿越成了剛出世的嬰兒，心理上真是讓人難以接受。

劉嬤嬤小心翼翼抱著丹華，放在躺在床上的年輕女人身邊。不意外的話，眼前的年輕女人就是丹華這一世的娘親了，看樣子還不到二十歲，說不定還沒前世的自己大，為娘親擦汗的那個女人，應該就是自己的姨母了。

姨母向娘親問道：「妹夫到哪裡去了？眼下世道不太平，妳又要生孩子，他怎麼不守在家裡？要不是劉嬤嬤會接生，這兵荒馬亂的，上哪兒臨時找接生婆子去？妹夫到底在做什麼？他們蘇家到底想做什麼！」最後兩句話充滿了濃濃的火藥味。

年輕的娘親遲疑著開口了。「公公婆婆不知道我要生了。相公一大早就出門了，也沒說要去哪兒。」

「這個蘇晉田，愈來愈過分了！他是不是還想著那個姓秦的小姐?!」姨母怒氣沖沖地說道。

丹華的娘親低下了頭，聲音低不可聞。「能有什麼辦法呢？太子已經被害死，孩子也出世了，以後他應該會顧著我們娘倆吧。」

姨母見娘親臉色不好看，連忙說道：「囡囡出生了，這可是大喜事，妳先睡一會兒，我領著劉嬤嬤收拾一下。」說完，她就招呼著劉嬤嬤出去了。

丹華的娘親累得歪在床上睡著了，丹華被裹在被子裡，只能微微轉動脖子。剛才聽姨母和娘親的對話，讓她對未見面父親的印象差到了極點。

無奈丹華現在只是個連話都不會說的小嬰兒……小屋子裡的炭火燒得很旺，暖烘烘的，沒過多久，丹華就頂不住睏意，靜靜睡著了。

丹華是被推門的聲音給驚醒的，她迷迷糊糊睜開眼，就聽到年輕娘親驚喜的聲音。「相公，你回來了！」

年輕娘親從床上起身，小心抱起了自己，獻寶似地抱到來人面前，說道：「看，我們的女兒，從生下來就沒鬧過，乖得很呢！」

丹華看到了自己這一世的父親，一身玄色的長袍，墨色的長髮在頭頂盤成了一個髮髻，有些未融化的雪花散落在頭上。他的長相斯文英俊，手裡還提著一個鏤空的大木盒。

來人看著丹華，伸出手想摸她，手卻在半途垂了下來，滿臉愁容，沒有一絲初為人父的喜悅。

丹華的娘親看到丈夫這種態度，笑容僵在臉上，遲疑地問道：「相公，你是不是不高興我生的是個女兒……」

丹華的父親並未答話，而是轉過頭去，抹了把臉，揭開木盒的蓋子，裡面居然裝了一個嬰兒！他將嬰兒小心翼翼抱了出來，粉嫩嫩的嬰兒兀自睡得香甜，偶爾還抽動一下嘴巴。

娘親更加疑惑了，她惶恐地開口問道：「相公，這個孩子從哪裡來的？你這是要做什麼？」

父親看著丹華的娘親，神色頗為不忍，最終咬牙說道：「玉娘，這是太子妃今天剛生下來的小皇子！」

劉玉娘一聽，頓時倒抽一口涼氣，她伸出一隻手抓住他的衣袖，低聲喝道：「你瘋了嗎？太子已經被白家給害死了，你怎麼在這個時候去蹚渾水！你以為白家人會放過太子的兒子嗎？你不過是個六品主事，拿什麼跟白家人鬥？你想害死我們一家人嗎？」

蘇晉田任由妻子揪住自己的衣襟，痛聲說道：「我是鬥不過他們，老師也為我安排好了退路，不過……」

他低頭看向在他懷裡沈睡的嬰兒，緩慢卻有力地說道：「不過，我卻可以保住這個孩子。白家人現在還不知道太子妃已經生下了孩子，我讓小皇子聞了一些迷香，他一路上都很安靜，到時候就把他當我們的孩子養，日後誰也不會發現。」

劉玉娘卻極不贊同。「你怎麼保證白家人不知道？太子妃懷胎十月，白家人個個都盯著呢，現在她的肚子突然空了，拿什麼向白家交代？到時紙肯定包不住火！」

蘇晉田並未接話，只是一臉不忍地看著劉玉娘懷裡的丹華。

劉玉娘猛然醒悟過來，語氣顫抖地指著他問道：「莫非……你想拿我們的女兒去頂替太子妃的兒子？」

蘇晉田聽到這話，別過頭去，不敢再看劉玉娘。丹華聽聞此言，也是吃驚無比，沒想到她才剛出生，就碰到了這種事，一時之間心亂如麻。

丹華窩在娘親懷裡，抬眼看著父親。從他進門到現在，都沒正眼瞧自己一下，只顧小心抱著懷裡那個小皇子。

聽娘親的話，自己要是換到小皇子那裡，難逃被殺的命運。一想到這裡，丹華心驚肉跳，看向父親的眼神也充滿了不屑和惶恐。這世上竟然有這麼狠心的男人，不守在生產的妻子身邊也就罷了，還要讓自己的親生骨肉去送死！

劉玉娘看到丈夫別過臉去，便明白她猜得八九不離十了。她緊緊抱住丹華，抄起床上的枕頭砸向丈夫，哭罵道：「蘇晉田，你好狠的心啊！秦婉怡成了太子妃，你對她念念不忘就算了，現在居然要拿自己的親生女兒去換她的兒子！虎毒尚且不食子啊！」

蘇晉田慌忙上前捂住劉玉娘的嘴，環顧四周，緊張道：「夫人，切不可大聲，隔牆有耳啊！」劉玉娘被捂住了嘴，只能嗚嗚地哭不出聲。

丹華聽得清清楚楚，這個身體的父親仰慕一個叫秦婉怡的女人，即便她已嫁給太子，他自己也娶妻生子了，但對她的癡情依然不改。

這會兒眼看太子妃的兒子要保不住了，為了心愛的女人，他竟準備犧牲自己剛出世的女兒！

想到這裡，丹華對這個男人完完全全鄙視到底，道貌岸然的偽君子！不好好珍惜家裡的嬌妻，反而要為一個已經嫁做人婦的女人犧牲掉自己的骨肉！

蘇晉田把懷裡的嬰兒輕輕放到床上，上前便要抱過丹華，劉玉娘緊緊抱著丹華不放手，蘇晉田卻抓著丹華不肯撤手，使勁地扯。丹華細皮嫩肉的嬰兒身體，哪裡禁得起這麼大力的拉扯，頓時痛得哭出聲來。

劉玉娘一聽女兒哭了，心疼不已，手上一鬆，丹華就被蘇晉田搶了過去。劉玉娘望著空空如也的懷抱，不禁捂著臉痛哭。

蘇晉田也頗為不忍，勸慰道：「玉娘，我們以後還會有孩子的！」

劉玉娘像是猛然醒悟了似的，迅速抱起蘇晉田帶來的男嬰，將他高舉過頭頂，一臉決絕。「蘇晉田，你要是把我女兒抱出這個房門一步，我就摔死這個孽障，讓他們一家人到閻羅王那裡團圓去！」

窩在蘇晉田懷裡的丹華情不自禁地為娘親叫了聲好，然而此時她卻感覺到兩滴水滴到了自己臉上。房子漏雨了？丹華費力地扭過頭，竟看到蘇晉田的臉上早已是淚痕斑斑。

蘇晉田抱著丹華，撲通一聲跪在地上，正面對著舉著小皇子的妻子，喊道：「玉娘，我求妳了！小皇子是婉怡唯一的孩子，也是老師唯一的血脈了啊！」

劉玉娘聞言，終於忍不住哭出聲來，罵道：「難道我們的孩子就不是我唯一的孩子了嗎？你、你怎麼能這麼狠心?!」

蘇晉田低聲說道：「小皇子就是我們的孩子，以後我們還會有更多孩子。現在太子一派已經潰敗，老師單單為我留了後路，也是抱著要我們把兩個孩子調換的心思啊！」

他口中的「老師」，就是他的恩師，也就是太子妃秦婉怡的父親。

蘇晉田站起身來，低頭抹去眼角的淚水，喃喃說道：「玉娘，妳只是嚇嚇我，我知道妳最善良不過，妳連隻螞蟻都不忍心踩死，怎麼會狠心摔死一個剛出世的孩子？對不起，我保不住這個女兒，說不定……說不定白家見她是個女孩，成不了什麼氣候，就網開一面了。」

此時，劉玉娘手裡的小皇子忽然醒了過來，哇哇大哭不止，劉玉娘默默把小皇子放了下來，別過頭去，木然地坐在床上聽著嬰兒啼哭，不再說話。

蘇晉田見狀鬆了口氣，又囑咐道：「夫人，日後不可讓別人看出端倪來，蘇家上上下下的命，就懸在這一線上了。」

說罷，蘇晉田將丹華用包小皇子的黃布包好，放進木盒子裡，從袖中掏出一個小荷包，湊到丹華的鼻子下面，一股怪異的香味頓時侵襲了丹華的大腦。

在丹華昏迷前，最後看到的景象，就是父親合上了木盒的蓋子，一臉的悲戚不忍。

丹華是被一陣恐怖的笑聲給驚醒的，她睜開眼，就看到一個盛裝的中年貴婦人抱著她，望向前方，塗滿了蔻丹的長指甲若有似無地劃過丹華的臉和眼角。她一邊笑，一邊自言自語道：「齊旭峻啊齊旭峻，你娘和你都是敗在我手上的，現在你的女兒也在我手裡，要怎麼處置她，才能解我心頭之恨呢？」

貴婦人的表情愈來愈猙獰，劃過丹華眉眼的指甲力氣也隱隱加重，丹華心驚肉跳，生怕那個女人偏了手，指甲會直接插進自己的眼睛裡。眼見那血紅色的指甲離自己的眼珠子愈來愈近，丹華急中生智，「哇」的一聲大哭起來。

貴婦人聽到哭聲，回過神來，打量起在她懷裡的丹華。

丹華拚命抽泣，貴婦人嫌惡地看著哭聲愈來愈大的丹華，揚了揚手，旁邊的太監便立刻躬身走到貴婦人旁邊。

貴婦人隨手把丹華丟給了太監，拍了拍手，一臉無趣地說道：「抱去給張副統領吧，要他拿到離本宮遠一點的地方處理掉！」

太監點點頭，抱著丹華躬身行了個禮，悄然無聲地退了出去。

貴婦人背手站了起來，望著太監遠去的方向，低聲笑了起來。「一個女娃，就算是活在這世上，又能翻起多大的風浪？看來……我真是愈老愈狠心了。呵呵，峰兒，娘都是為了你啊！」

一個穿著鎧甲的中年男子候在殿外，從太監手裡接過了丹華。丹華只聽到太監對那個中年男子說道：「張副統領，這女娃可是慶妃娘娘交代給你的，這是天大的表現機會，處理乾淨了，有你的好處！」

張副統領諂媚地說道：「多謝公公，多謝公公！」

太監又慢悠悠地說道：「記得找一個離娘娘遠一點的地方，娘娘慈善，見不得血腥。」

張副統領繼續鞠躬哈腰，順手從腰間的荷包裡摸出一錠銀子，不動聲色地塞進了太監的手裡。

太監眉開眼笑地拍了拍張副統領的肩膀。「好好幹，咱家看好你！」

到了這個分上，丹華什麼都明白了，一顆心也沈到了谷底。看樣子，這些人是不打算讓自己繼續活下去了。只恨眼下自己是個連話都說不出來的嬰兒，反抗不得，人人都能魚肉之。

丹華回想起前世最後的記憶，她坐火車回家，火車在過橋時脫軌了，丹華在周圍人絕望的尖叫聲中眼睜睜看著車廂往外飛，下面就是幾百公尺深的峽谷。還未等到跌落地面那一刻，丹華就失去了意識，醒來以後，就變成嬰兒來到了這個世界。

前世的自己肯定已經死了，這世好不容易得到了新生，難道就這樣送了命？

張副統領抱著丹華一路朝北走去，丹華扯開喉嚨嚎哭，希望有人能來救自己，但讓她失望的是，偶然有宮女或太監路過，卻都是裝作沒看到也沒聽到的樣子，低頭匆匆離去。

漸漸的，看不到人煙了，張副統領走進了一個院子，院子裡殘垣斷壁，芳草萋萋。

他穿過齊腰深的雜草，逕自向一口井走去，他舉著丹華，就要往井裡丟，卻又嘆了口氣，對丹華說道：「孩子，妳莫怨我。是白家人要妳的命，我不過奉命行事，一家老小還指望著我呢！到了地府，要跟閻羅王多說說好話，求求祂，下輩子莫要讓妳再投身到帝王家了！」

迎面一股寒氣撲來，丹華已經看到那深不見底的井水，一顆心不禁劇烈地跳動，死亡的陰影再次籠罩到她頭上。到了這個地步，丹華只能安慰自己，說不定真能再穿越一次呢……

正當丹華心焦萬分時，忽然聽到一聲悶響，正要抓著自己往井下扔的張副統領軟軟地癱倒在地上，一隻有力的手穩穩抓住了自己。

丹華睜大眼睛看清楚救了自己的人──頭髮整齊地束在頭頂，一張臉白淨端正，眉目間隱隱有些凜然，穿著不起眼的青色長袍，年紀很輕，約莫二十出頭。

來人一隻手將丹華抱入懷裡，另一隻手拖著癱在地上不省人事的張副統領，往院子裡坍塌的房間走去。

丹華趴在他的肩膀上，看到張副統領歪著腦袋昏迷不醒，井邊的地上躺著一根手臂粗的木棒。她頓時明白過來，這個人八成是尾隨他們到這裡，特地來救她的！

救了丹華的年輕人讓張副統領背靠在一面牆上，轉身回到井邊，將木棒揚手扔進了井中。丹華只聽到「撲通」一聲，暗自心驚，若此人不來，那發出這「撲通」一聲的，就是自己了。

現在是冬天，水雖然還沒結凍，但肯定刺骨冰寒，就算不溺死也要冷死，光想就讓人渾身發抖。

目前看來她總算撿回了一條小命，丹華扯開沒牙的小嘴，向來人甜甜地笑了起來，不管他是不是救命的稻草，先抓住了再說。
來人抱著丹華向遠處拴馬的地方走去，他摸著丹華的臉，輕聲說道：「好孩子，這會兒可不能哭，千萬不能被別人聽到啊！」
丹華為了表示自己聽到了，奮力點了點頭，讓來人大為吃驚。他笑著點了點丹華的額頭，嘆道：「果然是太子千金，天生聰慧悟性高啊！」
丹華暗地裡翻了個白眼，真正的小皇子現在被她親爹寶貝到不行，她只是個狸貓換太子的山寨千金罷了！
來人將丹華小心地綁在他背後，披上放在馬鞍上的一條黑色大披風，把丹華蓋得嚴嚴實實，接著牽過馬，繼續朝北走去。
在黑色大披風遮掩下，丹華眼前一片黑暗，只聽得見馬蹄踏步聲，寒冬的狂風貼著披風呼嘯颳過。不知道走了多久，丹華感覺到男子放慢了速度，後背漸漸緊繃起來，周圍也有了人聲。丹華猜測這應該是到了出宮的宮門口。
到了宮門口，一個士兵攔住了馬，要求男子下馬接受檢查。
救了丹華的年輕男子下了馬，一副悠然不在意的模樣，問道：「這是怎麼回事，上午進宮時還沒有檢查呢？」
雖然他表現得一派輕鬆，然而他的身體卻是靠在馬上，手裡緊握著韁繩，隨時準備躍上馬逃命。

還未等到守門士兵回答，一個像是頭領的士兵一路小跑過來，朝守門士兵的腦門一巴掌拍下去，衝著他罵道：「不長眼的東西，沈百戶也是你能攔的？人家可是沈大人的弟弟，京畿防衛營的百戶啊！」

罵完小兵，頭領士兵轉過身，對年輕男子恭維道：「沈百戶，您請您請，新來的人不長眼，居然攔了您，我回頭一定好好教訓他！」

沈立言隨意擺了擺手，說道：「張小哥客氣了，你們也是奉命行事。哪天得了空，再請你們喝茶！」

說完，他抱了抱拳，飛身上馬，雙腿一夾馬肚子，轉瞬飛奔出了宮門。

丹華懸在喉嚨的一顆心，這才放回了胸口。

沈立言出宮後速度不減，奔跑了很久，才在一處院子門口停了下來，他推開門牽著馬進了院子，轉身立刻關上門。

一個二十歲左右的女人聞聲從瓦房裡走出來，白淨的臉上未施粉黛，身穿藍底白花的對襟盤扣馬甲、青襖布裙，手裡還牽著一個粉雕玉琢的小男孩。

小男孩年約三、四歲，眉目間依稀有沈立言的影子，他穿著青墨色的棉襖，衣領處露出一圈白絨絨的兔毛，配上小男孩白嫩的臉龐，更顯可愛。小男孩一看到沈立言，大喊了聲「爹爹」，便撲了上來。

沈立言趕緊騰出一隻手摟住小男孩，他指了指懷裡的丹華，示意小男孩不要大聲嚷嚷，又向站在對面的女人使了個眼色，拉著小男孩就往房裡走去。

沈立言帶著孩子進了瓦房的東屋，把丹華小心放到了床上，接著蹲下身抱起小男孩，讓小男孩湊到丹華面前，柔聲說道：「阿鈺，你不是一直想要個弟弟或妹妹嗎，爹爹幫你找了個妹妹，以後要好好照顧妹妹喔！」

年輕女人聞言吃了一驚，不由得問道：「相公，這孩子是……」

沈立言壓低聲音說道：「待會兒再跟妳說。」

小男孩一聽有了妹妹，立刻拍手歡呼起來，他小心翼翼伸出手指在丹華粉嫩的臉上點了點，開心道：「太好了，我有妹妹了！」

他隨後爬上了床，趴在丹華身邊，軟軟肉肉的手指觸著丹華的臉，黑葡萄般的眼睛裡滿是歡喜。「妹妹，快點長大，哥哥帶妳出去玩。」

旁邊的女人小心地拿帕子擦了擦丹華的小臉，跟小男孩一起逗起了丹華。

丹華突然覺得自己內心深處被輕輕撞了一下。自從穿越以來，她一直都處在擔驚受怕的情緒中，眼前溫馨寧謐的氣氛讓她心頭熱熱的。人一放鬆，眼淚便止不住地往下流。

一大一小兩個男人看到丹華哭得滿臉是淚便慌了手腳，女人沈穩地把丹華抱進懷裡，小聲哼著歌哄她，吩咐小男孩去旁邊待著，又要沈立言去燉雞蛋羹、洗鍋淘米，準備熬粥給丹華喝。

丹華哭累了，她從出生到現在一口水都沒喝過，又累又餓，沒多久就在女人懷裡睡著了。

第二章 溫馨家庭

不知睡了多久，丹華迷迷糊糊中聞到了雞蛋羹和米粥的香味，睜開眼，就看到大瓦房斑駁的屋樑，自己還是那個被包得嚴嚴實實的嬰兒，躺在床上，肚子餓得咕嚕直叫。

除此之外，她耳邊還有一陣陣細軟的呼吸聲。丹華奮力扭過頭，發現那個名叫阿鈺的小男孩挨著自己睡著了，他身上蓋著花布面的被子，白嫩的臉上掛著滿足的微笑，小小的鼻翼隨著呼吸一起一伏。

床的另一邊傳來了沈立言和妻子壓低聲音的談話，兩個人圍著一個小火爐，爐子上支著一口鐵鍋，鍋裡熬著米粥，咕嘟咕嘟冒著泡。

沈夫人——李慧娘怕米粥糊了鍋底，拿著一根木勺時不時攪拌一下，她小聲問著丈夫。「照相公這麼說，太子已經遇害了，那太子妃呢？」

沈立言嘆了口氣，說道：「我聽防衛營的人說太子妃被慶妃娘娘軟禁了，依照白家人的性子，怕是沒幾天能活了。」

李慧娘低頭攪著粥，問道：「你把張副統領打暈了扔在那裡，就不怕他事後查出來是你幹的？」

沈立言笑道：「太子千金是從他手上弄丟，他巴不得誰都不知道這件事呢，怎麼還會去查？那地方是荒廢多年的宮室，連個人影都沒有，他回去跟慶妃娘娘說他把嬰兒扔到井裡，難道慶妃娘娘還會派人撈上來看看不成？慧娘，別太擔心了，沒人知道，不會有事的。」

李慧娘聞言，嘆了一聲。「既然是相公領回來的孩子，就是我們的孩子。況且當初沒有太子的一句話，你也進不了京畿防衛營，我們是該救這個孩子。我擔心的是，家裡突然多了個孩子，大哥那邊會起疑心。」

沈立言低頭想了想，說道：「慧娘，往後半年妳就不要出門了，我對外就說妳有了身子，懷相不太好，得在家裡靜養。過個一年半載，妳和孩子就能出門見人了。另外，也要好好囑咐阿鈺，到外面不能亂說他有了個妹妹。」

李慧娘笑道：「相公，一年後孩子都多大了，怎麼看都不像是剛出生的。況且，鄰居們都還好說，不會多想什麼，可是大哥那裡……」

她往城中心的方向示意了一下。「怕是交代不過去。」

沈立言暗憋了口氣，語氣不由得加重了。「他大貴人一個，哪會對我這個庶出弟弟的閨女上心？」

李慧娘見自己提到了丈夫憋屈的地方，連忙轉移了話題。「相公，囡囡要取個什麼名字好呢？人家問起來，總不好說還沒取名字吧？」

沈立言沈思了起來，說道：「沈家到了阿鈺這一輩，女孩子名字裡都有一個丹字，像大哥的大女兒叫丹荷，二女兒叫丹芸。」

李慧娘點了點頭。「這孩子既然做了我們的女兒，也跟著取一個帶丹字的名字好了。」

沈立言說道：「不然叫丹華好了，跟荷還有芸一樣草字頭。」

丹華一聽，滿臉黑線。上輩子她就叫這個名字，結果被同學譏笑了好多年，只因丹華是「蛋花」的諧音。不，她這輩子絕對不能再被叫成「蛋花」了！丹華不由得抗議似地揮動起包裹在小被子裡的小胳膊和小腿。

李慧娘看到丹華動了一下，便知她醒了，她站起身把丹華抱了過來，逗弄著丹華的小鼻子，丹華被撓得癢到不行，奈何手腳都被包著，動彈不得，鼻子、眼睛、嘴巴皺成一團，逗樂了沈立言夫婦。

李慧娘笑道：「皇家的孩子就是不一般！想想阿鈺小時候，睡醒了要哭，餓了要哭，什麼都要哭，這孩子卻不哭不鬧。可憐她從小爹娘就不在人世了，看著就讓人心疼。」

沈立言笑呵呵地湊了過來，粗糙的手指輕輕劃著丹華的腦門，笑道：「以後就叫妳丹華了，好不好？」

丹華一聽，立刻擠出幾滴傷心淚，臉皺成了一團麻布樣，奮力扭動著身軀，堅決表示抗議。李慧娘連忙抱著丹華輕輕晃了起來，朝身旁的丈夫嗔怪道：「你取的名字孩子一點都不喜歡！」

沈立言頓時語塞。「要不……妳幫忙取一個？我哪裡懂那麼多啊，妳們女人的名字，不都是花花草草嗎？」

李慧娘白了他一眼。「就快要過年了，這孩子就叫丹年吧，好不容易撿了條命回來，希望以後年年都能平平安安，長命百歲。」

丹華一聽，不錯不錯，名字好聽合她意，也算徹底跟前世說再見了，立刻咧開沒牙的小嘴笑了起來。

沈立言笑道：「這名字好，既好聽又有涵義。」

說完，還不忘諂媚一下自家娘子，他跑到李慧娘身後，捏了捏她的肩膀，誇道：「還是娘子厲害！」

李慧娘笑著拍掉沈立言的手，吩咐他趕快盛一碗雞蛋羹來吹涼，她好餵丹年吃飯。

餵丹年吃了幾口雞蛋羹，李慧娘怕剛出生的孩子只吃雞蛋羹對身體不好，又吩咐沈立言盛了碗米粥出來。

等溫熱的米粥進了嘴裡，丹年才發現沈立言是把米搗碎了熬成米糊。李慧娘拿著小木勺小心往丹年嘴裡送米糊，丹年盡可能配合著張嘴嚥下去，沈立言則拿著帕子小心擦去溢出丹年嘴角的米糊。

沈立言對妻子感慨道：「照顧小孩子真是費心費力。阿鈺出生時，我剛入京畿防衛營，經常不能回家，都是妳一個人在照料，辛苦了！」

李慧娘臉一紅，別過頭去，小聲說道：「男人忙著做大事是應該的，提這個做什麼？」

沈立言聞言，放下帕子，把李慧娘與丹年擁入懷中，他輕輕拍著李慧娘的肩膀，說道：「以後就是我們一家四口過日子了。」

丹年夾在兩人中間，不滿地對著屋樑翻了個白眼。沈爸爸，女兒我還沒吃飽呢！

就在此時，床上的沈鈺翻了個身，醒了過來。他瞇著眼睛看到父母抱在一起，奶聲奶氣地說道：「爹爹，我也要抱抱！」

沈立言和李慧娘聽到兒子的話，很是難為情，連忙分開了。

李慧娘一邊餵丹年米糊，一邊說道：「阿鈺，快起來吃米糊，跟妹妹比一比，看誰吃得多。」

沈鈺一聽，立刻忘掉了「抱抱」這回事，他揉了揉眼睛，邁著小短腿從床上爬了下來。

沈立言為了掩飾自己的不自在，上前一把抱起沈鈺，帶著沈鈺到火爐邊，轉身從桌上拿過一個木碗，盛了半碗米粥放在小圓桌邊緣，沈鈺站在小圓桌旁，拿著一根小木勺吃起了粥。

丹年吃了幾口就飽了，她在李慧娘懷裡打量著正在吃粥的沈鈺，三、四歲的孩子，站得卻很筆直，吃相也很斯文，幾乎沒什麼聲音。

丹年回想起前世的弟弟，都五、六歲了，還要爸爸、阿姨、爺爺、奶奶幾個人輪番上陣拿玩具哄著才肯吃下一口飯，一頓飯下來，家裡到處都撒了飯菜殘渣。好在她在外求學，不用伺候那個小魔王。

這麼一對比，沈立言和李慧娘真的把沈鈺這個哥哥教導得很好，自己能來到這樣的人家，也算是幸運了。

丹年吃飽後就睡著了，一覺醒來，已經是第二天早上了。陽光透過窗戶照到了床上，沈鈺正趴在一旁，目不轉睛地看著她。

丹年覺得身下濕濕的，難受地扭來扭去，沈鈺一看丹年睜開了眼，亮亮的眼睛立刻彎成了月牙，拍手笑道：「娘、梅姨，妹妹醒了！」

話音剛落，李慧娘和一個盤著頭髮、身穿月白衫的年輕女子便從門口進來，往丹年那裡奔了過去。

月白衫女子像是頗有經驗的樣子，伸手就往丹年褲襠部摸去，丹年羞憤難當，剛要準備大哭抗議，就聽見月白衫女子說：「小姐，小小姐尿炕了。」

尿炕了，尿炕了……

幾個大字在丹年腦中盤旋，她不禁滿臉通紅。

眼尖的沈鈺慌忙叫了起來。「娘，妹妹臉好紅，是不是生病了？」

李慧娘趕緊將額頭貼到丹年頭上試了一下溫度，接著就起身寬慰兒子。「沒事，妹妹沒發燒。」

一旁的月白衫女子——也就是梅姨，早已俐落地擦乾了丹年的小屁股，幫丹年換好了尿布。丹年努力地麻木著自己的神經，為自己做心理建設——我是嬰兒，我是嬰兒……

沈鈺就在一旁，他一會兒摸摸丹年的腦袋，一會兒摸摸丹年的小臉，歡喜得不得了。

李慧娘看丹年醒來好一陣子了，心想丹年也該餓了，就遣沈鈺去小房間讀書，叮囑他說爹爹回來會檢查今天背了多少首詩，還保證她與梅姨會做好吃的午飯給他。

沈鈺一聽爹爹會檢查，戀戀不捨地望了粉嫩嫩的妹妹一眼，就乖乖進房看書了。

等沈鈺進了西屋，梅姨就坐到床上，一把掀起自己的衣襟，露出飽滿的乳房，抱起丹年就往上面貼過去。

丹年嚇了一跳，不斷抗拒，梅姨抱著丹年哄了半天，丹年敵不過，最後也想明白了。自己一個小嬰兒，光吃米糊和雞蛋羹哪行，喝不到母乳，說不定長大以後會發育不良，比起健康，現在這麼點小小的心理障礙，丹年淡定地忽略掉了。

梅姨看著懷中努力吸起奶的丹年，愛憐地對身旁的李慧娘說道：「小姐，小小姐真是個乖孩子呢，不哭也不鬧，方才我看她不願意吃奶，還以為要鬧上半天才肯吃呢！」

李慧娘也湊上來順了順丹年的頭髮，說道：「可不是，這孩子懂事得很，不哭也不鬧，我就怕她哭的聲音太大，讓人聽到了。」

她頓了頓，又說道：「阿梅，我們都多少年的姊妹感情了，怎麼妳還叫我小姐呢？叫我姊姊就行，都說過多少遍了……也不要叫丹年小小姐，好不好？」

梅姨聽到李慧娘這麼說，笑了起來，附和著連聲說道：「是，是，我的好姊姊！」

一句話說得兩人都笑了起來，但梅姨很快就收住笑聲，有些憂慮。「姊姊，家裡突然多了一個孩子，瞞得了一時，瞞不了一世啊！沈大少爺那裡都是精明人，可不好交代。」

李慧娘嘆了口氣。「相公的意思是這半年就不讓我出門了，在家裝作懷孕，等半年過後，就說丹年是我生下來的。可我總覺得，半歲大的孩子，會像剛出生的嗎？」

梅姨蹙眉想了半天，也沒想到合適的辦法，只好安慰道：「姊姊放心，以後我天天來幫丹年餵奶。姊姊就不用出門，安心在家帶阿鈺與丹年就行。半年以後，外面的風波早過去了，興許沒人會注意姊夫多了個女兒。」

李慧娘點了點頭。「眼下也只能這樣了。倒是妳，把奶水分給丹年，碗兒她怎麼辦，夠

了夢鄉。

吃嗎？」

梅姨不在意地說道：「碗兒已經九個多月大，也該斷奶了，怎麼都不能誤了丹年！」

丹年還想再多聽點資訊，奈何嬰兒的體力太差，吃飽後上下眼皮就開始打架，漸漸沈入了夢鄉。

等丹年再次醒來時，天色已黑，梅姨已經不在了。

她聽到大門似乎開啟了，沈鈺一聽到聲音，立刻奔了出去，接著就聽見他大聲喊著：「爹爹，今天怎麼這麼晚回來啊！」

沒多久，丹年就看到門簾一撩，沈立言牽著沈鈺走了進來，丹年趕緊閉上眼睛裝睡。

沈立言伸出冰涼的手指摸了摸丹年的小臉，慈愛地向一旁的沈鈺問道：「阿鈺，今天妹妹怎麼樣啊？」

沈鈺乖巧地回答。「妹妹很乖，一天都沒有哭過。今天梅姨來了，還幫妹妹餵了奶。娘要我去看書，說爹爹回來會考我。」

沈立言呵呵笑了起來，一把舉起沈鈺，說道：「乖兒子，考你之前，得先吃飯，吃飽了飯，才有力氣做事！」

丹年看著一家人圍坐在堂屋的小飯桌上吃晚飯，腦海中有些畫面閃過。前世的她也有過這樣溫馨的家庭，只可惜，媽媽在她八歲那年就去世了，一年後爸爸帶回一個阿姨，告訴她這是她的新媽媽。

阿姨剛開始對她很好，可不久後她就懷孕了，生了弟弟。爺爺、奶奶、爸爸的注意力全都轉移到弟弟身上。

阿姨跟爸爸說家裡的房子住不下，爸爸就把十歲的她送到寄宿學校，丹年只能在過年時回家一次，還得睡在客廳的沙發上，因為自己原來的房間給了弟弟。

就算她回家，也是個客人，爺爺、奶奶、爸爸、阿姨對她既客氣又疏離，小霸王般的弟弟剛想過來鬧她，就被阿姨給罵了回去，自己就像個外人似的游離在那個家裡。

丹年出事前接到爸爸的電話，說是外婆走了。外婆大概是媽媽走了以後，這世上唯一還記掛著她的人。她紅著眼睛買票上了車，結果，那班火車出了事故。

丹年看著眼前溫馨的一家人，羨慕不已，自己要是能融入這個家庭中，重新獲得家的溫暖，不知該有多好！

吃過晚飯，沈鈺被哄睡了。沈立言抱著丹年餵她吃米糊，李慧娘則就著昏黃的油燈，做一些針線。

等米糊餵得差不多了，沈立言忽然開口說道：「今天老太爺出事了。」

沈立言口中的老太爺，指的就是他爺爺。

李慧娘聞言，放下了手中的針線。「怎麼回事？今天回來這麼晚，就是因為這件事嗎？」

沈立言放下碗，面無表情地繼續說：「聽他們說，是早晨門口結了層薄冰，老太爺跌了一跤，醒來時已經不認人了。大嫂覺得是丫鬟沒伺候周到，已經命人杖斃了兩個。」

李慧娘吃驚地張大了嘴巴。「怎麼這樣……」
沈立言冷笑了一聲。「他們不是一直都這樣嗎？做事不留餘地，不給活路！」
李慧娘默默低下頭，心中如敲鼓般忐忑不定。「相公，若大哥和大嫂知道太子千金在我們這裡……」
沈立言輕輕晃了晃懷中的丹年，安慰妻子道：「沒事的，慶妃娘娘的兒子就要即位了，朝廷到了官員免職任用的大好時機，大哥平時跟白家人走那麼近，等的就是這麼一天。」
李慧娘聽了，更加擔心。「那白家肯定更得勢了，大哥為了討好白家，斷不會容忍丹年活著的。」
沈立言安撫道：「別急。眼下老太爺估計是撐不過去了，按照朝廷的規矩，子孫要回鄉丁憂三年。眼下這時機，大哥可捨不得走，這一走就得三年，等回來了，白家人哪還會記得他？」
李慧娘點頭道：「怪不得大哥和大嫂那麼生氣，連著打死了兩個丫鬟。」
沈立言道：「丁憂是一定要的，否則沈家子孫都要被人譴責不孝，但大哥一定不會走的。我猜，他肯定是想讓我去丁憂，他繼續留在京城裡步步高升。」
李慧娘從他懷裡接過丹年，不解地問道：「這不合規矩吧，你是庶子啊，爹他不回鄉丁憂嗎？」
沈立言起身為沈鈺掖了掖被角，慢悠悠地說道：「規矩都是人定的，要改自然能改。今天在大哥家裡，大哥和大嫂對我熱情得很，連夫人都要跟我說上兩句，這像是他們平時對我的態度嗎？他們想要我做什麼，明眼人都能看出來。爹身體不好，大冬天的回老家，說不定半路還要再辦一場喪事。」

李慧娘看著神色自若的丈夫，問道：「你的意思呢？你最不喜大哥一家了。」

沈立言微微一笑。「這正合我意。我們帶著阿鈺和丹年回老家住上一段日子，就說是在離開京城的路上生的，到時丹年就有個正大光明的身分了。」

李慧娘不禁讚道：「這主意好！只是相公你好不容易做到百戶，這一走，要再回來做官，可就難了。」

沈立言擺了擺手。「當初進京畿防衛營，全憑太子一句話，就算我不是太子那邊的，白家人也會把我劃分到那一派去，少不了會處理我。走了也好，只是要委屈妳跟我回鄉種田了。」

李慧娘連忙說道：「相公說的什麼話？哪來的委屈啊！」

沈立言微微一笑，接著說道：「回去的路上先去妳娘家一趟，帶著阿鈺和丹年拜會岳父、岳母。娘子嫁給我以後，都沒回過娘家，可想得慌？」

李慧娘一聽，眼眶就紅了起來，想抬手擦擦眼睛，卻發現手上抱著丹年，丹年兩隻圓溜溜的大眼正盯著她看。李慧娘被看了個正著，臉一紅，對沈立言說道：「相公，你可撿回來了一個小精怪！」

沈立言呵呵笑了起來，開始盤算起往後的日子。

第三章　驚心動魄

丹年醒來時已經是中午，窗外飄著大片的雪花，床腳邊的炭火爐燒得正旺，沈鈺踩著小凳子趴在窗前，雙手支著腦袋看雪花。

炭火爐裡發出啪的一聲，沈鈺回頭一看，發現丹年已經醒了，連忙跳下板凳叫來娘親和梅姨。丹年早就克服了心理障礙，喝起梅姨的奶水時心安理得，反正做個吃飽了就睡的米蟲也不錯。

梅姨餵飽了丹年，正在和李慧娘閒聊時，沈立言回來了。

一進門，沈立言看到梅姨，並不忌諱，直接搬了張凳子坐下來，端起桌上的水杯一飲而盡，對兩人說道：「老太爺走了！」

兩個女人俱是一驚，對看了一眼以後，李慧娘說道：「大哥那邊可有什麼動靜？」

沈立言把沈鈺抱到腿上，對妻子和梅姨說道：「我等會兒要帶著阿鈺去大宅那邊，妳和阿梅就在家裡等我們。」

「這……不好吧，我畢竟是沈家的媳婦。」李慧娘遲疑道。

沈立言說道：「我跟大哥還有大嫂說妳有了身孕，身體不舒服，大雪天的去不了。他們現在有事求我，不會在這種小事上計較的。」

李慧娘聞言便安下心，她點了點頭，站起身來找了件厚棉襖，把沈鈺裹得嚴嚴實實，送父子兩人出了門。

他們出門之後，梅姨就迫不及待地問了起來。「姊姊，妳和姊夫真打算回老家去？」

李慧娘輕輕搖晃著懷裡的丹年，說道：「眼下不得不去了，丹年在這裡不安全，老讓人提心吊膽，還是回老家過安穩日子比較好。」

梅姨聽了，撲通一聲跪到地上，一臉堅定地對李慧娘說道：「姊姊，我跟你們一起走！」

李慧娘嚇了一跳，丹年也驚異地張大了眼睛。李慧娘罵道：「妳說什麼渾話？碗兒才九個多月大，妳不要馮全和妳閨女啦?!」

梅姨眼眶一紅，眼淚掉了下來，她握住李慧娘的手，哽咽道：「奴婢是小姐的丫鬟，小姐走到哪裡，奴婢就跟到哪裡。要是相公他不願意跟小姐還有姑爺走，我讓他寫了休書另娶就是了，碗兒我自個兒帶著，還能跟小小姐作伴！」

李慧娘不禁罵道：「妳真是個不省心的，馮全是我當初千挑萬選幫妳找的，人老實，家裡又沒有父母，他又對妳一心一意，妳是他的妻，是他們馮家的人，好好的有哪個女人要拋棄夫君去投靠別人的！」

梅姨見李慧娘生氣了，低聲哭著，稱呼也改了。「姊姊，我若不跟著去，丹年該怎麼辦啊？這麼小的孩子，妳能一直餵她吃米糊嗎？」

李慧娘把梅姨從地上拉了起來，勸慰道：「丹年能活著來到我們家裡，這麼大的凶險都度過了，少吃幾口奶又會怎麼樣？這孩子很懂事，不管是渴了、餓了還是要便溺，也就嗯嗯幾聲，不哭也不鬧，我從來沒見過這麼讓人省心的孩子。妳好好回家去，照顧馮全和碗兒，就要晌午了，快去幫他們弄中飯，跟我們走的事情，想都不能再想了！」

梅姨見李慧娘態度堅定，只得點頭答應，含淚離開了沈家小院。

丹年躲在新娘親懷裡，眼巴巴地看著梅姨走了。她咂了咂小嘴巴，心裡重重嘆了口氣，看來離開京城，自己就沒奶喝了……

天黑時，沈立言帶著沈鈺回來了，兩人都穿著孝服，沈鈺早就頂不住睏，在沈立言懷裡睡著了。李慧娘輕手輕腳接過沈鈺，俐落地為他除去孝服和外套，將他放到床上，蓋好了被子。

丹年看沈鈺睡得跟小豬一樣，連娘親幫他脫衣服都沒醒，內心不禁樂開懷，彷彿扳回一城似的。虧他還每天在她面前妹妹長、妹妹短的，自己不也是個小孩子嗎？

李慧娘安頓好沈鈺時，沈立言已經脫了孝服，他對妻子說道：「大哥和我攤牌了，到時他會安排幾個人上書給新帝，說朝廷離不開他之類的，順理成章要我代替他去丁憂。」

李慧娘聞言，不由得譏諷道：「這還真是大哥的作風，既要面子，也要裡子。」

沈立言不禁笑了起來，他從懷裡掏出一個荷包遞給妻子，勸慰道：「也不完全是壞事，大嫂給了我幾張銀票和一些現銀，我昨天還在發愁我們回老家要怎麼過呢，這下可解了我的愁了。」

李慧娘微微一笑，接過荷包，把丹年放到床上，幫沈立言盛飯去了。

沈老太爺的死似乎沒有對這個家造成什麼影響，丹年米蟲般的日子過得安逸無比，梅姨每天來幫她餵奶，其餘時間餓了只要叫上兩聲，娘親就會餵她溫熱的米糊。

這樣過了幾天，丹年睡得正熟，大清早的就被院門口的爭吵聲給驚醒了。她聽見一個中年婦人的聲音，帶了點薄怒的味道。「二弟，弟妹身體不舒服，我這個做大嫂的來看她，你卻把著門不讓我進去，這究竟唱的是哪齣？」

丹年聽到沈立言不緊不慢地答道：「大嫂來看慧娘，那是慧娘的榮幸。不巧慧娘染了風寒，大夫說這病氣會過人，大嫂身體貴重，要是大嫂因為來看慧娘，而使貴體受損，我和慧娘哪裡擔當得起？」

丹年心下一驚，沈大少夫人居然那麼強勢地要進到屋裡來看娘親，莫非是她知道了什麼?!

李慧娘也是震驚不已，屋裡的繩子上搭著丹年的小衣服，火爐邊也掛滿了洗好的尿布，她手忙腳亂地將丹年的衣服、尿布胡亂取下，塞進床邊的櫃子裡。寒冬臘月，她的額頭上居然沁出了顆顆汗珠。

見李慧娘望向床邊，丹年趕緊閉上眼睛裝睡，沈鈺則是懂事地坐在床沿，安安靜靜看著自己的娘親收拾東西。

李慧娘抱起沈鈺，放到角落裡一個半人高的藤條箱子裡，隨後把裝睡的丹年放到沈鈺懷裡，壓低聲音對沈鈺說道：「阿鈺，你抱著妹妹乖乖躲在這裡，千萬不要讓大伯母看到，等會兒娘再抱你們出來。」

她抹了把汗，又囑咐沈鈺道：「你看妹妹要是快醒了，就搖搖她，千萬別讓她哭出聲。」

沈鈺懂事地衝著他娘親點了點頭，抱著丹年坐在藤條箱子裡，李慧娘摸了摸沈鈺的腦袋，隨即蓋上蓋子。

一進藤條箱子，光線立刻暗了下來，丹年從藤條縫隙中可以看到外面，緊張得額頭起了一層薄汗。沈鈺怕丹年這時候哭出聲來，輕輕地晃起丹年。

李慧娘拿出帕子來抹了把臉，攏了攏髮髻，就去開了堂屋的門，丹年在箱子裡聽到沈立言變了調的聲音。「娘子，妳怎麼出來了?!」

李慧娘作勢咳了兩聲，聲音也軟綿無力。「相公這是做什麼？大嫂那麼忙，還特地來看我，天這麼冷，怎麼能把大嫂攔在外面呢？大嫂，快屋裡請。」

沈大少夫人似是滿意地笑了，聲音也不似方才那般尖銳。「我道是怎麼了，原來是老二太心疼自個兒娘子了。」

話音剛落，就響起了幾聲女人們附和的笑聲。

沈大少夫人進屋後，扶著李慧娘躺到了床上，安慰道：「弟妹妳身子不爽利，趕緊躺著吧。」說著就轉頭吩咐同行的丫鬟去燒水、請大夫。

沈立言一開始站在沈大少夫人不遠處，垂著眼，聽她跟妻子說話。待聽到要丫鬟請大夫時，他立刻側身攔住丫鬟，對沈大少夫人說：「昨天大夫來看過了，說是染了風寒，也開了藥了。」

沈大少夫人神色滿是關切。「服藥後好些了嗎？發汗了沒有？」

李慧娘笑道：「多謝大嫂關心，昨天發了一夜的汗。」頓了頓，她又帶著羞愧的語氣說道：「我病得真不是時候，眼下府裡老太爺走了，大嫂不僅要打理後事，還要操持家務。我不但幫不上大嫂的忙，還累得大嫂來看我……」

李慧娘這些話對沈大少夫人很是受用，她的語氣放緩下來，拍了拍李慧娘放在被子外面的手，站起身，隨意在房間裡走動，假意抱怨道：「可不是嗎？這一大家子，大大小小都是事，我常跟你們大哥說，還是二弟日子過得好，搬出去單獨過小日子，光想都讓人羨慕呢！」

說著，沈大少夫人慢慢走到了藤條箱子前，丹年透過藤條縫隙，看見一個不到三十歲的婦人，身著月白對襟緞襖，上面繡著暗紋蝴蝶，下身則是一條同色的百褶裙，手裡捧著一個小巧的手爐，頭髮僅用一根白玉簪子盤在腦後，一張略顯消瘦的臉上掛著淡淡的笑容，那雙眼睛卻探究地慢慢掃過房間裡每樣事物。

丹年的心劇烈地跳動了起來，她看到沈大少夫人正在打量這個箱子。丹年緊張到能聽見自己的心跳聲，隔著縫隙，她幾乎要與沈大少夫人眼神相對了！

抱著丹年坐在藤條箱子裡的沈鈺，看到他的大伯母往這個方向走來，抱著丹年的小手緊了又緊，將臉貼到丹年的小臉上，丹年能感覺到沈鈺的臉上也是一片冰涼。

沈立言招呼起隨沈大少夫人來的管事，李慧娘則躺在床上，不敢多說什麼。沈大少夫人把房間整個打量了一遍，都沒發現什麼異常。

她重新在李慧娘床邊坐下，環顧了一圈，問道：「阿鈺呢？從進門就沒看見他，這大冷天的跑哪裡去了？」

李慧娘笑了笑，說道：「昨天阿梅來了，說家裡的碗兒已經斷奶，可以吃點軟的東西了，阿鈺好奇剛斷奶的小孩是什麼模樣，非要跟過去看看他的碗兒妹妹不可。我和相公怎麼勸都沒用，他還鬧得越發厲害了。我想到身上還帶著病，要是染給阿鈺可壞事了，就讓阿梅帶他去玩兩天。」

沈大少夫人探究地看了李慧娘一眼，見她臉色平靜如常，半天過後才笑道：「小孩子嘛，聽到什麼都覺得好玩。」

接著她話鋒一轉，意有所指地說道：「阿鈺到底是男孩子，是沈家的後人。我們做長輩的，得好好教導孩子，自個兒更是要立好榜樣，得知道什麼能做，什麼不能做。」

李慧娘聞言，立刻垂下眼睛，恭順地說道：「多謝大嫂教誨，慧娘受教了。」

話雖如此，她藏在被子裡的手卻用力握成了拳頭。

接下來，沈大少夫人和李慧娘及沈立言聊了一陣子，不外乎是些閒話，而丹年和沈鈺藏身的藤條箱子離炭火爐有些遠，丹年不禁冷得顫抖，卻不敢發出聲音。

又過了一會兒，沈大少夫人終於告辭了，在她踏出大門那一剎那，丹年和沈鈺幾乎同時長長地呼出了一口氣。

李慧娘和沈立言兩人親眼看著沈大少夫人的馬車走得看不見影子了，才慌忙進屋把丹年和沈鈺從藤條箱子裡抱了出來，而他們兩個早就凍得臉色發白了。

兩人趕緊把沈鈺和丹年抱進被窩裡，將炭火爐移到床邊，所幸兩個孩子並無大礙，不過一會兒便暖和回來了，躺在床上睡得香甜，沈立言和李慧娘這才放下心來。

沈立言輕輕幫熟睡中的沈鈺和丹年掖了掖被角，轉頭對妻子說道：「現在開始收拾東西，等老太爺頭七一過，我們就出發回老家。」

李慧娘有些吃驚。「這也太趕了吧，連個年都不過了？」

沈立言無奈地說道：「大哥和大嫂一定聽到什麼風聲了，張副統領跟大哥一向走得近，說不定會跟大哥他們說些什麼。」

李慧娘有些不安。「宮裡人那麼多，不至於會懷疑到我們這裡吧？」

沈立言嘆口氣道：「當年我隨師父在校場練刀，太子看到以後稱讚了我一句，一旁的防衛營千戶為了討好太子，就招我進防衛營，我才一步步做到百戶，所有人都覺得我該是太子的人，救下丹年那天又是我當值，大哥他們肯定會有懷疑。還是早日離京吧，早點走，對大家都好。」

李慧娘轉身看了看正在睡覺的兩個孩子，嘆道：「我們大人倒沒什麼，可卻苦了孩子們。這麼冷的天，要奔波這麼遠，真是遭罪。」

沈立言攬過妻子，安慰道：「大哥會先派人送老太爺的靈柩回鄉安葬，我帶著你們慢慢回去就行。阿鈺還小，妳又『懷著身孕』，族裡的人不會說什麼的。」

李慧娘點了點頭，和沈立言開始收拾起東西。

沈立言囑咐道：「衣服多數都帶上，大件家具就留下吧，說不定阿鈺將來長大了，還要回京城，總得有個住的地方。」

李慧娘聽了，淡淡一笑。雖然不知道會不會有那麼一天，但丈夫的話還是讓她寬慰不已。

沈大少夫人坐在飛奔的馬車上向沈家大院駛去，腳邊的小火爐燒得正旺，她心不在焉地輕輕敲著手裡的小手爐子，沈吟道：「老二家裡看不出什麼來，可老二媳婦這病倒是蹊蹺，要是有了身孕，身子又不爽利，我讓丫鬟去請大夫，老二應該沒有推辭的道理啊？」

「夫人也是多慮了，二弟本就跟太子沒什麼關係。況且，他馬上就要返鄉丁憂，以後怕沒機會再回京城了。」

答話的人是坐在沈大少夫人對面的男子，他正是沈立言的大哥，沈立非。他身穿寶藍色錦緞罩袍，一邊說話，一邊摩挲著左手拇指上的翠玉扳指。

沈立非的長相與沈立言有幾分相似，只是眉宇間神色冷硬。

沈大少夫人斜睨了丈夫一眼，慢條斯理地說道：「你那個弟弟雖然是庶出的，本事倒是一流。爹和娘從來不管他，他竟還能拜師拜到李通那裡；沒有官做，還能讓太子舉薦到京畿防衛營，京城裡多少達官子弟擠破腦袋都進不去的防衛營，可教他不費吹灰之力就進去了。」

李通曾官拜至將軍，在戰場上立下不少汗馬功勞，後來卻被告擁兵自重、通敵叛國，滿門男丁遭斬。

沈立非倚靠在馬車壁上，知道妻子是因為娘家弟弟沒能進防衛營而心裡有氣，笑道：「我知妳心裡不痛快，可現在二弟不是要走了嗎？好歹也算是給妳出了這口氣不是？」

沈大少夫人掩唇呵呵笑了起來。「他們走了就好！你說，你弟弟是不是個災星？李通收他當徒弟，後來被處斬了；太子舉薦他，結果被白家人……」

她話還未說完，沈立非便神色緊張地捂住她的嘴，厲聲疾色罵道：「婦道人家嘴上沒門，這些話是妳能說的？」

沈大少夫人望著丈夫略顯猙獰的臉，嚇得連聲音都出不來了。

沈立非鬆開了手，臉色卻依然難看，他低聲說道：「妳也別怪我太小心，要知道禍從口出的道理！妳在家裡說習慣了，在外難免會說漏嘴。」

沈大少夫人顫抖著聲音，連聲應道：「我知道了，知道了，我再不敢說了。」

沈立言的娘是個丫鬟，在他十五歲時就死了。在沈大少夫人的印象中，不管是公公、婆婆還是丈夫，都不怎麼待見沈立言，她沒想到丈夫會為這個庶出的弟弟大動肝火。

沈立非聽了妻子的保證，這才緩和了臉色，鬆了口氣，倚靠在馬車壁上，繼續摩挲著扳指閉目養神。

他緩緩開口道：「剛才嚇到妳了吧？等過了年，妳可是要帶著阿鐸、丹荷常去白夫人那邊多走動走動的，在家裡說這些話沒什麼，可要是順了口，在白夫人面前說漏了嘴，就害死一家人了。」

沈大少夫人慘白著一張臉，縮在角落不敢說話。在她眼裡，丈夫一直是個溫雅的儒生，無論什麼時候都風度翩翩，她從來沒見過丈夫如此猙獰的模樣，不由得打了個冷顫。

沈大少夫人沒出嫁之前，就聽說沈家老爺只有一個正房夫人，其餘只有幾個通房丫鬟，連個有名分的姨娘都沒有，盤算著沈家家風好，自己嫁過去後也能跟沈家夫人一樣把丈夫管得服服貼貼的。

誰知道沈家媳婦不好做，婆婆不讓自己的丈夫納妾，可對兒子納妾的事卻熱情得很，自己嫁過去不到一年，後院裡已經添了兩房妾，她們成天往婆婆跟前湊，不把自己這個正室放在眼裡，她們有了身孕，自己還得好生照看著。

沈大少夫人一想起家裡那個老太婆，就恨得牙癢癢的，不但處處壓著自己，還牢牢握著大權。

沈家能有現在的地位，倚仗的是沈夫人娘家。沈家從沈老爺這輩開始發跡，原先祖輩都在地裡刨食，不知道燒中了哪炷高香，沈老爺居然中了進士，派了京城的缺。

沈夫人的爺爺曾是從二品太子少傅，父親則是當今從三品大理寺卿。雖然沒有兄弟能幫自己撐腰，卻有個嫡親的姊姊嫁進雍國公府白家，就是現在白家二房當家夫人。

據說沈夫人年輕時在自家一次宴會上，隔著屏風看到了意氣風發、風度翩翩的新科進士沈老爺，傾心不已，因而成就了一段佳話。

憑著岳家的勢力，沈老爺在京城的日子過得順風順水，自然也對妻子言聽計從。沈大少夫人只恨自己的爹不過是個四品的國子監祭酒，不然婆婆哪能在自己面前擺這麼大的譜？沈老爺的娘親早已過世，沈老太爺人老實，也不管什麼事，前幾天又走了，婆婆更是一人獨大了。

沈大少夫人心裡長久以來都悶著氣。在她出嫁之前，娘家人以為沈夫人沒受過婆婆的氣，自然不會多為難兒媳婦，歡歡喜喜把她嫁了過去。

可誰會想到，沈夫人沒受過婆婆的氣，可等她當了婆婆，架子卻拿得比誰都大，成日顯擺自己有個嫡親姊姊是白家二房的主母。

沈大少夫人抬眼偷偷看向對面正在閉眼小憩的丈夫。丈夫遺傳了公公的俊美相貌，對自己所生的一雙兒女更是疼到了骨子裡。想到這裡，她內心稍覺安慰了些，反正老太婆年紀也不小了，還能蹦躂多久？等老太婆歸西了，沈家還不是她說了算！

沈立言和李慧娘把家裡的東西裝進了幾個箱子裡，等收拾得差不多時，沈立言讓妻子在家看著孩子，自己騎馬跑了出去。

再回來時，沈立言不但帶回了一輛馬車，馬車旁還拴了隻母山羊，牠身下的乳房脹成了紫紅色，還隱約滴著奶水。

沈鈺一看到母山羊，好奇得不得了，立刻跑上前去伸手要摸母山羊，沈立言連忙將他抱開。

「阿鈺，這母山羊是給妹妹喝奶用的，你莫要嚇到牠。」沈立言解釋道。

沈鈺一聽是要給妹妹用的，就不鬧了。

李慧娘抱著丹年走上前來，笑道：「還是相公有想法，我正愁這一路上丹年要吃什麼呢！」

丹年望著母山羊那脹得發紫的乳房，暗自嫌惡地吞了口口水。不過現在形勢實在不由人，她連人奶都心安理得地喝了，何況是羊奶！

沈立言送了母山羊回來以後又匆匆出去了，等他再回來時，天已經黑了。

丹年閉著眼睛裝睡，耳朵卻豎得老高，偷聽沈立言和李慧娘的談話，聽他們的意思，是明天一大早就出發。

沈立非提議要派人護送他們，被沈立言婉言謝絕，還不死心，又拉著沈立言當眾表演起兄弟情深的戲碼。

李慧娘一聽，秀眉立刻皺了起來，罵道：「真是個無恥小人！」

沈立言哈哈一笑。「我早就看開了，以前總想著要跟師父一樣上戰場殺敵，馬革裹屍，才是熱血漢子。」

李慧娘不禁嘆道：「李將軍是個好人。」

丹年聽了，好奇心大起，正準備繼續聽下去時，那兩個人卻把話題轉移到先回李慧娘娘家一趟的事情上了。

第四章　安居農莊

等丹年再次醒來時，已經身處不斷奔馳的馬車上了。李慧娘抱著丹年，沈鈺則挨著李慧娘坐著。道路坑坑窪窪，顛簸得很，沈鈺板著一張小臉，堅持坐得挺直。

正值春節，一路上行人寥寥，到處都能聽到爆竹聲。沈立言他們白天只能在馬車上啃饅頭配鹹菜，也不敢讓丹年出來，怕被有心人看到。

丹年看到沈鈺被折騰得無神的雙眼，心裡很是過意不去。要不是為了她，沈立言和李慧娘肯定會等到開春才帶著沈鈺回鄉，也不會這麼著急，連個年都不過了。

幸好現在是寒冬時節，道路上的雪水都被凍結實了，路比往常好走了許多。就這樣，馬車走走停停一路向南，一個多月以後，他們到了李慧娘娘家附近的舒城。

李慧娘的娘家在一個離舒城約莫二十里路的莊子上。沈立言和李慧娘商量好，要在那裡住到丹年長大一些。

按規矩，沈立言得立刻帶著一家人上路回老家丁憂，但沈立言堅持妻子懷了身孕，身子不適，不能長途跋涉，否則會傷了腹中的胎兒。沈立非讓沈立言代替他丁憂已是於理不合，心虛之下怕惹惱了沈立言，讓他拖自己下水，只得同意他的要求，還「貼心」地寫信給老家的族長打招呼。

馬車緩慢行駛在鄉野的路上，初春的風柔柔地吹了進來，正在駕車的沈立言轉頭向車廂裡喊了一聲。「慧娘，妳看右邊田裡的老丈是不是岳父大人？」

李慧娘聞言抱著丹年探出頭去，丹年看到一個中年男子身著青色棉袍，提了個籃子，正躬身拔著田裡的雜草，一張臉顯得黝黑粗糙。

李慧娘只看了一眼，眼淚就止不住地往下掉，落在丹年的小臉上。她帶著濃重的哭腔，朝那中年男子喊了聲。「爹！」

中年男子拔草的手頓了一下，直起身子回頭看了一眼。

李慧娘激動得馬上就要下車，沈立言慌忙阻止，只讓妻子從馬車車窗露臉。

中年男子看到李慧娘，歡喜得扔了籃子飛奔過來，連聲問道：「慧兒，真是妳嗎？妳怎麼回來了？」

李慧娘趕緊擦去眼角的淚水，說道：「爹，我們回家說。」

中年男子點點頭，鑽進了馬車，愛憐地摸了摸丹年的小臉，問道：「男娃還是女娃？」

李慧娘遲疑了一下，才答道：「女娃，剛滿月沒多久。」

沈立言與李慧娘早教過沈鈺要在外公、外婆面前好好表現，見中年男子進了馬車，沈鈺便竄進他懷裡，親熱地喊著「外公」，喜得他抱著沈鈺捨不得放手。

過了一會兒，中年男子看到沈立言站在馬車外低頭賠笑，「哼」了一聲，抱著沈鈺鑽出馬車，帶著一行人朝家裡走去。

等走到一家農戶的院子裡，李老丈就嚷開了。「慧兒她娘，快出來，慧兒回來了！」

話音剛落，灶房裡就鑽出一個中年婦人，一看到李慧娘，中年婦人手中的瓢立即掉到地上。沈立言一從李慧娘手裡接過丹年，她就快步上前去和中年婦人哭著抱在一起。

李老丈訓斥道：「閨女一家回來是件大好事，妳們這些女人哭啥啊？」話雖如此，他自己卻偷偷擦了一下發紅的眼角。

待兩人分開，沈鈺和丹年又被抱到他們外婆面前逗弄了一番，尤其是沈鈺，人長得好看，嘴巴又甜，讓兩位長輩歡喜非常。

打完了招呼，李慧娘去灶房裡幫她娘親做飯，李老丈則進了堂屋，一邊抱著丹年哄她玩，一邊拉著沈鈺，問他讀過什麼書。

沈鈺乖巧地答道：「爹教我讀了《論語》和《孟子》，現在在學《說文解字》。」

李老丈似乎很滿意沈鈺的回答，他看了恭恭敬敬站在一旁的沈立言一眼，硬邦邦地丟了一句。「教得還不錯！」

沈立言忙躬身道：「小婿不敢當。」

李老丈聞言，又「哼」了一聲。

丹年有點想不通，沈立言人長得俊秀，和李慧娘恩愛有加，怎麼李老丈就是看他不順眼呢？她心中這個疑問，在一家人用飯一陣子之後得到了解答。

酒過三巡，李老丈情緒放鬆不少，他拍著沈立言的肩膀，說道：「當年我和你父親同在書院求學，好得跟親兄弟一樣，還為未來的孩子訂下親事。他後來中了進士，留在京城；而我爹突然離開人世，我娘身體又不好，我便專心務農，沒再去過書院。」

李老丈接著說道：「眼見慧兒到了嫁人的年紀，來說媒的人不曾少過。我雖然只有這麼一個女兒，可我還記得當年跟同窗的約定。託人捎信給你爹，你爹滿口答應，可他沒說來迎親的不是他嫡親的兒子啊！」

雖然李家不過是農戶，但莊子並不小，還得雇人幫忙。李老丈骨子裡文人思想濃厚，又跟沈立言的父親在口頭上有婚約，擔心莊子裡有男人進進出出，會對女兒名聲不好，所以他們夫妻才在李慧娘年幼時就找了個丫鬟阿梅來伺候她，教養上可謂相當用心。

沈立言知道岳父說到了傷心事，也不打斷，而是笑笑地繼續為他斟酒。

「你來迎親的時候，我一問，氣了個半死。他沈國齡也太沒仁義了，要是嫌棄我們家窮，配不上他們家，這婚事也就罷了，偏偏找了個庶子來娶我閨女，這算什麼？」

李慧娘一聽，擔心地朝沈立言看一眼，不滿地嘟囔。「爹，您提這個做什麼啊？」

沈立言笑著打斷了妻子。「爹說得對，這事確實是我們沈家不對。」

他站起身對李老丈夫妻行了個大禮，深深彎下腰去，起身時說道：「岳父、岳母，婚姻是父母之命，立言不敢違抗。立言只能盡自己最大能力來照顧慧娘，保證絕不會讓她受一絲委屈。」

李慧娘在一旁臉色通紅，李老丈則哈哈大笑，說道：「你是個好孩子，沈國齡那老傢伙有福氣，能有你這樣的好兒子！」

沈立言思量了許久，趁岳父和岳母高興，輕聲說出丹年的來歷與自己的打算，李老丈夫妻俱是一驚。

李老丈沈默了半晌，說道：「我果然沒看錯你，你是個有情有義的好漢子，你們就安心在這裡住下來吧。」

李慧娘的母親宋氏說道：「東院以前是慧兒的住所，平日我都有在打掃，你們就住在那個院子吧。」

說完，宋氏又不放心地補充道：「慧兒，妳就躲在房間裡，誰來也不許出去。」

李慧娘笑著答應了，問道：「文笙不在家嗎，可是還在書院？」

宋氏笑道：「妳這個弟弟啊，讀書都要讀成癡呆了。書院一個月才休息一次，他還捨不得回來呢！」言語間充滿對兒子的自豪。

李慧娘也笑道：「我嫁出門的時候，文笙才一丁點大，他拉著我不放，哭著不讓我走。」

「文笙現在人長大，也懂事了。等他回來，妳再好好看看他，他的變化可大了。」李老丈插話道。

飯菜香夾雜著酒香，一家人的話匣子全打開了，他們互訴這些年的思念與回憶，直到兩個孩子開始打盹了，才告一段落。

因李老丈夫妻對沈鈺很是疼愛，所以將他留在主院裡休息，沈立言夫妻則帶著丹年去了東院。

晚上，沈立言靠在床上，感慨道：「娘子，妳當初知道我是庶子，可有意見？」

李慧娘把丹年放到床上，一副無可奈何的模樣。「花轎都到門口了，我還能不嫁嗎？」

沈立言悶哼了一聲，有點不高興。

李慧娘笑了起來。「剛開始心裡確實有些不願意。可我圖的是你的人，又不是你的身分，都什麼時候了還介意這個？」

沈立言不好意思起來，藉機轉移話題。「我們快去岳父、岳母屋裡把阿鈺接過來吧，這麼晚了，要是鬧騰起來，他們怕是吃不消。」

李慧娘看出丈夫的心思，暗暗笑了一下，把丹年放到被窩裡，兩人就相攜去了主院。

丹年相當不滿，朝屋頂翻著白眼。這對夫妻，又在小孩子面前上演鶼鰈情深外帶打情罵俏的戲碼了……

春去秋來，丹年來到這個世上已經十一個月了，她第一次口齒不清地喊出爹、娘時，沈立言和李慧娘幾乎喜極而泣。

雖然清楚地知道自己不是沈氏夫婦親生的，但是丹年卻把他們當成自己的親生爹娘來對待。

沈立言在皇宮救了她，李慧娘無時無刻都盡心盡力照顧她，就連外公、外婆也非常疼愛她。

八月時李老丈夫妻為丹年辦了場酒席，正式向鄉親們宣布李慧娘生下丹年，宋氏身兼外婆與接生婆。

為了掩人耳目，宋氏把丹年包得跟顆粽子一樣，連臉都遮得很嚴實，才讓沈立言抱著她在酒席中晃了一圈。

至此，丹年終於有了一個「合法」的身分了。

丹年歪歪地靠在床上回想往事，肉呼呼的手腕上和脖子上還戴著宋氏找人打的銀鐲子和長命鎖，鎖上還刻著「沈丹年長命百歲」幾個字，讓她心頭暖了好久。

沈鈺趴在床邊，拿著一隻布老虎逗著丹年，他引誘丹年伸手去抓布老虎，等丹年伸出手，他就快速把布老虎拿到高處。

幼稚！丹年非常不以為然。

雖然丹年很想抓到布老虎讓沈鈺吃驚，可惜沒辦法。她現在是個不滿一歲的嬰兒，嬰兒的眼睛還沒發育完全，看到的物體和實際上的位置有偏差，因此總是失敗。

丹年並不氣餒，繼續和沈鈺手中的布老虎奮鬥。她急得滿頭冒汗，沈鈺卻開心得哈哈大笑。

此時李慧娘抱著一個木盆推門進來，看到沈鈺在欺負丹年，伸手就往沈鈺腦門上敲了一下。「又欺負妹妹！」

沈鈺笑嘻嘻地辯解道：「沒有，我是在逗妹妹玩。」

李慧娘笑著搖了搖頭，囑咐沈鈺。「好好看著妹妹，我去晾衣服，妹妹要是哭了，就叫我。」

沈鈺乖巧地點頭，等他娘親一推門出去，便又拿著布老虎逗丹年。

丹年怎麼也抓不到布老虎，又急又惱，含含糊糊罵出聲來。「鍋……鍋……壞！」

沈鈺一愣，隨即跳了起來，把布老虎扔到一邊，跑到院子裡找娘親，興高采烈地告訴她妹妹會喊哥哥了。

雖然丹年第一次喊他是在罵他，不過沈鈺還是相當滿足。

從那天開始，沈鈺的興趣也從拿布老虎逗丹年，轉移到教丹年說話上。等丹年再稍微長大一點，發音也不那麼含糊了，他就用周圍的東西教她說話，他指著門外昂首挺胸經過的大黃狗，一字一字地說道：「那、是、小、狗。」

沈鈺說起話來奶聲奶氣，丹年覺得很有趣，跟著沈鈺唸道：「那、是、小、狗。」

沈鈺接著唸道：「我、是、丹、年。」

丹年不想掃小孩子的興，繼續跟著唸：「我、是、丹、年。」

沈鈺更有興趣了，看著粉嫩嫩的妹妹，他的壞心思湧現，慢慢地唸道：「丹、年、是、小、狗。」

丹年聽了，眼睛一瞇。這小屁孩還真把自己當成是什麼都不懂的小嬰兒呢！

她眼珠一轉，緩緩開口了。「哥、哥、是、小、狗。」

沈鈺一聽到丹年這麼說，愣了一下，很有耐心地「糾正」她。「不對，跟著我唸，『丹、年、是、小、狗。』」

丹年悄悄撇了一下嘴，繼續逗沈鈺。「哥、哥、是、小、狗。」

沈鈺急了，抓住丹年的手搖了又搖。「怎麼妳就是說得不對呢？」

丹年卻笑了，心裡樂開了花。

等到丹年滿一歲時，已經開始跟大人們一起上桌吃飯，雖然胳膊和腿依然軟軟的沒力氣，卻也能下地走上幾步路了。沈立言帶著他們告別李老丈和宋氏，往沈氏老家趕去。

出發前，李老丈告訴他們這一年來往舒城的官道不甚太平，有好幾起土匪搶劫案，叮囑他們要小心，碰上劫匪只管給些銀子，保住性命比較要緊。

沈立言連忙答應，而丹年則是有些好奇。她來古代這麼久，頭一次聽說土匪的事，好奇遠遠多於害怕。她的爹爹沈立言曾是京畿防衛營百戶，當初就是因為身手好才被太子讚譽，對付幾個土匪肯定不成問題。

憑著對萬能爹爹的信任和崇拜，丹年毫無心理負擔地上了馬車。

到了半路，丹年趴在李慧娘懷裡，正被山路顛簸得昏昏欲睡時，忽然覺得馬車猛然停了下來，遠處還能聽到一些尖叫和叫罵聲。

沈立言一把掀起車廂的布簾，沈聲囑咐道：「前方有幾個人影，情況不太正常，你們快出來躲到麥稈堆裡。」

李慧娘點了點頭，抱著丹年、拉著沈鈺快步下了馬車。路旁有很多農戶用收割下來的麥稈堆起來的高大草堆，沈立言掏了個洞，就讓李慧娘帶著孩子躲了進去。

沈立言從懷裡掏出一把匕首，塞到李慧娘手裡，又把麥稈蓋在他們身上，便轉身往前跑去。李慧娘把兩個孩子緊緊抱在懷裡，手上還緊握著匕首。

麥稈堆內悶熱不堪，潮氣又重，丹年覺得時間過得格外漫長，只要有一點風吹草動，她就忍不住想尖叫。

不知過了多久，蓋在三人身上的麥稈被人一把扒開了，空氣彷彿一下子全湧了進來，李慧娘如釋重負地喊道：「相公！」

丹年這才安下心來，長舒了口氣。

沈立言駕著馬車，帶他們去看望前方幾個人。原來這裡還真有土匪攔路搶劫，那四個土匪已經被捆得結結實實，扔在路旁。

另一輛馬車旁站了一個皮膚黝黑、濃眉大眼的年輕男子，和一個抱著孩子的年輕女人。看到沈立言一家下馬車走了過來，年輕男子立刻拜謝道：「要不是恩公出手相救，我這一家哪裡能保得住安全！」

沈立言立刻上前扶起年輕男子，說道：「兄台客氣了，在下也是路過，幫你們就是幫自己。」

丹年看到對面的女人懷裡也抱了個小女孩，看起來跟自己差不多大，正盯著自己和沈鈺看。她的皮膚有點偏小麥色，一雙大眼睛極為靈活，咕嚕咕嚕轉動，時不時還雀躍地笑上幾聲。

丹年猜想這小女孩膽子肯定很大，剛才現場亂成那樣，也沒嚇到她，反而樂成這樣，大概是以為碰到什麼好玩的事情了。

抱著小女孩的女人上前和李慧娘攀談，道謝過後，兩個女人就開始話起了家常。

著。

沈鈺懂事地坐在自家馬車車廂外的駕駛座上，從李慧娘手裡把丹年接過來抱到他腿上坐著。

丹年聽了兩人的談話一會兒，大約知道這家的男主人要到京城述職，可沒想到遇上四個土匪，男主人根本敵不過，正好沈立言趕來了，拿著一根胳膊粗的樹枝舞得虎虎生風，兩人合力制伏了土匪。

丹年垂著眼睛聽著，卻總感覺有道目光盯在自己身上。抬眼一看，那個年輕女人懷裡抱著的小女孩一臉興奮地用自己的大眼睛對著她上下掃視。

丹年想了想，覺得自己怎麼也是個思想成熟的大人，見了同齡小朋友，得先表示一下友好，於是很客氣地向大眼睛小女孩招了招手。哪知她熱情地揮舞了幾下以後，大眼睛小女孩卻不為所動，繼續盯著她看。

等丹年觀察了一會兒，才發覺那個小女孩看的不是她，而是丹年背後的小帥哥沈鈺。

丹年費力地扭頭看向背後的沈鈺，只見沈鈺抱著自己坐得筆直，眼觀鼻、鼻觀心，抿著嘴不吭氣，一臉嚴肅，正氣凜然。丹年不禁感慨沈鈺這麼小，就知道在外人面前裝老成，小小年紀就騙人，這可不好。

丹年再轉過頭看大眼睛女孩，她依舊牢牢盯著沈鈺看。

此時沈立言帶著那個年輕男子走過來了，他介紹道：「這是步軍副尉廉大人。廉大人，這是賤內、犬子和小女。」

李慧娘趕緊向年輕男子行了個禮。「民婦拜見廉大人。」

沈立言抱起坐在沈鈺腿上的丹年，沈鈺跳下馬車，向廉茂規規矩矩拜了一拜。「沈鈺見過廉大人。」

廉茂性格直爽，看到沈鈺一副小大人的模樣，非常喜歡，他連連誇讚沈鈺小小年紀就有如此氣度，長大後肯定大有前途。

丹年不屑地扭頭看向別處，心想——你見過沈鈺拿著布老虎逗我時那一臉白癡相嗎？

廉茂聽說沈立言是京城沈家人，現在要返鄉丁憂後，態度頓時變得有些微妙。他問了沈立言和沈鈺的年齡，抱過妻子懷裡的女兒，說道：「沈兄，這是小女，名字叫清清，現在一歲多。若是沈兄不嫌棄，我們兩家結個娃娃親怎麼樣？」

丹年瞪大眼，要是正在喝水，肯定噴了一地！沈鈺還不到五歲，那小女孩才剛一歲耶！

沈立言微微一愣，委婉地推辭道：「廉大人太客氣了，孩子還小。」

李慧娘也有點緊張地盯著沈立言和廉茂。

廉茂笑道：「沈兄太自謙了，我看阿鈺這孩子小小年紀就進退有度、氣度不凡，將來定有一番作為。」

沈立言笑了起來。「廉大人有所不知，犬子人前一個樣，人後一個樣，頑劣不堪，哪配得上令千金？」

廉茂有些急了。「沈兄對我們一家有救命之恩，無以為報，所以想跟沈兄結個親，莫非沈兄嫌棄小女？」

丹年不禁目瞪口呆。人家救了你，你還要把閨女硬塞給人家，哪有這種道理啊！

沈立言見廉茂堅持，便笑道：「承蒙廉大人看得上阿鈺，不過現在孩子們還小，要是將來孩子們另有想法，我們再做商議如何？」

廉茂聽到沈立言同意了，立刻眉開眼笑地抱起了沈鈺。

丹年憐憫地看向沈鈺。雖然她老是覺得這個現成哥哥愛欺負她，可他這麼小就被那個大眼睛小女孩給霸占，實在讓她心裡不痛快。

晚上，沈立言一家在客棧投宿，這裡離沈氏老家已經很近了。李慧娘打了盆熱水幫兩個孩子洗臉、洗腳，沈立言則披上衣服，就著油燈看書。

待兩個孩子睡下後，李慧娘出門把水倒掉，一言不發地收拾著行李。

沈立言嘆了口氣，放下書，上前按住妻子的手，低聲道：「慧娘，今天的事情讓妳心裡不痛快了。」

李慧娘深吸了口氣，表情酸澀地開口了。「阿鈺還小啊……那位廉大人一看就是個精明人。」

沈立言嘆道：「廉大人的爺爺廉崢大人是右僉督御史，他與朝中大臣普遍交好，一家歷經三朝不倒，阿鈺要是能有這樣的岳家，將來日子也不至於像我一樣難過。況且，妳當廉大人真的是看上了阿鈺嗎？」

「你的意思是……」李慧娘有些疑惑。

「廉大人父親早逝，是他爺爺把他帶大的，跟著老狐狸長大的小狐狸，能差到哪裡去？

我看，廉家是想跟沈家結親。」沈立言解釋道。

「可大哥也有兒子啊，阿鐸和阿鈺差不了幾天，他為什麼不直接找大哥結親？」李慧娘更不明白了。

「要是廉大人跟大哥結親，那就是白家一派了。前太子那派人和反對白家的人，都會將他視為死對頭。他聰明就聰明在，結親的對象是沈家庶子的兒子，與大哥算得上是近親，可又不會讓自己陷入黨派鬥爭中，無論將來哪一方勝了，他都不吃虧。況且現在白家聲勢如日中天，能與沈家結親，怎麼算都是他占便宜。」沈立言耐心地說道。

李慧娘聽了仍舊是不爽快，沈立言便笑著哄道：「我們說不定就一輩子待在老家種地了，廉大人肯定捨不得把女兒嫁到鄉下。這婚約也就是個口頭約定，先悔婚的，肯定是廉家！」

丹年其實沒真的睡著，她把沈立言和李慧娘的談話聽得一清二楚。

她關心的不是廉茂的小心思，而是這個時代對兒女親事的看法。原以為就算古代人結婚早，也得等到十幾年以後，沒想到竟然這麼早就有人在訂娃娃親了！她自己是不是也該趁早謀劃一下，免得三、四歲時就被糊裡糊塗指給哪個抽著鼻涕的小鬼了……

在迷迷糊糊陷入夢鄉之際，丹年便這麼下定了決心。

第五章　初來乍到

在客棧過夜後隔天，經過一上午行駛，他們終於回到沈氏家族世居之地。沈立言先領著一家人帶禮物去拜見沈氏族長，按規矩，沈鈺和丹年要喊他伯爺爺。

因為丹年現在對外宣稱的年紀只有四、五個月大，李慧娘怕被人瞧出不對勁，一直把丹年抱在懷裡，沒敢放到地上。族裡的大媽、大嬸都誇丹年長得漂亮又結實，聽得李慧娘臉上帶笑，一顆心卻吊得老高。

沈氏族長生得慈眉善目，頭髮和鬍子有些花白，族長夫人的模樣則很福泰，還特地拿出一雙小繡鞋給丹年做見面禮。

丹年很喜歡那雙小繡鞋，大紅的鞋面上繡了幾朵開得正豔的牡丹花，還綴有一圈兔毛，紅白相襯，很是好看。

族長安排他們一家先住在祠堂旁邊的偏院裡。沈立言他們家這一脈從沈國齡把他的父親，也就是沈老太爺接去京城之後，原本的房子就再沒人住過了，早已破敗不堪，無法住人。

沈立言和李慧娘商量找鄉親們把老房子推倒，再重新蓋三間大瓦房，一家人長住的問題就解決了。

下午，沈立言一家人在族長帶領下，去向沈老太爺上香。沈老太爺下葬已久，沈立言解釋說是妻子懷孕，實在趕不了路，不得已在岳家生了女兒，待丹年長大了些，就馬不停蹄地趕了回來。

因為之前有沈立非的書信說明，族長又收了沈立言不少禮，自然不會多說什麼，他笑道：「孩子要緊。」並表示，如果族裡有人想把這件事當沈立言一家的把柄利用，他作為族長，頭一個不答應！

沈立言恭敬地向族長道謝，感激他的理解和寬容，內心卻是長嘆了口氣。他已經把能想到的防範措施都做了，倘若丹年的身分還是瞞不住，就只能聽天由命了。

丹年乖乖趴在李慧娘肩頭，聽見族長這番話，暗暗覺得那一車禮物果然沒白送，族長也得食人間煙火啊！

從沈老太爺的墳頭回來，李慧娘和沈立言就開始收拾臨時安排給他們住的偏院，屋子有些陳舊，床也是最簡單的木板床，幸好這只是臨時住所。

族長準備離開時，沈立言叫住了族長，恭敬地問道：「族長，我聽說我爺爺去京城前，將原本是我家的地，借給我爺爺的堂侄子，也就是我堂叔種田去了。現在我回來了，那塊地是否能還給我們？」

此話一出，族長面露為難之色，一旁的族長夫人臉色也不太好看。

沈立言忙問道：「族長可是有難言之隱？」

族長摸了摸鬍子，嘆道：「你堂叔過世都有十年了。你家原來的地，被你堂叔的大兒子沈立全給占了。他們一家人都不安分，沈立全那個媳婦更是潑辣，我看你家那地啊，很難要回來！」

在一旁的李慧娘發話了。「族長，我一個婦道人家不懂什麼大道理，可占了別人的東西要還，這個理他們總得講吧？」

族長說道：「這麼久以來，他們一家都對外宣稱你爺爺去京城時，把地賣給了他們。這是一筆糊塗帳，你爺爺走了，死無對證，要他們把種了那麼久的地一下子吐出來……」

他搖了搖頭，嘆道：「我怕是難！」

族長離開之後，李慧娘心裡很不痛快，沈立言勸慰道：「我們也不缺那點銀子，到時候另外置地就是了。」

李慧娘反駁道：「把地要回來，我們四口吃飯就不用愁了。阿鈺將來要去書院唸書，少了銀子打點怎麼行？還有丹年的嫁妝，我們雖然在鄉下，可也不能把丹年寒寒酸酸給送出門了啊？她畢竟是……光靠在地裡刨食，怎麼攢得了錢？置地也是一大筆開銷，能省一點是一點。」

丹年見李慧娘愈說愈愁，趕緊從木板床上滑下來，撲到李慧娘懷裡，含含糊糊地開口安慰道：「娘，不發愁！」

李慧娘被丹年逗樂了，她點了點丹年的小鼻子，笑道：「妳真是娘的貼心小寶貝！」

其實丹年暗地裡也有些發愁，族長看來是牆頭草，不見得會幫他們，那塊地十有八九要不回來。相對於沈立全，他們一家算是外來者，就算告到公堂，拿回自己家的土地，沈立全這個地頭蛇日後若想報復，他們根本防不勝防……

下午時，沈氏族人都得到沈立言一家回來的消息，陸陸續續來探望他們了。族長吸著旱煙坐在一旁向沈立言介紹族人，族長的兒媳婦朱氏則拉著兒子在一旁看熱鬧。李慧娘藉機偷偷塞了副銀耳墜給朱氏，把朱氏樂壞了。

丹年仔細觀察了一下。來探望他們一家的人基本是一家之主，看起來都很老實，雖然穿著乾淨的衣服，可上頭都有很深的摺痕，一看就是壓箱底，在正式場合才會穿的，而他們的腿上和腳上，也都有些泥印子。

沈氏族人對沈立言和李慧娘都恭恭敬敬，除了面帶微笑，還問一些京城是什麼樣、沈家大哥當什麼官之類的話題。在他們眼裡，沈國齡已經很有出息了，沈立非那可是了不得的大官。

朱氏帶著兒子躲在一邊，偷偷指著人群中一個青年漢子，小聲對李慧娘說道：「慧嫂子，那個人就是占了妳家地的人，莊裡的人都管叫他大全子，人橫著呢！」

丹年依偎在李慧娘身邊，聽得一清二楚，她抬眼仔細打量了那個人——身材壯實，衣服穿得很隨意，外褂鬆鬆垮垮地套在身上，臉上一塊塊橫肉，要笑不笑地看著他們一家人。

沈立全見丹年看向他，小眼睛裡露出賊光，他乾笑了兩聲，對沈立言說道：「老弟，我是你全哥啊！」

沈立言愣了一下，一旁的族長連忙上前說道：「立言，他就是你堂叔的兒子，立全。」

沈立言明白過來，該有的禮節他還是沒落下，連忙拱手道：「全哥！」

跟沈立言打完招呼，沈立全就往桌上一次拿了兩包小點心。那是沈立言買回來的糖角子，他一包包摞好，放到桌子上，招呼眾鄉親一人拿一包回家帶給孩子嚐嚐。

眾人都很規矩，一人只拿一包，只有沈立全一次拿了兩包。丹年不禁皺了皺眉頭，見沈立言神色自然，並未多說什麼，也就安靜地待在一邊。

在眾人紛紛告辭之際，族長叫住了沈立全，等人走得差不多以後，族長抽了口旱煙，開口說道：「大全子啊，你家種立言家的地也有二十年了吧，現在人家回來了，是不是該把地還給人家了？」

大全子皮笑肉不笑地開口了。「叔叔，您這說的是什麼話，我怎麼聽不懂？我家那地是買來的，是我爹留給我和我兄弟的，跟立言老弟有什麼關係啊？」

族長用力磕了磕煙桿，說道：「大全子，你平時裡蠻橫，大夥兒不說你什麼。可你家地是怎麼來的，莊裡上點年歲的人都知道。」

沈立全聽族長這麼一說，就把糖角子全塞進胸前的衣襟裡，撐得鼓鼓脹脹的。接著他捋起了袖子，盯著沈立言上上下下掃了一遍後，轉而面對族長，目露凶光，族長被他看得渾身打了個激靈。

李慧娘嚇得連忙將兩個孩子護在身後，沈立言也上前去擋在族長跟前，臉上已然沒了笑意，冷聲道：「族長也是你能動的？」

沈立全重重地「哼」了一聲，他揣著糖角子，大搖大擺地離開偏院，臨走時還在門口吐了口痰，扭頭得意地看了屋裡的人一眼，大有「你能拿我怎麼樣」的意味。

族長嘆道：「立言啊，不是我不幫你，大全子誰都不放眼裡啊。你也就住這裡幾年，還是不要跟他爭了。」

丹年撇了撇嘴，心想他們可是打算在這裡住一輩子的。有她在，一輩子不回京城最安全。

沈立言和李慧娘躬身拜謝族長，沈鈺則在一旁抿著嘴不吭聲。丹年方才拉著他的手晃了幾下都沒反應，覺得真是搞不懂這個哥哥在想些什麼。

朱氏看氣氛尷尬，便主動說要回家做晚飯，帶著兒子先走了；族長和沈立言話了一會兒家常，也離開了。

待族長走後，李慧娘和沈立言對視了一眼，不約而同嘆了口氣。這地是沒指望要回來了，額外置地的銀子，怕是得出去一大筆了！

隔天一大早，丹年就聽到有個尖銳的女聲在門口大哭大鬧，她坐起身，發現沈立言和李慧娘已經起來了。

仔細一聽，不難聽出那女聲在哭叫。「喪盡天良啊！從京城來的官要占我們這平頭百姓的地啊！」

此時丹年大概能猜到這是誰了，她回頭看李慧娘和沈立言，他們兩人早已是臉色鐵青。

李慧娘囑咐沈鈺帶著丹年躲在房間裡不要出去，說完便和沈立言一同開門出去了。

沈鈺等娘親一出去，就拉著丹年躲在門後，兩個小孩從門縫裡看得一清二楚。

等沈立言打開偏院的大門，哭聲更加清晰了。一個二十多歲的女人披頭散髮坐在大門外面哭叫，一邊捶地嚎哭，一邊踢著腿，身上、臉上全是泥土，髒得一塌糊塗，全然不顧四周已經圍了一堆鄉親對著她指指點點。

丹年對沈鈺示意了一下，沈鈺就拉著她溜到房門外，兩人躲在偏院小灶房牆後，探著腦袋偷看。

在門外看熱鬧的朱氏見沈立言夫妻過來，立刻閃身進門，對他們說道：「立言哥、慧嫂子，她就是大全子的媳婦張氏。」

李慧娘氣得臉色有些發白，沈立言則是從小生長在京城，根本沒見過這種撒起潑來不管不顧的人，一時之間兩人竟愣在當場，不知如何反應。

張氏一看到沈立言夫妻出來了，立刻從地上爬起來，罵道：「你們這些喪盡天良的有錢人，老娘跟你們拚了！」說著就鼓足了勁，往李慧娘身上撲過去。

李慧娘驚駭不已，不斷後退，沈立言連忙擋在李慧娘身前，冷喝道：「妳想幹什麼？滾出去，別怪我對妳不客氣！」

丹年聽了差點捶胸頓足。爹，您還真是沒有對付潑婦的經驗啊！

果然，張氏聽到這話，非但沒有後退，反而插腰挺胸上前走了幾步，氣勢洶洶。

眼見她的胸脯就要蹭到沈立言身上，身處沈立言背後的李慧娘急了，上前一把推開了張氏。

從外面圍觀者的角度，根本分不清楚到底是誰推了張氏一把，張氏順勢一屁股坐在地上，向圍觀的人哭罵道：「你們可都親眼看到了啊，他沈立言一個大男人，竟推我一個婦道人家！」

沈立言站在那裡，走也不是，不走也不是，尷尬不已。

李慧娘從小被李老丈用《女訓》、《女誡》教育，碰到這種潑婦也是瞠目結舌，不知道該怎麼辦才好。

兩個夫妻交換了一個眼神，轉身準備把門關起來，不料此時大全子竟掄著一根有成年男人手臂粗的木棍跑了過來，一邊跑一邊氣勢洶洶地喊道：「誰打了我媳婦？」

看熱鬧的人頓時散了開來，誰也沒那個膽子擋住大全子。

沈立言怒火中燒，這明顯就是沈立全和他媳婦設好的圈套，張氏先誣賴他為了奪地而打人，躲在一旁的沈立全再乘機跳出來鬧事，最後的結果無非是讓沈立言理虧，好名正言順賴著地不還。

沈立言讓妻子躲到門後，回去從柴禾堆裡抽出了一根木棍，卻瞥見灶房邊上兩顆小腦袋，他飛快丟了一句。「快進屋關好門，別出來！」

說完，他就轉身奔至院門口。

在門口耀武揚威的大全子看到沈立言去找木棍，本來還有點忌諱，待他看到那根木棍只有孩童手臂粗細時，不禁得意地哈哈大笑。「小白臉，你敢和我打？」

大全子看沈立言長相白淨斯文，壓根兒沒把他放眼裡，還把手中的木棍叩在地上咚咚作響。

沈立言沈聲道：「你帶著你家媳婦速速離開，我便不再追究，否則別怪我不講親戚情面。」

大全子見沈立言並不像一般讀書人那樣見了他就畏畏縮縮，有些遲疑，拿著木棍的手怎麼也舉不起來。

周圍的人看在眼裡，不禁開始對他指指點點。

聽到身邊壓低音量的嗤笑聲，大全子心想，這次要是丟了人，整個沈家莊就沒他容身之地了，於是掄起木棍嚎叫著往裡面闖。

張氏坐在一邊嚎哭，看到眼前這種情況，一時之間也忘了哭叫，而是瞪大了眼睛看著。

丹年見大全子朝沈立言衝過來，著實擔心不已，下意識緊緊抓住沈鈺的手，沈鈺則安慰似地摸了摸丹年的小腦袋。

沈立言這個防衛營百戶不是白做的，還未等丹年看清楚是怎麼一回事，大全子已經跌了個四腳朝天，引得圍觀者一陣哄笑。

此時一直坐在一旁的張氏，悄悄爬起身來溜進沈立言家的院子裡，鬼鬼祟祟往堂屋跑去。

她的舉動落入丹年眼裡，她稍稍想了一下，值錢的東西都鎖進了箱籠裡，可堂屋的桌子上還放著外婆幫她打的長命鎖，早上起來得急，來不及掛到脖子上。

丹年隨即邁著小短腿，從灶房裡奮力拖出原先馬車上用來綁行李的麻繩，示意沈鈺繫到偏院西側的樹上。沈鈺有些狐疑，但還是繫緊了繩子。

丹年要沈鈺低下身子，接著湊到沈鈺耳邊，說道：「等她出來，拉繩子，絆倒她。」

沈鈺心領神會，把繫緊的繩子鬆鬆地拉到樹對面，人則躲在灶房旁的矮牆後。

丹年趕緊往堂屋趕去，剛走到堂屋門口，就看到張氏一臉慌張地從堂屋跑了出來。如她所料，原先擱在堂屋桌上的長命鎖已經不見了！

張氏見丹年盯著她看，覺得她不過是個小奶娃而已，便擺出一副凶惡的嘴臉，罵道：「臭丫頭，滾邊去！」

丹年立刻扯開嗓子大哭起來，沈立言和李慧娘回過頭，看到女兒站在張氏面前哭，張氏還一副凶神惡煞的模樣，連忙拔腿往院子裡跑，丟下在地上抱著頭打滾撒潑的大全子，將張氏圍了起來。

丹年窩在沈立言懷裡，委屈地抽噎著。張氏心虛，插著腰大罵道：「看我幹什麼？老娘可沒對這丫頭做什麼！」

沈立言陰沈著臉，眼神如刀子般劃過張氏，張氏還想大聲嚷嚷，卻被沈立言的眼神給嚇到，聲音也漸漸低了下去。

此時，族長帶著村裡幾個後生趕了過來，看到在沈立言家門口打滾撒潑裝重傷的大全子，嘆了口氣，進了院子。

大全子被沈立言打怕了，本來不敢再進院子，可張氏到底是自己的妻子，他便一骨碌爬起來，顧不得圍觀者嗤笑，往院子裡跑去。

第六章　意外請求

丹年見族長進來了，便指著張氏哭，哭得小臉上全是淚，把李慧娘嚇壞了，她抱起丹年，焦急地問道：「乖乖，怎麼了？」

丹年伸出小手摸著胸前掛長命鎖的位置，一個勁兒地哭得委屈。她現在對外的官方年齡只有四、五個月，還不會說話，否則哪要這麼費勁啊！

族長看不懂，李慧娘卻懂了，她罵道：「妳這個沒良心的人，連小孩的長命鎖都搶！」

張氏見族長都來了，暗地咬牙，心想她絕對不能承認。這死丫頭居然污衊她搶小孩子的東西，她不過是見堂屋裡沒人，「順手」拿了桌子上的長命鎖罷了。

搶和拿，意義完全不同。要是被族長認定是搶晚輩小孩的財物，被逐出沈家莊也不為過。

打定了主意，張氏便扯開嗓門叫了起來。「誰看見我搶她的鎖了？」她插著腰，指著丹年罵道：「我不過是看她一個小奶娃摔到地上了，好心過來扶她一把，你們倒好，誣賴好人！」

李慧娘憤怒地一把打掉張氏指著丹年的手。沈立言則沈聲說道：「我女兒不會騙人。」

張氏不想與沈立言理論，急匆匆地就要往外走，一群男人乾瞪著眼，看著她扭著腰往外走，還真沒法拿她怎麼樣。

丹年看著灶房旁的矮牆，心想——哥哥，輪到你上啦！

正當張氏作賊心虛，快速往前走，經過地上的繩子時，沈鈺就用力一把拉起繩子，繩子頓時懸空，張氏一個沒留神，狠狠被絆倒在地上，摔了個狗吃屎。

張氏暈頭轉向地從地上爬起來，看到繩子那頭的沈鈺一臉淡定地看著她，再次哭嚎起來。「天殺的一家人，連小孩都欺負我們！族長，您可千萬要為我們作主啊！」

誰知張氏哭嚎了半天都沒人理，她有些疑惑地睜開眼，只見族長臉色難看地站在她跟前。張氏順著族長的眼光看去，神情不由得一滯。經過方才這麼一絆，原先藏在她懷裡的長命鎖就摔了出去。

張氏慌忙地把長命鎖撿了回來，不死心地辯解道：「這是我幫我家桃子打的。怎麼，只許他們有錢人幫自己的閨女打長命鎖？」

李慧娘罵道：「我閨女的長命鎖上有她的名字——『沈丹年長命百歲』。難不成妳家女兒改名叫丹年了？」

張氏不認識字，壓根兒不知道長命鎖背面那些突起物是什麼，臉色不禁一紅一白。

族長小時候唸過幾年私塾，認得不少字，他一把奪過張氏手中的長命鎖，看了一眼，臉色更加難看了，轉身將長命鎖遞給李慧娘。

大全子不敢再多說些什麼了，把妻子從地上拉了起來。兩人沒了先前撒潑的氣勢，反而畏縮地站到了一邊。不管是偷還是搶，族裡都是容不下的。

族長向幾個後生使了使眼色，幾個身強體壯的男子立刻把兩人圍了起來。

大全子和張氏低著頭，不敢吭聲。現在雖是冬天，他們腦門上卻滴下大顆大顆的汗水。

族長嘆了口氣，在牆上磕了磕煙桿，說道：「大全子還有大全子媳婦，大夥兒都看到了，你和你媳婦跑到立言這裡來鬧，這也就算了，可你媳婦還搶了人家小閨女的長命鎖。我要是不處罰你們，以後還有規矩可言嗎？都是一個祖宗傳下來的子孫，怎麼能這樣……呃，骨肉相殘呢？」

丹年止住了哭，憋了半天才沒當場笑出聲來。

族長大人沒唸過幾年書，隨便來個文謅謅的成語都會讓人笑掉大牙。骨肉相殘？虧他想得出來！

現在戲演完了，不需要她哭了，但丹年依舊裝出一副委屈的樣子，暗地裡則是豎著耳朵聽族長怎麼處理這對潑夫潑婦，最好是能把自己家的地要回來。

就在此時，門外急匆匆走進一個穿著褐色綢布長衫的中年男子，細長的眼睛裡還閃著精光。

大全子和張氏看到中年男子，原本面如死灰的臉上浮現出驚喜，垮著的肩膀也都挺了起來，得意地看著四周的人。

原本圍著大全子兩夫妻的人自動退到一邊，為來人讓出了一條通道。

看到院子裡的情形，中年男子先大笑了幾聲，接著拍了拍族長的肩膀說道：「成哥，我剛回來就聽說我這外甥來探望親戚了，想不到你也在啊。現在家裡有要緊事，我先帶著他們倆回去，等改天閒了，多去我那邊坐坐啊！」

自從這個中年男子一出現，族長的氣勢就弱了一大截，只顧著點頭稱是。

說完話，中年男子含笑向沈立言行了個禮，言談舉止規規矩矩，讓人挑不出錯來。

行完禮，中年男子就帶著大全子和張氏走了，臨走時，張氏還不忘狠狠剜了丹年一眼，大全子也得意洋洋，胸脯挺得老高。

丹年急了，這種人不一次打怕他，他絕對不會安分，不知道他往後還會使什麼手段。

丹年趕緊從李慧娘懷裡滑下來，跌跌撞撞奔到族長跟前，眼裡噙著淚，揪著族長的褲角，仰頭看著族長，模樣說有多委屈，就有多委屈。

沈立言見狀，趕緊過來抱走丹年，責備道：「丹年，不可以這麼不懂事！」話雖如此，他的眼睛卻盯著族長，要族長給個解釋。

族長紅了張老臉，揚揚手要圍觀的人都散了，才說道：「剛才來的那個人，是大全子他娘的兄弟，在舒城知府老爺家做管事，是能在知府老爺面前說上話的紅人。」

言下之意很明顯，沈立言不過是無官在身的外來者，可大全子的舅舅卻是當地父母官面前的紅人。

丹年在心裡盤算著，按說沈立言的哥哥沈立非在京城為官，那個知府在品級與勢力上根本比不過他，可遠水救不了近火，況且沈家自從去了京城之後，就和這邊的沈氏家族斷了聯繫，沒有根基可言。

本來要回那塊地就已經不太可能，那個中年男子又橫插了一腳，意圖很明顯，就是要護著自己的外甥。

丹年不禁長嘆了一聲。地要不回來，她心裡實在不痛快。從進了沈家莊，她就開始打起算盤了。沈鈺這麼小就努力讀書，又夠聰明，將來一定要去考科舉做官，自然不會看上原來家裡的田產。

不過她一個山寨版的「太子遺孤」，為了保命，自然是能離京城有多遠就跑多遠，能一輩子窩在沈家莊當個地主婆，那是再好不過，她可忘不了大冷天的被迫關在藤條箱子裡是什麼感覺。

丹年不高興，沈立言也不高興。等族長與眾人都離去之後，沈立言放下丹年，陰著臉叫過沈鈺，抄起一根木棍就要揍他，嘴裡還罵道：「小小年紀就有這麼陰險的心思，聖賢書都白讀了！」

丹年一看沈立言滿臉怒氣，木棍舉得老高，嚇了一大跳；沈鈺則一臉倔強地跪在地上，沒有要認錯的意思；李慧娘站在一旁，急得不得了，可丈夫是她的天，要管教兒子，她半點都插不上話。

李慧娘不方便說話，丹年卻不能袖手旁觀。事情是她慫恿沈鈺做的，要是沈立言把沈鈺打壞了怎麼辦？再說，小孩子記仇記得厲害，沒準這個疼她的哥哥從此就跟她不親了。

丹年嚎了一聲，跌跌撞撞上前去抱住沈立言的小腿，一邊哭一邊嚷。「不許打哥哥！」沈立言看到女兒哭得撕心裂肺的，高舉的木棍怎麼也揮不下去，只得扔了木棍，扶起兒子，把一大一小兩個小孩抱進屋子裡。

在一旁乾著急的李慧娘鬆了口氣，進屋把長命鎖重新為丹年戴上，這件事就算過去了。

日子過得很快，沈立言一家回到沈家莊後，轉眼間已過了將近半年。

丹年已經不再喝羊奶了，除了幫她單獨蒸一碗嫩雞蛋，她還要喝一點煮得稀爛的粥做輔食。

這天剛吃過午飯，夏日的太陽毒辣辣地照在當空，丹年正犯著睏，族長就帶著一群人進來了。原來是族長跑了幾個莊子，找來一些懂泥瓦活的人，來幫他們家重新蓋房子。

丹年心想，族長真是個老狐狸精，哪邊都不想得罪。之前在沈立言這邊虧了道理，現在倒是跑前跑後，沒少出一點力。

沈立言能文能武，可他不會種地，也不會蓋房子。燒磚、買木料、怎麼動土，全是族長一個人在謀劃。這半年來他們一家努力適應農莊的生活，雖然幾乎是吃老本過活，可族長和一些族人都很幫忙，李老丈還經常送東西過來，所以日子還過得去。

原本族長想更早幫忙蓋房子，可沈立言覺得他們一家才剛返鄉不久，又跟大全子鬧出不少風波，不好立刻大張旗鼓蓋新房子，才拖到這個時候。

看到族長這麼賣力，丹年和沈鈺兩個小孩對他的不滿也漸漸消除了。

下午族長就領著沈立言駕馬車在附近莊上跑了一遍，蓋房子用的沙子、磚頭、木料，能拉回來的就自己拉回來，不能拉回來的也訂了明天一早送到。

李慧娘在偏院的樹下幫沈鈺支了張小木桌，盯著沈鈺讀書練字，還在槐樹下鋪了張涼蓆，涼蓆上鋪了薄被子，把丹年放在薄被上午睡，自己則坐在一旁的樹蔭下做些針線。

丹年一覺醒來，李慧娘已經不在樹下了。看著額頭冒汗卻依然坐得筆直的沈鈺，她不禁感嘆古往今來學子的不易。她在前世讀了十幾年書，原以為等大學畢業後就能過上自由的日子，可以跟原來的家徹底斷掉聯繫，誰知卻穿越到這個世界成了個奶娃娃。

大片的殘陽掛在地平線上，天空浮著絲絲雲彩，空氣中殘留夏日燥熱的氣味，蟬還在嘶聲叫，遠處的炊煙連成了一片，灶房裡傳來李慧娘炒菜的聲音。

等沈立言駕著馬車最後一次回來時，李慧娘已經把晚飯做好了。

一家人吃過晚飯，天還不黑，沈立言就帶著沈鈺和丹年去看明天要動工的院子。院子有現在住的偏院三、四倍那麼大，還種著一棵好大的梧桐樹，寬大的樹蔭幾乎遮住了一半的院子。

走進院子，他們發現族長和另外一個白天來幹活的泥瓦匠老王也在。見了沈立言，老王拘謹地打了聲招呼，長期在太陽底下曝曬的臉上有一條條皺紋，一看就是個老實人。

族長見沈立言來了，連忙走上前去，笑道：「立言啊，我正和老王商量明天怎麼動工的事。木料還缺了一點，不如把這棵樹砍了。」

丹年一聽，不樂意了。一進院子，她就喜歡上那棵大梧桐樹了，要砍掉？門兒都沒有！

沈立言沈吟了一會兒，剛要說些什麼，就看到丹年邁著小短腿，抱住了大樹，一臉期待地朝他眨眼睛。沈鈺跟丹年接觸的時間最長，立刻就明白了丹年的意思，也纏著沈立言不要砍樹。

沈立言明白丹年這是要護著樹，兒子疼妹妹，自然擁護妹妹的決定，便說道：「族長，這樹不砍了，孩子們喜歡，就留著吧。」

族長心想京城的人真是不會過日子，他拍了拍沈立言的肩膀，一副教育不懂事後生的模樣。「立言啊，你既然回到我們這鄉下地方，自然就不比當初在京城過的日子了，能省則省吧……」

丹年和沈鈺不想聽族長囉嗦，丹年乾脆撲到沈立言懷裡，不停皺眉頭、打哈欠，沈鈺也在一旁幫腔。「爹爹，妹妹想睡了。」

沈立言心中暗喜，卻不便表現出來，只是充滿歉意地對族長說道：「族長，孩子要睡了，我得把他們帶回去。明天還要煩勞您幫忙，您也早些回去休息吧。」

族長沒辦法，只得擺擺手讓他們回去了。

蓋房子的事情在沈立言和族長的操持下有條不紊地進行著，農莊蓋房子工錢給得少，但要管幹活的人中午和晚上兩頓飯。

這可苦了李慧娘，每天天還沒亮就要起身準備十來個人的午飯，中午剛收拾完，又要開始準備晚飯。

族長夫人和兒媳婦朱氏每天都往丹年家裡送米、送菜，讓李慧娘不用趕集採買，減輕了不少負擔。

讓丹年頗有怨念的是，這兩人只揀便宜的送，連雞蛋也沒有，可她們收李慧娘錢的時候，可沒少收。丹年吃的雞蛋，還是李老丈送來的。

沈鈺每天都要在堂屋裡看書練字，丹年也沒人專門照看了。不過一直以來丹年都是乖巧懂事，從來不鬧人，所以也不需要人特別費心。李慧娘把她放在沈鈺身邊的炕上，要沈鈺留神看著點，就出去忙了。

這幾天丹年躺在炕上只能哼哼幾聲，要她跟一般小孩子一樣撒嬌打滾，她還真學不來。李慧娘忙著準備一群人的飯菜，也顧不上幫丹年煮飯，丹年以前每頓飯都有一個雞蛋羹，現在只有加了糖的白粥喝。

丹年不滿了很久，她雖然知道李慧娘忙得顧不上她，可加了糖的白粥哪有加了幾滴香油的雞蛋羹好吃啊！最重要的是，稀粥頂不住餓，不到晚上吃飯的時間，丹年就覺得肚子在叫了。

幾天下來，丹年不禁摸著自己的小肚皮，哀怨地望著屋樑，她要餓瘦一圈了！

等中午收拾完碗筷，李慧娘就把柴禾抱到了灶房。十幾張嘴要吃飯，柴禾消耗得快，要不是昨晚沈立言連夜劈了一車的柴，怕是今天都沒柴禾用了。

忙完了，李慧娘才有空歇口氣，坐在床邊看沈鈺練字，時不時回頭看看躺在炕上悶不吭聲的丹年。

李慧娘看出來小丫頭悶壞了，在鬧小脾氣，雖然想帶著女兒出去轉轉，可眼下她累得連站起來的勁兒都沒了，只能滿懷歉意地上前摸了摸丹年粉嫩的臉蛋。

就在此時，院門口傳來一道聲響，接著就聽到一個年輕婦人的聲音。「慧嫂子在家嗎？」

李慧娘強打起精神過去開了院門，看到一位年輕婦人拎著一個蓋著藍花布的籃子，手裡牽著一個五、六歲的小男孩，便認出她是到偏院來拜訪過他們的一個年輕媳婦吳氏，莊西頭立豐家的。

丹年打量著這對母子，他們雖然穿著舊衣服，卻是洗得乾乾淨淨，收拾得整整齊齊。

吳氏手裡牽著的小男孩，眉清目秀，但稍顯瘦弱，一雙眼睛安安靜靜地看著地面，一看就是個脾氣溫順的孩子。

李慧娘摸不透吳氏來這裡的目的，便先招呼吳氏坐下，接著要幫她倒茶，吳氏連忙推辭。一時之間兩人乾坐著，完全沒話說。

吳氏看到沈鈺在一旁認真地讀書練字，便討好地說道：「這是阿鈺少爺吧，將來肯定有大學問。」

李慧娘連忙笑道：「妹子，妳太見外了，都是一家親戚，叫啥少爺啊！」說著摸了摸吳氏身邊孩子的頭，笑道：「這是妹子的孩子吧，長得真是好看。」

吳氏拘謹地笑了笑。「這孩子小名叫小石頭，就是不愛說話。」語氣顯得有些忐忑。

小石頭察覺到丹年在看他，抬頭看向丹年，溫柔地朝她笑了笑。

此時吳氏將帶來的籃子放到桌上，打開藍花布，籃子裡滿滿一籃雞蛋，白生生的，有的上面還黏著稻草。

丹年嚇了一跳，在農莊人的眼裡，雞蛋可不是拿來吃的，而是用來換些錢補貼家用的，很少有孩子像丹年這樣拿雞蛋羹當飯吃。

朱氏看到丹年吃雞蛋羹時，還跟李慧娘嘀咕，說就是兒子，也沒這麼精細養著的。

眼前的吳氏帶了這麼重的禮過來，而她自己的家境看來並不寬裕，這麼做肯定是有所求了！

李慧娘趕忙推辭。「妹子這麼客氣做什麼，這雞蛋妳拿回去吧。孩子還小，拿回去給孩子吃。」

吳氏把籃子推出去好幾次，見李慧娘堅持不收，她才紅著臉說出了來意。原來她知道沈鈺每天都在讀書練字，聽說是沈立言教的。

沈立言能文能武，還做過京城的武官，要是小石頭能拜沈立言為師，豈不是比到附近私塾上學還強個百倍！

李慧娘聽了吳氏的請求，不大同意。在她心裡，沈鈺雖然要在農莊長大，可終究跟那些在泥巴裡滾爬的皮小子不同。

她不願意沈鈺同那些皮小子有太多接觸，一來是怕沈鈺學壞了，二來沈立言也不一定願意再教一個。

李慧娘想到這裡，先跟吳氏打了個哈哈。「妹子真是太抬舉我相公了，他也就是識幾個字、會耍一些棍棒罷了。」

丹年聽得滿臉黑線，文武雙全的爹爹，這會兒竟成了個耍棍的了。

吳氏有些失望，卻堅持一定要把雞蛋留下，說是給丹年補身子，李慧娘要給她錢，她說什麼都不肯收。

沈鈺和丹年安靜地待在一邊，大人的事情，小孩子插不上話。不過，丹年對小石頭的印象很不錯，又乖又安靜，和那些鄉下皮小子完全不同。

李慧娘說要幫幹活的人準備晚飯，吳氏沒有離開的意思，還說要幫李慧娘的忙，不等李慧娘拒絕，便要小石頭先回家，自己則挽袖子進了灶房。

丹年正閒得發慌，便跟沈鈺說：「哥哥，有人想跟你一起學字。」

沈鈺回頭，看丹年一臉促狹，便放下筆，跳上炕去，摸了摸丹年的小臉。「妳喜歡剛才那個小孩嗎？」

什麼小孩啊？你自己不也是個小孩嗎？小石頭比你還大一些些呢！丹年忍不住在心裡吐槽。

「他比哥哥安靜。」丹年低頭思索了半晌，滿臉笑意地說道。

期待了半天的沈鈺不高興了，寶貝妹妹居然說別人比自己好！他不死心地繼續問道：「哥哥不好嗎？」

丹年看沈鈺卯上了勁，繼續逗他道：「哥哥人前一個樣，人後一個樣。」

沈鈺不滿了，嘟囔道：「妳怎麼知道那小子不是裝出來的？」

丹年不是像沈鈺那樣的小孩子，看一個人，尤其是小孩，還是看得準。

小石頭的模樣不像是裝出來的，更何況吳氏也是個很講禮節的人，什麼樣的父母就有什麼樣的孩子，這個道理古今差不了多遠。

沈鈺見丹年突然不理他了，氣呼呼地改摸為捏，一雙沾到墨汁的手把丹年捏成了個大花臉，他壞笑地看著丹年說道：「小丫頭居然胳膊往外彎，虧哥哥平時對妳那麼好！」

丹年被他捏住臉，說話更加含混不清了。「哥哥壞！欺負我！沒有那個石頭哥哥好！」

沈鈺沒辦法，哼了一聲，卻又不捨得用力擰丹年，便轉身去讀書，不搭理丹年了。

丹年摸摸臉上的墨跡，心想——到底是小孩子，欺負了人，還不知道善後，等娘過來看到我這個大花臉，罵的還不是你?!

果然，等李慧娘進屋拿東西時，看到花著一張臉朝她傻笑的丹年，驚呼了一聲，放下手裡的東西奔了過來，對沈鈺喝道：「你妹妹臉上是怎麼回事?你又淘氣！」

沈鈺穩坐在桌前的背影晃了一下，丹年暗笑了聲，一臉無辜地看著李慧娘。

李慧娘看到沈鈺裝出一副乖乖低頭讀書的模樣，氣不打一處來，「啪」的一聲打到了沈鈺腦門上，抱著丹年出門幫她打水洗臉了。

第七章 搬家置地

還沒到平時的晚飯時分，飯就做得差不多了，丹年聽到了吳氏告辭的聲音，李慧娘要留她吃晚飯，吳氏推說還要幫家裡的人做飯，李慧娘也不方便強留。

過了一會兒，沈立言才領著幹活的人回來吃飯，莊稼漢吃飯沒那麼講究，不用桌子，一人端了一大碗菜、一碗米湯，筷子上串了兩、三個白麵饅頭，三三兩兩蹲在地上，就把晚飯解決了。

等臨睡時，李慧娘幫沈立言打了盆熱水泡腳，順便提起今天吳氏來的事情，沈立言一邊泡腳，一邊笑問：「娘子怎麼看？」

李慧娘坐在床邊歇息，想了一下，才說道：「你們回來之前，族長的兒媳婦過來了一趟。我跟她打聽了一下，聽說沈立豐不喜歡吳氏，一直在外面打雜工，不見他回家。小石頭他奶奶更不喜歡吳氏，成天和沒嫁出門的閨女還有大媳婦排擠她，她日子挺不好過的。」

沈立言說道：「那妳的意思是，吳氏怪可憐的，同意讓小石頭跟阿鈺一起學習了？」

李慧娘嘆道：「可我覺得教孩子哪有那麼容易，學好了是她兒子聰明，學得不好，不就是我們的錯嗎？她受婆婆的氣，就指望兒子有出息，往後能多幫她爭氣呢！」

沈立言安慰道：「別想那麼多了，這段日子忙著蓋房子，我就是想教也沒時間。等這陣子忙完，說不定她就斷了這心思了，日後再尋個機會，把她今天送的禮回上就是。」

李慧娘點了點頭，對丈夫的想法與做法很是認同。

一連幾天，吳氏吃過午飯就來幫李慧娘的忙，讓李慧娘心裡有些過意不去。

吳氏的婆婆不好相處，好幾次，丹年都聽到小石頭的奶奶在院門外和人高聲談話的聲音，明裡暗裡說媳婦在自己家偷懶，卻往外人家跑得勤，是條餵不熟的狗之類的。

吳氏每次都只是尷尬地笑了笑，裝作沒聽見。

丹年還觀察到，聽到自己的奶奶罵人，小石頭幼嫩的臉上會閃過憤怒，但轉瞬即逝，馬上就會恢復平靜，彷彿沒有聽到一般。

這樣的日子過了大半個月，丹年家的新房子已經蓋得差不多了，聽沈立言說，剩下的就是粉刷牆壁之類的小活。

李慧娘乘機跟沈立言提了小石頭拜師的事，沈立言沈默了一下，才說道：「妳覺得那孩子怎麼樣？」

李慧娘想了想，答道：「是個安靜的孩子。」

頓了一下，又說：「吳氏的婆婆見吳氏來這裡幫忙，成天在院門口罵人，毫不留情。」

沈立言摸了摸丹年的腦袋，說道：「那明天跟吳氏說一聲，拜師就不必了，跟著阿鈺一起學就行。」說完又笑道：「妳這可是替吳氏打抱不平？」

李慧娘有些不好意思地笑了。「不瞞相公，還真有這個意思。再說了，那小石頭的奶奶整日在我們家院門口嚼舌根，我也煩得很。」

沈立言繼續逗著丹年，不甚在意地說道：「她一把年紀了，不好跟她講什麼道理，要是她不擺明針對我們，就隨她去吧，人家管教兒媳婦，是家事，我們不好插手。」

李慧娘應下了，接過丹年準備幫她洗澡，而沈鈺早就不用她管了，他一個人在院子裡的木桶裡把自己洗乾淨了。

早些時候丹年都是在屋子裡洗澡的，李慧娘怕丹年亂撲騰把水濺到旁人身上，才把沈鈺趕到院子裡讓他自己玩。

現在正是盛夏時節，李慧娘趁著飯做好，幹活的人還沒回來時，就會在院子裡先幫丹年洗。一般情況下，沈立言不會那麼早回來，沈鈺又會在房裡看書，丹年洗露天浴也不覺得有什麼。

可今天沈立言回來得早，李慧娘花了些時間跟他聊聊，外面又下起小雨，根本沒辦法出去洗。於是李慧娘打好了溫水，要在屋裡幫丹年洗澡。

眼見沈立言兩手抱住她的小腰，李慧娘準備脫掉她的小衣服，丹年開始不淡定了。沈鈺已經是個五歲多的男孩，沈立言更是個成年男子，丹年怎麼樣都無法說服自己在兩個男人面前赤身裸體。

還未等李慧娘脫掉小衣服，丹年就開始拚命反抗。

李慧娘覺得奇怪。「平常洗澡都挺乖的啊，今天是怎麼了？」

丹年微紅著臉，指著沈立言和沈鈺道：「爹爹，哥哥，不要。」

李慧娘看向沈鈺和沈立言，頓時明白過來，笑得眼淚都要流出來了。「相公，你閨女害羞呢，你和阿鈺快進裡屋吧，不然你閨女就不洗了！」

沈立言哈哈大笑起來，抱過沈鈺就進了裡屋，沈鈺卻一臉失落，他剛才還想親自幫妹妹洗澡呢！

李慧娘一邊幫丹年洗澡，一邊取笑丹年是個小精怪。

丹年坐在木桶裡洗澡，擔心地望著用布簾子隔開的裡屋，生怕沈鈺那個壞小子突然衝出來。

她不禁暗暗嘆了口氣，自己什麼時候才能擺脫這沒人權的幼兒時期啊！

第二天，沈立言並沒有出去，剩下的粉刷工作全交給族長舉薦的老王了。

等到午後，吳氏又領著小石頭來了。

看到沈立言在家，吳氏有些畏懼，但一聽到沈立言願意讓小石頭跟著沈鈺一起學習時，吳氏又驚又喜，連忙拉著小石頭要向沈立言磕頭拜師。

沈立言抬手阻止了。「不過跟著阿鈺學幾個字而已，拜師就算了，這也是我的要求。」

吳氏見沈立言堅持，就沒再要求小石頭行拜師禮了。

沈立言問了問小石頭的情況，他以前跟著鄰居學過幾個字，算是開了蒙，便囑咐小石頭從明天一早開始，帶上筆墨紙硯，跟沈鈺一起學習。

丹年聽到小石頭要來，內心有些雀躍，她站到小石頭身旁，主動拉起小石頭的手。

小石頭家裡沒有比他更小的孩子，見丹年一個粉雕玉琢的小奶娃主動拉著他的手，雖然依然是那副溫溫順順的模樣，卻微微翹起了嘴角，顫顫巍巍地把丹年抱了起來。

這個舉動嚇壞了吳氏，她很清楚沈立言和李慧娘兩口子對丹年的寶貝程度，生怕兒子磕碰到丹年，惹沈立言夫妻不快。

吳氏趕緊接過丹年，將她放到地上，罵道：「這孩子怎麼這麼皮，要是摔傷小姐怎麼辦？」

小石頭不捨地看了丹年一眼，沒吭聲，低著頭聽母親數落。

李慧娘不喜歡吳氏這麼怕得罪人的樣子，便打著圓場。「妹子罵孩子做什麼，磕碰到以後孩子會長得更結實。再說，可別叫丹年小姐了，她就是我們農戶的丫頭！」

丹年偷偷嘆了口氣。吳氏已經被她婆婆壓迫得有如驚弓之鳥，性格敏感怯懦。她抬頭看向小石頭，再次拉住小石頭的手，朝他甜甜一笑，小石頭皺著的眉頭便撫平了。

丹年心想，小石頭人長得不錯，性格溫順，母親吳氏也懂禮數。小石頭的奶奶雖然潑辣，可一把年紀了，還能潑辣幾年啊？

況且，聽吳氏說，小石頭家還有些地產，不然吳氏出手也不可能那麼大方。雖然不是大富之家，但家裡有養雞和豬，到了農忙時還要雇人來幫忙農活，日子還算過得滋潤。

丹年暗自盤算著，反正她將來肯定得找個人嫁，與其被父母安排嫁給一個自己不認識的，不如自己先選好夫婿，心裡也有個底。最好能找個離家不遠的，有娘家人就近撐腰，自己嫁到婆家，日子就不會難過了。

丹年已然把小石頭列入了備選郎君的名單，不過丹年絕不會承認是自己看上了人家長得溫順好看的。

想到這裡，丹年決定要好好看著小石頭這棵好苗子，絕不能讓他長歪了。現在沈鈺已經是鬼精靈一個，還時不時想欺負她這個小奶娃，她要找個老實忠厚的男生，來幫她一起對付哥哥！

自從沈立言答應讓小石頭跟沈鈺一起學習後，小石頭每天都來他們家，寫字讀書比沈鈺還要賣力。

沈鈺也許是感受到了壓力，讀書也認真起來了。以前他還經常趁李慧娘和沈立言不在時欺負一下丹年，現在只要他回頭想捏捏丹年的小臉，旁邊的小石頭就一臉譴責地看著他，還擋在丹年身前。

沈立言說什麼都不肯收小石頭的學費，吳氏便經常讓小石頭帶些家裡烙的肉餅或是她幫丹年做的小衣服、小鞋子過來。

李慧娘覺得過意不去，也經常回禮，一來二去，雙方倒是親近了不少。

沈鈺常常看著親熱如同一家人的丹年和小石頭，鬱悶地嘟囔。「到底誰才是丹年的哥哥啊？」

到了七月底，房子裝修得差不多了，丹年一家搬了家。

一進門，便是一個大的影壁，繞過影壁，是一個大院子，一棵茂盛的梧桐樹把整個院子遮得相當陰涼。

這個新家的西屋是雞舍和存放東西的地方，東屋是灶房，前後還有兩排有三個房間的青磚大瓦房。

沈立言和李慧娘商量好了，現在孩子還小，就跟他們一起住，等孩子大了，就讓丹年住到前排瓦房，後排三間房間留給沈鈺做書房和臥室。

至於兩排瓦房中間的空地，沈立言和李慧娘討論過，準備等沈鈺和小石頭長大以後教他們一點防身的武藝。

搬完東西之後，李慧娘和沈立言忙著收拾環境，吳氏也來幫忙，沈鈺和小石頭依舊在看書練字，不敢偷懶。

丹年坐在床上，看著沈鈺和小石頭練字。小石頭進步很多，原來的字跟蚯蚓一樣，現在也寫得有模有樣。

沈立言搬著一摞書，暫時找不到地方放，就先放到了床上，書上還摞了幾個九連環和布老虎。丹年眼睛一亮，從床上站起身，趴在幾乎跟她一樣高的書堆上，把玩具推到一邊，費力地翻起書來。

她注意了沈鈺和小石頭練的字很久，這些字基本上她都認識，是些比較簡單的正體字。

來到世上這麼久，丹年迫切地想知道這裡是不是她原本待的那個世界，她到底是穿越到了古代，還是到了異世。

翻著翻著，丹年看到了一本地理志，打開一看，裡面記錄著這個國家的山河邊界，大部分都是圖畫，圖畫旁邊配有文字注解。她坐了下來，仔細觀看書的內容。

就在此時，沈立言又抱著一堆書過來了，他看到丹年坐在床上，一臉認真地盯著攤在腿上的書看。

一旁的書和玩具被丹年扒得亂七八糟，沈立言也不生氣，而是摸著丹年的腦袋笑道：「喲，我們的丹年也能認字啦？」

一句話，惹得屋裡的人都轉過身去看著她。

被幾道如炬的目光盯著，丹年心理壓力突然倍增，她可不能讓這群人知道她這麼小就會認字，否則肯定把她當成怪物看待。

丹年連忙指著書上的畫說道：「畫，好看！」

所有人都笑了起來，一個奶娃娃不過就是對書上的畫感興趣而已。

沈立言摸摸丹年的腦袋。「等妳長大了，跟哥哥們一起學寫字好不好？」

丹年立刻嚴肅地點點頭，奶聲奶氣地說了聲。「好，爹爹教！」

吳氏連忙向李慧娘道喜。「嫂子家將來可要出一個女狀元了！」

李慧娘和沈立言雖然知道吳氏這番話只是恭維，卻還是高興不已。

丹年則在心中偷偷擦了一把汗，總算是糊弄過去了。

午飯吃完後不久，族長來敲門了，說是前幾天沈立言託他問的閒置農地有著落了，要來找他去相看一下，看滿意不滿意。

事關將來的財產，未來的地主婆丹年當然不放心，也想跟著去，趕緊黏到沈立言身上，藕節似的手臂抱住他的脖子不放。

沈立言只當是丹年撒嬌，不甚在意，便叫上妻子，囑咐沈鈺和小石頭在家安心讀書，便隨著族長出去了。

族長在田間領著路，沈立言抱著丹年和李慧娘在後面跟著。族長有些年紀了，走起田埂來卻毫不含糊，健步如飛，還時不時停下來等沈立言他們。

到了莊西頭的一片開闊農地，族長停了下來，抽起旱煙。等沈立言他們過來之後，丹年便看到這片農地已經收了小麥，只剩下殘留的麥稈在地裡，面積很大，約有四十畝。

農地北面是一片低矮的灌木林，再往北是條河面很窄的小溪，西面是座不高的小山，東面是個土坡，像是荒地，有些地方則開闢成菜地，泛著綠意。

丹年打量完周圍的地貌，對這個地方很滿意。剛收完小麥，說明這塊地是熟地，買回來就可以種莊稼。要是能在山腳下蓋間房子居住，更是別有風味。

族長等沈立言他們大致上看完，就笑咪咪地問道：「立言，你看這塊地怎麼樣？」

即便沈立言是個種地的外行人，也能看出這塊地不錯。「族長，這塊地要賣多少？」

族長磕了磕煙桿，說道：「不算樹林和坡地，總共三十六畝，三百兩銀子，樹林和坡地不算錢，是原主家送的。」

丹年不太懂這個價錢算是便宜還是貴，不過她轉頭看沈立言和李慧娘的表情，就知道這個價格很實惠。

沈立言有些遲疑地說：「族長，這地可有地契和官府文書？」

族長拍著胸脯。「你放心，這地原就是我們沈家莊的，後來被一個外鄉人買走了，這個外鄉人逃荒到沈家莊當了上門女婿，論輩分算是你姑父。他人很勤快，農忙時幹活，農閒時就去城裡做小生意，累了一輩子掙下這些田產。等他兩眼一閉，他兒子沒人管了，轉身就去賭坊把他爹掙下的家業輸得一乾二淨，還欠了一屁股債。」

李慧娘嘆道：「這人也是可憐，累了一輩子，到頭來子孫不爭氣。」

丹年可不關心這個，她在懷疑，這麼好的事情，怎麼會輪到他們這些「外來者」來撿這個便宜？

族長笑道：「地是好些天前就有人買了的，地契和官府文書都有。對方聽說你要買地，就決定原價賣給你。」

沈立言、李慧娘和丹年聽了，更是不明所以。

等農地的主家到了眼前，沈立言一行人都愣住了，來人居然是帶走大全子的那個中年男子！今天他換了身寶藍色的綢布衫子，依舊是一副富貴管事的打扮。

見了丹年一家人，中年男子笑著拱了拱手。「在下姓趙名福，沈官爺管小人叫老趙就行了。」

對方禮節做了個十足，讓沈立言有些意外。他回禮道：「趙管事客氣了，立言無官無爵，擔不起官爺二字。」

趙福油腔滑調，人機靈得很。「沈官爺太客氣了。上次我回去就狠狠教訓了我那不爭氣的外甥一頓。我在這裡向沈官爺和沈夫人賠禮了！」說罷，居然滿臉笑容一個鞠躬到底。

沈立言一家摸不清趙福究竟在做什麼，然而伸手不打笑臉人，對方禮數十足，自家這邊也要不落人後。況且，趙福是舒城知府家的管事，無論如何都不能和他鬧得太僵。

沈立言連忙把丹年交給身後的妻子，上前扶起了趙福。「趙管事太客氣了，趙管事和族長同一輩，這不是折煞了立言嗎？」

趙福就勢起身，微微一笑，接著便指著樹林旁邊的開闊農地，說道：「小人剛入手這塊地，不過地方實在有些遠，不方便回來，想要轉賣。聽說沈官爺要買地，我就求了族長，來當個中間人。」

丹年算是聽明白了，趙福是賣了一個大人情給沈立言，他真不愧是大戶人家的管事，不但左右逢源，處事更是圓滑。上次他外甥大全子的事讓沈立言吃了虧，這次就想辦法送了個大人情，想讓兩家就此相逢一笑泯恩仇。

李慧娘對大全子家的人沒什麼好印象，沈立言也有些猶豫。不過趙福依舊笑得謙卑，很有耐心地等待沈立言的決定。

雖然對趙福的印象沒多好，不過放棄這麼好的地，可不是丹年的作風。丹年趴在李慧娘的肩頭，晃動起來，指著北面的小溪，奶聲奶氣地說道：「河，魚湯！」

沈立言笑了，拍了拍丹年的小臉。「這小丫頭，淨想著吃呢！」

這個家做決定的人畢竟是沈立言，丹年看他態度有所鬆動，立刻加把勁，又指著那片灌木林說道：「種果果，種果果！」

族長和趙福被丹年逗樂了，族長摸著鬍子，笑道：「立言，這小閨女對農活可比你懂得多啊！」

這些日子以來，沈立言忙著修葺房子，李慧娘也忙得暈頭轉向，都忽略了丹年，丹年只能自己跟自己玩，每天都悶悶不樂。

如今看丹年興致這麼高昂，沈立言非常高興，立刻謝過族長和趙福，買農地的事情就這麼定下來了。

幾個人回家以後，才發現小石頭已經返家了，只剩下沈鈺一個小孩可憐兮兮地坐在門檻上等他們回來。

丹年怕沈立言不按她的意思來，歪歪斜斜走到沈立言身旁，抓住他的衣襟下襬，仰頭望著他，一臉期待地強調。「吃魚，吃果果！」

沈立言和李慧娘只當是小孩子玩鬧，笑著答應了。丹年得到了答覆，便安安穩穩地往床上一坐，想這地以後要怎麼種。

第八章　童年趣事

雖然在丁憂期間房子不能蓋得太好，但新房子窗明几淨，睡覺的臥室也糊上了蔥綠色的薄紗。

忙完了買農地的事，族長帶了一幫人就來找沈立言了，說馬上就是秋播的時節了，他們新買的農地要是再不播種，就趕不上了。

沈立言從小在京城長大，沒種過地；李老丈從小就寶貝李慧娘，不讓她下田，因此兩人對種地都沒什麼概念。

丹年也不清楚這個地方秋季要種些什麼，眼下已收割完成的小麥是她前世就有的作物。丹年老家秋季要種玉米，小學時還會放秋忙假，爸爸和媽媽曾帶著她回老家幫親戚收玉米。

可玉米是從中美洲傳過來的，不是中國原產的，這個世界不知道玉米有沒有傳過來，所以秋天到底該種什麼，丹年也不清楚。

丹年決定還是等等看，反正自己不過是個話都說不溜的小孩子，被人發現知道得太多，可不是件好事。

沈立言和李慧娘原本打算這半年找到佃戶，買好種子，等明年開春再播種。

不料，族長在沈立言跟趙福握手言和後，對他們家的事情分外上心，不但帶來種子，還找來三家佃戶，說他們原先就租種這塊地。後來趙福把地買了下來，準備請相熟的人來種，他們就無處可去了。

現在看沈立言把地買了過來，他們就去求沈氏族長，託他跟沈立言說情，讓他們繼續租種這塊地。

丹年被李慧娘抱在懷裡，悄悄觀察起這三戶人家，都是些中年夫妻，其中兩對一臉忠厚，垂眼看著地面，只有一對三十來歲的夫妻看起來不安分，人在院子裡，眼睛卻不停往屋裡張望。

丹年一看到這樣的人就不喜歡，農民並不全像課本上宣揚的那麼老實，大全子那種人就是個活生生的例子。

如果那對夫妻心地黑、手腳不乾淨，將來有的是麻煩，可她又不能直接跟沈立言說不要他們兩個。聽族長說，現在是農忙時節，短工都很難找，更別說是願意幫他們做長工的人。

從最近這幾天的生活上不難看出來，李慧娘端上飯桌的菜當中，肉已經很少了，看來從京城帶回來的銀子估計所剩不多。

丹年知道沈立言和李慧娘其實不太想動用剩餘的銀兩，但要想讓生活水準不下降，那這一季的莊稼就要抓緊了。

望著自己的小身板，丹年只想仰頭長嘆。雖說小孩子只管著玩就成，日子也最快活，可她是一個外嫩內老的偽蘿莉，走都走不好，說話也不流暢，日子實在太殘酷了！

三戶佃戶都介紹了自己的身分，年紀最大的那對夫妻四十歲上下，丈夫姓王，叫王貴。他們兩個看起來很低調，跟沈立言和李慧娘說話時甚至有些畏縮。

賊眉鼠眼那對夫妻，丈夫叫張春生，剩下那對夫妻，丈夫叫張春雷，兩人是親兄弟。說起來，張春生和張春雷兩家人都有自己的農地，可惜地太小，收穫不多，不夠養活一家人，才會租種別人家的農地。

王貴一家則是沒有自己的土地，他兩個兒子都在外打零工，王貴夫妻與大兒子的媳婦就到處找東家租地種。這次他們一家幾口想簽死契，相當於是賣身給丹年一家。

沈立言考慮了很久，還是答應了，畢竟自家的地交給外人他不放心，有了這家人的賣身契，就不怕他們跑掉，還能幫他們看著張氏兄弟兩家。

這次秋播的種子是族長友情贊助的，他很大度地說等作物收成以後再還。

丹年聽他們談話，大概對這個世界的農業有了一些了解。就像她知道的，夏末時要種玉米，還要留一些地出來種高粱和紅薯。

原來這裡航運發達，玉米早就從中美洲引進來了。為了保險，還要種一些好栽種的高粱和產量高的紅薯，要是年景不好，這些東西能保一家老小吃飽肚子過冬。

丹年盤算著主要的農地要留著種糧食，旁邊的坡地可以種菜，至於灌木林就砍掉種果樹。吃不完的菜和果子能拿去集市上賣掉，只是不知道在自給自足的農莊裡，有多少人會花錢買這些東西。

丹年愈想愈覺得沒什麼把握，自己前世的專業是電腦系統，來到一個連電都沒有的古代，根本毫無用武之地。

佃戶租種的事情就這麼定了下來。身為地主，沈立言要做的就是視察農地，看長工們有沒有認真幹活。按照約定，收穫時六四分成，地主家拿大頭。

沈立言上午在田間監督佃戶整地，下午就指導兩個小孩子讀書。沈鈺和小石頭每天都要讀書、練字，小石頭人雖然靦覥害羞，可學習起來卻非常努力。

丹年暗地裡覺得小石頭小小年紀，內心卻一定憋著一口氣。他家裡男娃多，奶奶因為不喜歡吳氏，並不十分看重這個看起來有些怯弱的孫子。

眼下看小石頭讀書這麼用功，肯定是想為自己的娘親爭一口氣。丹年琢磨了半天，要是小石頭立志要考科舉當官，往京城發展，就不適合當她的夫婿了。

唉！丹年攤開四肢倒在床上，自己一個小奶娃，不但要操心家裡的生計，連將來嫁人也得從小就考慮起，真是辛苦啊！

天下了及時雨，沈立言家的佃戶趁著地濕土軟播了種，等這幾天農忙過去，也就沒什麼事情了。

那邊爹爹領著一群人種地，這邊丹年就開始想果樹了。

前世的她嗜水果如命，只可惜水果的價錢一年比一年高，她一個大學生，家裡給的錢少，常常只能看著水果攤眼饞。現在自家成了地主，她打定主意，無論如何也要犒賞一下自己！

古代沒有什麼保鮮技術，丹年自己暫時也沒那本事，就算吃不到過季水果，吃個時鮮水果，問題應該不大。

這一天，李慧娘拉著丹年到農地裡叫沈立言回家吃飯，丹年雖然步伐邁得小，但走路已經穩穩當當了。

田間小路上綠蔭遮天、清風拂面，處處鳥語花香。煞風景的是，她們在路上碰到了大全子的媳婦張氏，她還帶著三歲的兒子。

李慧娘本不欲理會她，不料張氏親親熱熱地走上前來，自顧自地說了起來，彷彿以前到丹年家門口撒潑鬧事的人不是她一般。

李慧娘是個溫良女子，因為買地的事情承了趙福的人情，也不好給張氏難堪，只是淡淡地應著。

前世丹年在學校也見過不少這種人，因為一點小事觸及了自己的利益，就跟你鬧得不可開交，就像多年的仇人一樣。等事情過去了，就一副沒事的樣子，來和你套交情。

丹年看到張氏這人就沒好心情，憑什麼不能跟這種人生氣，憑什麼要別人無條件原諒他們的過錯！

看大人不順眼，看她的孩子自然沒好氣。丹年斜眼瞅著張氏身邊的胖小子，一臉橫肉遺傳了他老子，手裡拿著一顆梨子，大口吃著。

沒出息，就知道吃！

丹年「恨屋及烏」，壓根兒沒把胖小子放在眼裡，可小胖子手裡的梨子卻讓她羨慕不已。她早就聽人說了，沈家莊的果樹都有主人，想吃水果，要麼向人買，要麼自己種。

小胖子絲毫沒留意到丹年的眼神，待他吃完了梨子，這才瞧見了粉雕玉琢的丹年。

小胖子家裡也有一個妹妹，可這個妹妹每天不是哭就是鬧，而且又黑又瘦，一點都不可愛，自然比不上白嫩嫩的丹年。

就在丹年不屑地把臉撇往其他方向時，小胖子一雙沾滿梨子殘渣的手竟不受控制地捏上丹年粉嫩的臉蛋。

張氏口沫橫飛說得正起勁，李慧娘在一旁心不在焉地往前走，直到聽見丹年爆發的嚎哭聲後，兩個大人才回過神來。

丹年的小臉和小胖子的手上全是梨子渣，丹年在一旁哭得委委屈屈，大人們一看就知道是怎麼回事了。

由於他們離丹年家的農地不遠，沈立言聞聲就趕了過來。他看妻子一邊幫丹年擦臉，一邊抱著丹年哄，又看到張氏和小胖子畏畏縮縮地站在一邊，一雙濃眉頓時擰了起來，看向張氏的眼神又多了幾分不善。

張氏眼看兒子欺負了人家女兒，沈立言又一副要發火的模樣，連忙作勢扭著兒子的耳朵，賠笑道：「沈官爺您忙，我回家好好教訓這小子！」說完立刻拉著不知所措的兒子轉身就跑了。

沈立言看女兒受了委屈，抱過丹年柔聲問是怎麼回事。

丹年眨了眨眼，斷斷續續開口了。「果果好吃，我看，他捏我臉！」

一旁的李慧娘猜出了事情的大概，解釋給沈立言聽了。沈立言摸了摸丹年通紅的小臉，問道：「丹年想吃果果？」

丹年含淚點了點頭。爹啊，您終於明白了，不枉我費力表演了這麼久！

一家之主沈立言大手一揮，說道：「下午就讓王貴去找人買果樹苗，把樹林清出一塊空地種果樹，等丹年長大就有果子吃了！」

冬去春又來，三年半悠然的田園生活讓丹年長成了活潑的鄉下小女娃，她穿著小花布衫，天天跟著沈鈺還有小石頭在莊裡上竄下跳。

丹年總算明白為什麼古代人當官當得不順心就要回家種田了，地主的日子過得多舒坦啊！

沈立言原本對兩個男孩子的教育很嚴格，但這兩年也怕把孩子拘得太緊，就改成上午上課，下午隨他們去玩了。

午後的農莊沒有多少人聲，大部分的人都在午休，只有樹上的蟬在聲嘶力竭地叫喊。

丹年一行人跑出去玩，遠遠就看到了老兔家。當年捏丹年臉的小胖子已經長大了，比起同齡的孩子，根本是虎背熊腰。

小胖子牽著妹妹沈小桃，她外表黑瘦，和丹年差不多大，一雙眼睛直勾勾地盯著沈鈺和小石頭看。

丹年看見他，就氣不打一處來。她可沒忘當年大全子夫妻是怎麼到他們家撒潑，更何況……丹年暗自握緊小拳頭，這傢伙還捏過她的臉！

自從發生那件事之後，張氏就不敢再讓兒子接近丹年，平日也多半拘著他，今天要不是剛好兩邊的小孩都偷溜出來，根本不太可能碰見。

小胖子一看到丹年，就急匆匆地拉著妹妹衝到丹年跟前，覥著臉笑道：「丹年，你們要去哪裡玩啊？」

小石頭個性內向，看了兩人一眼，並不理會，而是退到一邊，順手從地頭扯了根柳枝編起花環，戴到丹年頭上。

沈鈺牽著丹年的手看向別處，一張英俊的小臉繃得緊緊的，不想理對面那兩個人。小孩子記性好著呢，他可沒忘記當初小胖子的爹娘害他差點挨他爹打。

因為小胖子名叫沈暢，沈鈺還幫他起了個外號，叫「肥腸」，讓丹年笑了很久。

沈暢見半天沒人理他，面子上有些掛不住，他圓滾滾的手臂往腰上一插，堵在路中間，粗聲粗氣地問道：「你們要去哪裡？」說著還示威似地晃了晃身上的一圈肥肉。言下之意，就是他們不招的話，他就大刑伺候！

沈鈺眼珠子一轉，不情不願地說：「我們要去大花嬸家的地裡打兔子，不關你的事！」

沈暢的眼睛霎時瞪直了。「兔子?大花嬸家地裡有兔子?」

沈鈺不耐煩了，一副「懶得跟你多說」的模樣。「大花嬸地裡種的小麥是她哥哥從京城捎來的麥種，兔子喜歡吃！」

大花嬸是沈家莊裡有名的潑辣貨，連沈暢的娘張氏都不是她的對手。沈暢要膽敢到大花嬸家的麥地裡亂竄，後果不難想像。

沈暢其實已經有些相信沈鈺的話了，但他又不放心地問道：「大花嬸那麼凶，你們怎麼敢去她家的地裡打兔子？」

一直不吭聲的小石頭接話了。「這會兒大人都在睡覺。」

丹年眼睛瞪大了，真是沒想到，連小石頭都是個腹黑的傢伙！

她本著「多一事，不如少一事」的原則，著急地拉了拉沈鈺的手。「哥哥，我們不去打兔子，那裡肯定沒兔子！」

她一邊說，一邊不著痕跡地瞥了沈暢一眼，希望他能領會她的意思。

沈鈺以為丹年也相信了他們是要去打兔子，連忙哄道：「好，我們不去。」

說罷，沈鈺便和小石頭一人拉著丹年一隻手，越過沈暢，忽略旁邊的沈小桃，三人向小溪前進。

丹年有些擔心地回過頭去看，只見沈暢拉著他妹妹，急匆匆往大花嬸家農地方向狂奔的背影。

丹年暗自咬牙，那小胖子肯定是以小人之心度君子之腹，以為自己是怕他們也去找兔子才這麼說的，枉費自己一片好心，他等著大花嬸化身為女暴龍吧！

第二天一早，丹年迷迷糊糊中就被一個高亢的女聲給驚醒了。

等她醒過來，就看到沈鈺一臉興奮地趴在她的床前。「肥腸真的跑去大花嬸家地裡找兔子了，現在大花嬸正在肥腸家門口罵人呢！」

肥腸家和她家在一個莊子的兩頭，大花嬸罵人的聲音傳到她家依然中氣十足、清晰可辦，實在不愧是女暴龍。

偏偏沈鈺這小子還有閒情逸致在這裡開心，等小胖子把他給供出來，大花嬸和張氏兩隻女暴龍肯定轉頭向他們家噴火。

「那怎麼辦？沈暢……」丹年看哥哥眉毛挑了起來，連忙改口。「那個肥腸肯定會把你騙他的事給供出來的。」

沈鈺聽了，臉上的光芒頓時消逝無蹤。那兩個女人的威力可不是聽聽就算了的，他趕緊拉丹年起床，要溜出去看看。

丹年垮著一張臉，被沈鈺扯著一路狂奔。

沈暢家門口早已經圍了一堆看熱鬧的人，大花嬸挺著肥碩的胸脯，唾沫橫飛地叫罵道：「你家的小兔崽子都成精了！老子占著人家的地不還，果然養不出什麼好東西！」

張氏拿了根大掃帚，威風地立在門口，氣勢上毫不遜於大花嬸。「妳個不要臉的潑婦！大清早的就來我家門口放屁！」

丹年聽張氏說話的內容，知道她心裡清楚是怎麼一回事，就是不知道事後會不會去找他們家麻煩。

不過，丹年猜測趙福提醒過他們，這三年來兩家一直相安無事，估計不會因為小孩子之間的玩鬧再引起什麼紛爭。只要這兩隻女暴龍不把火集體往自己家裡噴，丹年就謝天謝地了。

大花嬸受了罵，捋了捋袖子，插著腰，怒目道：「妳家兒子踩了我家小麥地，還有理嗎？賠我家的小麥來！」

張氏這邊毫不退讓。「妳說我兒子踩了妳家小麥，誰看見了？莊上小孩這麼多，妳怎麼不說是別人家的，就瞅著我家好欺負！」

「妳家那個兒子成日禍害人，除了妳家，別家教不出這樣的兒子，就是上樑不正下樑歪！」大花嬸橫眉豎目地罵道。

張氏憤怒不已，用手指著大花嬸。「妳再說一遍，誰上樑不正下樑歪？」

「妳敢說妳家沒做過虧心事？上次我家菜地裡的茄子平白少了十幾個，好幾個人都說看見妳一上午都在我家菜地附近轉，妳敢說不是妳偷的？」大花嬸抖出了陳年往事。

張氏揚著下巴。「妳家菜地少了菜，關我什麼事？去年妳弟弟娶媳婦的時候，跟我家借十斤白麵、十個雞蛋，我給妳的可是上好的白麵，妳還回來的麵卻只有八斤，還是雜麵！」

大花嬸不禁面紅耳赤。「放屁！妳給的雞蛋，十個有五個是放到臭了的！」

張氏自知理虧，文的不行就開始來武的，她拿起手中的大掃帚開始趕人，罵道：「老娘給妳的雞蛋都是好的，有本事叫妳男人來說！」

誰知大花嬸卻認定張氏這麼說是因為對自己的丈夫肖想已久，肥碩的身板立刻張牙舞爪地撲了上去。「妳算什麼東西，敢肖想我家男人？當老娘怕妳不成！」

張氏再怎麼潑辣，也不能容忍別人詆毀自己的清譽，這下子新仇舊恨算是一起爆發了。霎時間，一肥一瘦兩道身影便糾纏在一起。

丹年看得很入迷，大花嬸那身形有兩個張氏那麼大，不過張氏勝在身體靈活，一雙利爪毫不留情。

兩個女人披頭散髮，妳揪我的頭髮，我就抓妳的臉，腳還不停在對方身上招呼，臉上、身上全是泥土。

就在她們打得不可開交之際，人群中急匆匆走出一個壯實的漢子，一把將大花嬸拉開，這個漢子就是大花嬸的丈夫，大花子。

大花嬸被丈夫從背後抱住，還不甘心地一邊奮力踢著仇敵，一邊大罵。「妳個賤婦，敢打我男人的主意！」

張氏看到大花嬸的幫手來了，一屁股坐在地上，開始哭鬧。「大花子你個喪盡天良的，你們兩口子看我家男人去探望我婆婆，就欺負上門來了！等我家男人回來……」

丹年還沒看夠兩個女人的戰爭，就被沈鈺拉著跑回家，原以為這件事就這樣過去了，沒想到等他們吃完早飯，小石頭過來唸書的時候，丹年就發現有些不對勁了。

小石頭的頭髮上有明顯的泥印子，左腮幫和額頭紅腫了一大片。

等他們照著字帖練字時，丹年便走過來問道：「石頭哥哥，你這是怎麼了？」

在一旁練字的沈鈺也停了下來。他知道吳氏最愛乾淨，每次都會把小石頭打理得整整齊齊，才會讓他出門。雖然今天小石頭很明顯不太正常，可他卻不知道該怎麼開口，直到丹年詢問才直接盯著小石頭看。

小石頭摸了摸臉，低聲答道：「沒事。」

丹年想了想，很肯定地問道：「是肥腸打的？」

小石頭只是靦覥地笑了笑，算是默認了。看到沈鈺和丹年都在看著他，趕緊說道：「快練字吧，一會兒叔叔過來了要檢查的。」

沈鈺和丹年不禁有些氣悶。沈暢不敢對付沈鈺，就拿小石頭出氣。只是丹年想來想去，發現他們還真不能把那小胖子怎麼樣。他一身橫肉，打沈鈺和小石頭兩隻瘦猴子，簡直綽綽有餘。

忙完田裡的事，李慧娘和沈立言才有空歇口氣。趁沈立言去看兩個男孩子習字的成果，李慧娘拉了丹年出來，她幫丹年準備了小簸箕和針線，要讓丹年開始學針線了。

丹年學得很認真，這個時代沒有縫紉機，不管是衣服還是荷包，都是一針一線縫出來的。要是自己學會了針線，以後要縫衣服或荷包都行，沒什麼壞處。

李慧娘先為丹年示範了一下針法，她挑了根粗細適中的針，讓丹年先學著縫補衣服，給她的任務也很簡單——不能在衣服外面看到縫補的針腳和線頭。

雖然任務看起來簡單，可丹年做起來就覺得困難。她還小，捏不住針，想要練到李慧娘那個水準，真是任重而道遠……

第九章 閒言閒語

三年前沈立言應丹年的請求，找佃戶王貴種了幾棵梨樹和杏樹，這些果樹已經開始結果子了。這天上午習完字，沈立言就帶著沈鈺和小石頭摘了一筐桃子和杏子回來。桃子都是毛桃，外皮一層毛茸茸的細毛，要是不小心把細毛弄到皮膚上，還會癢個半天。丹年無比懷念前世的油桃，卻不知道這個世界有沒有這種改良品種。

丹年先挑出來大又熟的果子，給自己家留了一些，剩下的就拿帕子包幾個，讓小石頭塞進布書包裡面帶回去給吳氏。

小石頭家裡孩子多，丹年見過他們，一個個跟餓狼似的，要是讓他們瞧見了，肯定不夠分。

李慧娘又另外挑出一些賣相好的，裝在筐裡，讓沈鈺和丹年送去給族長一家。他們一家在這裡連個正經親戚都沒有，巴結好族長總沒錯。

兩個粉嫩的孩子抱著一筐果子站到族長面前，頗有些金童玉女送寶進門的感覺，族長樂得鬍子一顫一顫。雖然他不稀罕水果，不過卻有點迷信，想圖個好彩頭。

沈鈺和丹年搞不清楚為什麼送個水果就讓族長高興成這樣，拿著空筐，有些莫名其妙地回家了。

剩下一些有蟲眼的果子，李慧娘就隨意擺在家中，誰來串門子，就給誰抓上幾個。

丹年原想著果樹結果了，還能賣上幾個錢，雖然家裡的生活不用愁，可凡事都要親力親為，沈立言幾乎每天都要到農地裡和佃戶們一起幹活，李慧娘也要操持家務。

丹年一直想減輕他們的負擔，她想要過的是「茶來伸手，飯來張口」的米蟲生活，然而實際情況卻離她的要求還很遠，得想辦法多賺點錢才是。

沈家莊和附近幾個莊子逢單日便有集市，以前因為丹年和沈鈺年紀還小，李慧娘要照看他們，實在走不開，因此出去採買的事情都由沈立言一手包辦。

等到丹年大了一些，附近莊子上又出了幾起孩子被拐的事，李慧娘怕帶丹年出去會有危險，一直將她看在眼皮子底下，沒讓她出過沈家莊。

丹年曾試探著向李慧娘提起過。「娘，我們把果果拿到集市上去賣吧！」

李慧娘聽了，只是一邊納鞋底，一邊逗她。「誰要去賣啊？我們的小丹年去賣嗎？」壓根兒沒把丹年的提議當一回事。

丹年有些洩氣，不過她娘親說得也有道理。農村很多人家的房前屋後都種有果樹，結的時鮮果子都是自己吃或送人，沒見過有拿來賣的。

可除了拿去賣，丹年也想不出更好的辦法了……

下午時丹年乖乖坐在李慧娘身邊，繼續練習縫補衣服。現在丹年進步不少，針腳細密，手也穩多了。

李慧娘把自己以前的一件舊緞褂子剪成了幾片，留給丹年練手。

丹年憑藉著前世的記憶，用李慧娘的眉筆在緞布上畫了些卡通圖案般的花朵，拿彩色的絲線試著繡起花。李慧娘看著好玩，也就由著丹年瞎折騰。

還沒等丹年坐下來繡一會兒，就來了不速之客，是張氏帶著她女兒來串門子了。

丹年對這兩個母女很是討厭，張氏說話的語氣總是酸不拉嘰，不知嚼了幾家人的舌根。有幾次聽朱氏轉述，張氏跟幾個媳婦說沈立言和李慧娘不知收了吳氏多少好處，才會教小石頭唸書寫字。

張氏的女兒沈小桃更不招丹年喜歡，每次她來，眼珠子就像黏在沈鈺身上似的，扯都扯不下來。沈鈺遺傳了沈立言的長相，人長得好看，比起那些渾身泥巴的皮小子，簡直就是鶴立雞群。

在丹年眼裡，自家哥哥總是最好的。瞧見沈小桃看沈鈺時那熱切的眼神，就覺得不高興，暗地裡給她起了個外號，叫「小黑桃」。

這會兒看到張氏帶著小黑桃進了她家院子，丹年乾脆轉身到一邊，裝作沒看見她們。

李慧娘站起來跟張氏打了聲招呼，還幫張氏和小黑桃拿了兩張小板凳過來。

張氏看丹年在一邊拿著針線鼓搗，親熱地說道：「丹年也學女紅啦？」

她湊了過去，看到丹年手裡那塊布，雖然是舊布料，光澤不在，可一眼就能看出來是塊緞布，不禁張大嘴巴嘆道：「丹年，妳剛學繡花就用緞子繡啊？」

丹年連頭都沒抬一下，張氏落了個冷場，訕笑道：「到底是京城來的，從小手就巧。」

小黑桃則是一臉饞相地看著小桌上的桃子，李慧娘見狀，就抓了幾個塞進她懷裡。小黑桃吸了吸流出來的口水，拿袖子擦了擦桃子，上嘴就啃。

丹年心中暗自罵道：「跟妳哥一個德性，沒出息！」

張氏恭維的話講完了，李慧娘也沒別的話和她好說，繼續納著鞋底。

張氏站在一旁躊躇了半晌，才說道：「妹子，我聽人說妳手藝可好了，繡出來的花啊、鳥啊，跟活的一樣。」

李慧娘淡淡笑道：「瞎傳的吧。」

「哪是，我看妹子這手藝，就是城裡的裁縫都比不上！」張氏乾笑著說起好話。

丹年有些糊塗了，張氏每次來都是唾沫橫飛地八卦鄉親鄰居，今天來卻東拉西扯的，到底想做什麼？

張氏見李慧娘只是淡笑，仍舊低著頭納鞋底，不甘心地端著小板凳，朝李慧娘那裡挪了挪，說道：「妹子，我問句不該問的。」

丹年看不慣這厚臉皮的女人騷擾她娘親，輕哼了一聲。「既然知道不該問，還問什麼？」

張氏聞言，剛想要站起來罵人，猛然間又想到了什麼，訕笑道：「妳看丹年這小閨女，這麼小就伶牙俐齒。」

說完，她又跟李慧娘探問道：「妹子，我聽說小石頭他娘送了不少好東西給你們家，有這回事嗎？」

李慧娘聽了心頭火起，她放下鞋子，厲聲道：「妳從哪個愛嚼舌根的人那裡聽來的?!」

張氏一看李慧娘發火了，連忙賠笑。「妹子別急，我也是聽說的。前兩天小石頭他奶奶打了小石頭他娘，說是小石頭他爹離家前掙的幾百個大錢，都被小石頭他娘給花乾淨了。我尋思著，小石頭他娘平日裡不買布、不買零嘴的……小石頭的奶奶這麼說，也有些道理。」

李慧娘關心的不是這件事。「妳說小石頭他娘挨打了？」

張氏一看吸引了李慧娘的注意力，得意地說道：「可不是，嘴角都被打出血來了！她婆婆可不是個好貨，叫上了大媳婦和閨女，按著她打！」

丹年震驚不已，她根本無法想像柔弱的吳氏被按著打會有多慘！

古代女子嫁到夫家之後，丈夫不在家，公婆就是她的天。怪不得小石頭這幾天臉上沒了笑容，背書老是出錯，她還以為是小孩子進入學習倦怠期，原來是家裡出了這麼大的事情。

李慧娘一顆心亂糟糟，小石頭的婆婆會不會以為吳氏把錢全給了他們家，才打吳氏？他們是不是要去小石頭家裡解釋一下，免得吳氏再挨打？然而她一時之間也拿不定主意，決定還是等丈夫回家再說。

李慧娘看向一臉興奮的張氏，厭惡之情一閃而過。「全嫂子，小石頭來這裡讀書認字，那是小石頭他娘信任我相公。再說，兩個小孩子作伴，學習起來也有勁，我們怎麼可能跟人家要錢？要是我知道是哪個沒臉沒皮的在背後嚼舌根，可別怪我不念情分！」

張氏的笑容頓時凝結，她裝模作樣地順著李慧娘的話，說道：「我就說嘛，妹子是個什麼樣的人，怎麼可能要鄉親的錢呢！肯定是搞錯了！」

接著，張氏又神秘兮兮地說：「聽說她婆婆打她，是因為她老拿錢幫襯她娘家。她娘家就一個兄弟，腿有毛病，幹不了重活。」

「一會兒錢給了我們，一會兒錢給了她兄弟，妳還知道些什麼？」李慧娘不禁出口譏諷道。

張氏被挑出了問題，臉皮一會兒紅一會兒白，等過了一陣子，又裝模作樣地誇李慧娘鞋底納得好。

見李慧娘不搭理她，張氏有些急了，她一把扯過女兒，賠笑道：「妹子，我這個閨女跟丹年差不多大，妳手藝這麼好，教一個也是教，教兩個也是教，不如順便教教我們家桃子吧！」

還未等李慧娘說些什麼，張氏就一巴掌把女兒打得跪到李慧娘面前的地上，罵道：「愣著做什麼，還不快跟師傅磕頭！」

沈小桃還在啃桃子，冷不防被娘親一巴掌拍跪到地上，桃子也掉了，沾滿了灰土。她的眼淚還沒來得及流出來，就被張氏凶神惡煞的模樣給嚇了回去，也顧不及掉到地上的桃子，趕緊磕起頭來。

李慧娘拉著沈小桃要她起來，她看了張氏一眼，小聲說道：「嬸嬸教我針線，我就起來。」

李慧娘看著張氏，張氏則低頭看向自己的腳尖，完全不吭聲。

丹年看著這對母女的表演，除了生氣別無他法，她明白李慧娘是個和善的人，肯定會答應。

果然，李慧娘實在見不得跟自己女兒差不多大的女孩子跪在地上求人，便開了口。「嬸嬸教妳，妳先起來吧。」

沈小桃一聽李慧娘答應了，連忙站起身來站到張氏身後，張氏一雙小眼睛閃著得逞的光芒，嘴上說道：「孩子就多勞妳操心了！」

沈立言現在認為總是關起門讀書，會把孩子讀傻了，有時下午就會帶著沈鈺騎著馬到處走走。

等沈立言帶著沈鈺從外面回來，李慧娘就匆匆把他拉到了一邊。丹年不用想也能猜到，娘親肯定是要說吳氏的事情。

吃飯時，飯桌上瀰漫著一股低氣壓。沈鈺不明所以，等到吃完飯，他就拉著丹年躲到旁邊問是怎麼一回事。丹年覺得這種事情不好跟一個八歲的男孩子說，便裝作不知道。

其實碰到這種事情，丹年也很茫然。前世時，爺爺和奶奶因為嫌棄她是女孩，沒少給媽媽臉色看，媽媽受了公公和婆婆的氣，爸爸也是睜一隻眼閉一隻眼，像吳氏這種連丈夫都不在家的，還能怎麼反抗？

既然沈立言和李慧娘都還沒商量好要怎麼做，她和沈鈺又都是小孩子，還是等大人決定再說吧。

第二天小石頭來唸書時，臉色如常，看到丹年，依舊是帶著靦覥和羞澀，叫了聲。「丹年妹妹好！」

李慧娘和沈立言對視一眼，嘆了口氣。這孩子太倔強了，家裡出了事，也不跟他們這邊說一聲。

中午吃完飯，沈立言就去農地了。張春生和他妻子最近幹活都磨磨蹭蹭的，一有機會就想偷懶，讓沈立言非得多盯著點不可。

李慧娘收拾完東西，囑咐沈鈺在家好好看書，不要跑出去玩，就包了二十個雞蛋，又帶著丹年去小貨棧買了幾斤白糖和幾包糕點，往小石頭家去了。

來開門的是個年輕大姑娘，丹年認得這個人，她是小石頭的二姑姑翠蘭，人長得白淨，就是吊梢眉和三角眼看起來讓人十分不舒服。

翠蘭開門一看是李慧娘，愣了一下，隨即扭頭朝院子裡喊道：「娘，立言家的來咱家了！」

沒多久，一個矮小的老太太從院子裡走了出來，她紮著褲腳，面色不善地上下掃了李慧娘一眼，在看到李慧娘手裡掂的東西時，瞇了一下眼睛，連忙笑道：「原來是立言家的，快進屋裡來。」

小石頭家的院子裡堆滿了小麥，讓不大的小院子顯得更加擁擠。

吳氏和小石頭聽到了動靜，從院子西邊的耳房掀簾子要出來，卻被老太太刀子般的眼神給瞪了回去。吳氏眼睛紅紅地看了看李慧娘，李慧娘朝她使了個「安心」的眼神，吳氏這才怯生生地放下簾子回房了。

老太太看到這一幕，笑道：「我們家的媳婦沒規矩，怎麼教也教不好，妳是京城裡來的大戶人家，別笑話我們這小門小戶的就行。」

「大娘說笑了，我們來了這裡就是鄉親，一樣幹活吃飯，哪分什麼大戶小戶的？您是長輩，這麼多年了，都沒上門來探望您，是我們不對。」李慧娘笑道。

老太太接過李慧娘手裡的點心包裹，掂了掂分量，立刻笑得見牙不見眼。「你們城裡人就是客氣，來我這裡還帶什麼東西啊！」

她嘴上雖然這麼說，手可一點也沒慢，接過東西就招呼翠蘭收了起來。

丹年沒去過別人家，等進了小石頭家的堂屋，才感覺到差距。屋子裡居然還是泥地，她還以為每戶都跟她家一樣是青石板鋪的地；家具也很簡單，只有一張磨掉漆的桌子和幾把矮腳椅子。

門口一堆小孩子從大到小不等，見來了人，都探頭探腦地往這裡看，老太太虎著臉，像趕小雞一般，把這群孩子轟走了。

等孩子們看到翠蘭拿著糕點往堂屋旁的套間去時，一個個噘著口水跟在翠蘭後面，翠蘭扭頭看著幾個小孩，瞪著眼睛大聲喝斥，孩子們見討要無望，快快不樂地跑出去玩了。

翠蘭放好了東西，過來幫李慧娘倒了碗熱水，轉身貼到老太太耳朵邊說了幾句，老太太臉上的笑就凝滯了，對她們的態度也冷硬了許多。

丹年皺起了眉頭，看來小石頭的姑姑可真是不安分。

老太太皮笑肉不笑地在那裡坐著，李慧娘一時之間有些無話可說，總不能一來就跟人家說：「妳誤會妳家媳婦了，錢沒給我們，至於到了哪裡，肯定有別的原因。」

看老太太那副凶悍模樣，不但不會相信她說的話，還會揪著領子要她還錢。

丹年靈機一動，揚起臉，對著老太太甜甜一笑。「奶奶，小石頭唸書可聰明了，我爹經常誇他，比我哥哥讀得還好！」

不管小石頭奶奶再怎麼不待見吳氏，小石頭也是她正經的孫子，聽到這話，她那僵硬的臉上終於有了笑意。「鄉下孩子，認識幾個字就行了，還指望他中狀元不成？能安安穩穩長大，就是萬幸了。」

李慧娘乘機誇起小石頭。「小石頭這孩子既懂事又聽話，大娘可有福氣了，這麼多孫輩，將來肯定享福。」

老太太聽了，往西邊耳房的方向哼了一聲，慢悠悠地說道：「享福我是不敢想，孩子都是債，妳沒看到那群小兔崽子什麼樣子！光帶孩子就夠我受的了，還有那個不懂事的，我不被氣死就算好了。」

丹年對這老太婆沒啥好印象，人家吳氏哪裡招惹妳了，活沒少幹，還要挨妳的打，在外人面前還話裡話外諷刺人家，要是當婆婆的都像妳這樣，媳婦還要不要活啊？

李慧娘小心看著小石頭奶奶的臉色，說道：「我看小石頭他娘是個明理人，小石頭他爹不在家，我們晚輩有不懂或做得不對的地方，得煩勞您多幫襯些。」

老太太驀地提高了聲調，斜睨著西屋。「幫襯？我一個老太婆能幫襯得了誰？嫁進來這幾年，不缺她吃、不短她穿，竟還吃裡扒外！」

丹年內心重重嘆了口氣，看來張氏說的話還是有幾分可信，吳氏可能真的拿婆家的東西幫襯自家兄弟，才會惹得小石頭奶奶大怒。

李慧娘勸道：「大娘想多了，年紀大了，可別氣到自己，好好問清楚是怎麼回事，說不定是誤會。」

「誤會？什麼誤會？我兒子離開之前掙了幾百個大錢，現在她一個都拿不出來，誰知道拿去幹啥去了，說不定是給哪個野漢子……」老太太大聲喊道。

「大娘！」李慧娘忍不住了，低聲喝止了小石頭奶奶。女子的名聲非常重要，哪能這樣隨便亂說?!

小石頭奶奶正在氣頭上，自知失言，也不吭聲。丹年在心裡暗笑，這老太婆是什麼樣的人啊，巴不得自己兒子腦門泛綠光嗎？

「立言他媳婦，妳來評評理，有她這麼當媳婦的嗎？照這樣下去，我們家還不得被她敗光啊！我當婆婆的教訓一下媳婦，應不應該啊？」老太太一臉蠻橫，活像吳氏敗了她家多少錢似的。

丹年忽然想起來，一包糕點是十個錢，這已經是小貨棧裡面比較好的糕點了，幾年前他們家買地時，一畝地算起來也不到十兩銀子，這樣看來幾百個錢根本不算什麼。

丹年仰起頭，一臉不解地問道：「娘，幾百個錢是很多錢嗎？」

老太太猛然一拍大腿。「唉唷，真是大小姐不知道我們老百姓日子難過呢，那是小石頭他爹幫人打了幾年短工，才掙下幾百個錢呢！」

丹年疑惑不已。「我們買給奶奶您的糕點都是十個錢一包，幾百個錢也就是幾十包糕點，小石頭的爹爹做了幾年活，才賺了幾十包糕點啊？」

此言一出，老太太臉上掛不住了，她乾眼瞪了半天，卻又找不到反駁的話，李慧娘只好出言訓斥丹年。「怎麼這麼不懂事？怎麼能這樣跟奶奶說話呢?!」

說著，她又賠笑道：「大娘，小孩子不懂事，口無遮攔的，您別放在心上。」

老太太咳了兩聲，裝出喉嚨不適的模樣去喝水，還擺了擺手，表示自己不放在心上。

接著李慧娘又和小石頭奶奶聊了一下，小石頭奶奶就是不再談及吳氏，而是東拉西扯地和李慧娘說了一會兒話，無非是說些今年天氣和地裡收成什麼的，聽得丹年直打瞌睡，還不如聽張氏八卦有趣呢！

李慧娘見丹年張著小嘴，眼神迷離，連忙藉口孩子睏了，要帶孩子回家睡覺，抱著丹年就告辭了。

李慧娘抱著丹年出門後，翠蘭就立刻關上了門。門闔上那一瞬間，她朝西屋吳氏住的地方啐了口唾沫，丹年清楚地聽到她罵了一句。「真是會裝！」

會裝？是誰會裝？這話明顯不是在說丹年和李慧娘，只可能是說吳氏了，看來吳氏在家裡的日子還真是相當不好過。

「娘，她們以後還會不會打吳嬸嬸啊？」丹年摟緊了李慧娘的脖子。

過了半晌，李慧娘才嘆道：「不會了，小石頭奶奶沒打妳吳嬸嬸，張嬸嬸騙妳呢。」

其實丹年很清楚，小石頭奶奶不會因為李慧娘送了點禮物過去，就改變對待吳氏的態度。她問這些，只是想尋求心理上的安慰。

來到古代後，女子地位的低下讓丹年很不適應，也感到很惶恐。這個時代沒有法律保護女人的權利，也許只有等小石頭長成男子漢，才能保護吳氏了。

第十章　精打細算

第二天小石頭再來時，說話的語調輕快了不少，臉上的笑容也多了，想是昨天他家裡沒發生什麼事情，丹年一顆懸著的心，這才放了下來。

到了下午，丹年家的門被敲響，是小黑桃來了。她站在門口怯生生地問了聲好，說是她娘叫她來跟慧娘嬸嬸學針線的。

丹年上下打量了她一番，覺得很是奇怪。「妳來學針線，那針線呢？」

小黑桃不吭聲，一張臉脹得通紅，一雙手不停來回搓著。

丹年看明白了，張氏真是打得好算盤，不但要李慧娘白教小黑桃針線，連材料也要幫她準備好。

李慧娘嘆了口氣，拉過沈小桃，和藹地問她有沒有用過針線。得知沈小桃在家補過爹爹和哥哥的衣服之後，就翻出幾塊描了簡單花樣的細棉布給她，示範了一下針法，讓她先練習。

丹年側過身去自顧自地繡著花，不理會小黑桃。等到李慧娘中途去餵雞時，丹年背後傳來了小黑桃細如蚊蚋的聲音。「丹年，妳是不是不喜歡我？」

丹年啼笑皆非地轉過頭，只見小黑桃一臉緊張怯懦地看著她。丹年突然覺得自己有點孩子氣，就算張氏再怎麼惹人厭，小黑桃都只是個四歲多的小女孩，自己卻已經是個大人了，實在沒道理跟她過不去。

「沒有。」丹年的聲音放柔了許多。

「噢，那就好。妳總是板著臉，不理我，我以為妳不喜歡我。」沈小桃輕輕舒了口氣。她總覺得丹年家比她家漂亮許多，每次來這裡她都有點驚慌。

丹年笑了笑，繼續埋頭繡著自己描上去的卡通小貓。小女孩的心思總是很簡單，比起小黑桃，自己算是幸福的了。

一旁的沈小桃看著丹年粉嫩的側臉，眼睛上的睫毛又長又翹，像兩把小扇子一般，身上穿的綢布粉青色小褂下襬繡著紅色的桃花，一對寶藍色的蝴蝶髮飾紮在頭上的小寶髻上，彷彿隨時會飛起來一般，禁不住羨慕地說道：「丹年，妳可真好看！」

李慧娘喜歡打扮丹年，每次有機會去城裡的大集市，她都要幫丹年帶回來一些髮飾、頭繩什麼的。每當她把丹年抱出來，大家都會連聲誇讚丹年可愛漂亮，李慧娘也與有榮焉。

如果丹年真的是個四歲半的小姑娘，估計早就飄飄然了，可丹年心中很明白，這些大人們誇獎她，多半只是場面話。

丹年狐疑地盯著小黑桃瞧，小黑桃冷不防被丹年盯了個正著，一張小臉脹得通紅，一時之間有些手足無措。「我是說真的，我挺喜歡妳的，那個，我哥哥也很喜歡妳。」

「喔，謝謝。」丹年簡短地答道，並未放在心上。張氏可真會教孩子，這麼小就會巴結人了！

沒得到丹年的笑容與積極的回覆，沈小桃眼神顯得有些落寞，李慧娘在後院餵好了雞，出來時正好看到這一幕，便說：「丹年，不許欺負小桃！」

「沒有，丹年沒有欺負我，嬸嬸，我是在誇丹年漂亮呢！」沈小桃慌忙解釋道。

丹年看著小黑桃眼眶含淚的模樣，牙齒酸得直抽冷氣。這丫頭真是天生懂得表演，不知道內情的人，絕對會以為自己欺負她。

不管小黑桃是不是故意的，丹年也沒心情去理會她了。

等到丹年一家吃完晚飯收拾好了，天色已暗了下來。此時忽然有人在外面敲門，沈立言高聲問了一句。「誰啊？」

門外傳來了吳氏的聲音。「是我，小石頭他娘。」

李慧娘連忙開門請她進來，吳氏卻是一副有話要說卻不方便說的樣子。李慧娘見狀，把吳氏請進了裡屋，兩個女人坐在床邊說起話。

沈鈺和丹年也跟了進去，但李慧娘嫌沈鈺是個男孩子不方便聽，把沈鈺轟了出去，丹年趕緊乖乖依偎在李慧娘身邊，一副乖巧懂事的模樣，李慧娘便沒要丹年出去了。

沈鈺不開心地看了丹年一眼就跑出去了，那眼神丹年懂——憑什麼丹年能在這裡，我就不能啊？

不過丹年就著昏黃的油燈看到了窗臺下有個毛茸茸的小腦袋在晃動，不禁捂住嘴笑了。這個哥哥，真是鬼靈精！

吳氏還未來得及說話，眼圈就紅了，李慧娘連忙起身倒了碗水給她。

吳氏喝了口水，情緒穩定了許多，她抓住李慧娘的手。「慧嫂子，妳之前去我家，我還沒謝妳呢。」

李慧娘拍了拍吳氏的手。「說什麼呢，我只是去看看小石頭他奶奶，妳何必謝？」

吳氏感激地看著李慧娘。「慧嫂子，妳是替我說好話去了，我不是沒心腸的人，這分恩情，我記下了。」

李慧娘有些憐憫地看著她。「妳若不嫌我是外人，就跟我說說到底是怎麼回事，外面傳來傳去的，對妳的名聲也不好。」

吳氏擦了擦眼角，說道：「慧嫂子，我跟妳說句實話，小石頭他爹臨走時的確留給我幾百個大錢。小石頭他奶奶記起來有這麼回事，便問我，我跟她說花完了，其實是藏了起來。」

「妳藏起來做什麼？」李慧娘不解。小石頭奶奶不至於連兒子留給媳婦的錢都占吧？

「慧嫂子不知道，翠蘭訂下了人家，下個月就要出門了，她嫌家裡辦的嫁妝比她姊姊的少，鬧了好幾回了，那老太婆想把那點錢要出來貼給她閨女！」吳氏正在氣頭上，對婆婆的稱呼也變成了老太婆。

李慧娘啞口無言，丹年也覺得吳氏倒楣，遇上這麼極品的婆婆和小姑。

「慧嫂子，我家是什麼情況，妳也看到了。之前聽妳說等阿鈺再大一點，就送到書院去讀書，我也想送小石頭去。可我那婆婆哪裡肯出錢供小石頭讀書？我在他們家做牛做馬，一個子兒都沒給過我，我要是不把這點錢藏好，將來小石頭怎麼唸書？」吳氏恨恨地說道。

丹年對吳氏原本的印象完全改觀，都說為女則弱，為母則強，吳氏為了小石頭，可是什麼都豁出去了。

李慧娘嘆了口氣。「這點錢供小石頭唸書院還夠。妳丈夫呢？都這麼多年了，也不回來一趟，他不要爹娘也不要兒子了？」

提起小石頭他爹，吳氏的眼神變得迷茫。「我也不知道他在哪，好久沒見過他，都忘了他長什麼樣子了。我嫁過去以後，聽人說當初婆婆看中我，是因為我哥要的禮錢少。小石頭他爹原本有中意的姑娘，可那姑娘是城裡的閨女，婆婆嫌彩禮貴，還嫌人家從小嬌慣不能幹活，就硬是聘下了我。」

「嬸嬸沒去找過叔叔嗎？」丹年好奇地問道。

「找？去哪裡找啊！既然他心裡沒我，我去找也是自討沒趣。我就守著小石頭過活，把他養大，我就能閉眼了。」吳氏沈浸在自己的情緒中，也沒注意到是丹年在問話。

李慧娘警告丹年不准亂說話，否則就送她去跟沈鈺湊做堆。丹年在心裡發誓，她絕對聽到窗外沈鈺的悶笑聲。

「有機會的話，多打聽打聽孩子他爹的事，小石頭都這麼大了，總得有個爹吧，妳也還年輕，不想再多要個孩子？老財叔和他兒子成天在外邊幫人跑貨，妳託他們打聽打聽吧。」李慧娘勸道。

老財叔是沈立言一家的鄰居，平日相處得不錯，常有往來。

吳氏點點頭，抹了把臉，一臉羞愧。「本來是要來謝謝慧嫂子的，這下淨給妳添堵心的事了。」

李慧娘去房裡的水盆處擰了條濕帕子遞給吳氏，讓吳氏擦擦臉，慢慢開導她。

「別說這些見外的話了，小石頭跟著阿鈺他爹認字，就是緣分。我和孩子他爹瞧著小石頭就喜歡，將來他要是能跟阿鈺一起去書院，更是好事，兩個孩子也有個照應。錢的事情妳別太操心，我和孩子他爹怎麼會看著小石頭上不起學？就當我家多養了個孩子吧。」李慧娘見吳氏還想說些什麼，抬手制止了。

「我知道妳心裡有股傲氣，不願意別人幫妳，將來若真有困難，就算小石頭跟我們借的，等他考取了功名，再讓他加倍還給我們，不能因為妳的傲氣，耽誤了孩子的前程。」

吳氏點頭應下了，眼看時間不早，便說要回去。李慧娘尋思著吳氏要是回去晚了，小石頭奶奶說不定又會亂想，便沒有挽留。

李慧娘送吳氏到門口就折了回來，晚上月光正亮，小路清晰可見，不用送得太遠。

她回來以後就開始收拾床鋪，丹年趴在一旁，擔心地問道：「娘，小石頭他奶奶萬一硬是搶吳嬸嬸的錢呢？」

李慧娘捏了捏丹年的小鼻子，說道：「小孩子瞎操心，小石頭奶奶也是個要臉面的人，打了媳婦以後，街坊鄰里都在背後傳她壞話，她還敢做什麼啊？」

丹年點了點頭，躺到床上，然而一想到小石頭家的事，就翻來覆去睡不著。

她想了半天，也沒想出個能讓吳氏發家致富的方法，她既不會種地，也沒有超能力，還是得想出點別的辦法來才行。

收了小麥以後，沈立言帶著佃戶們搶種包穀，沒過多久，天就淅淅瀝瀝地下起了秋雨。原先跟佃戶說好四六分成，可是他們交上來的糧食數量相差太大，讓沈立言頭疼不已。

丹年看沈立言打了一會兒算盤就開始嘆氣，連忙跑過去，爬上沈立言的膝蓋。「爹爹，嘆什麼氣啊？」

沈立言把丹年抱在腿上坐好，看著粉嫩的女兒，煩惱也一掃而空。「爹爹有丹年，怎麼還會嘆氣？」

丹年卻不依，肯定是糧食上出了問題，事關家中經濟，她一定得弄清楚，一切都是為了將來成為一個合格的地主婆！

沈立言拗不過丹年，便跟她說了起來。「我們的地均分給了三家，王貴和張春雷兩家交的糧食差不多，可張春生一家交的比其他人少太多了。」

一想到那夫妻倆四處找理由，不是地不肥就是收成差，而且每次都這樣，沈立言就頭疼。

丹年想起那兩個賊眉鼠眼的夫妻，皺了皺眉頭。「爹爹，打下來的糧食怎麼分啊？」

「按每家打下來多少，四六分。如果打下來一百斤，就是我們六十斤，他們拿四十斤。」沈立言怕丹年不明白，耐心解釋道。

丹年噘著嘴，不滿道：「爹爹，這樣不公平，要是有人把糧食收好了藏起來一部分，再從剩下的裡面給我們六成怎麼辦？」

沈立言饒有興致地問道：「那丹年有什麼好辦法呢？」

丹年轉了轉眼珠，說道：「爹爹，不如這樣吧，規定一個數量，每家都要交這麼多，剩下的就都是他們的。」又補充道：「這樣就不怕他們私藏糧食了。」

沈立言一愣，繼而撫掌笑道：「這主意好，他們也能多勞多得。要是收成不好，再減免些糧食就行了。」

丹年不由得讚嘆起沈立言的智慧來，不僅能想到「多勞多得」，還願意「災年減租」，地主做到這分上，實在不容易啊！

沈立言摸了摸丹年的頭髮，像是想到了什麼。「丹年，想不想跟哥哥一起唸書啊？」

丹年第一個反應是立刻搖頭。她偷偷翻過沈鈺的書本，全是些啟蒙的讀物，類似四書五經。她都已經是一個大學生了，還要天天唸饒舌的古文？饒了她吧！

沈立言覺得不願學習是小孩子的正常反應，於是耐心地哄道：「丹年，妳看哥哥寫的字多好看啊，妳不想學嗎？」

丹年心想把字練好也不錯，能夠修身養性。古人很重視一個人寫的字，常常說「字如其人」，寫得一手好字的人，不管到哪裡都受人尊敬。

前世的媽媽也送她去學過書法，抱著要把她培養成古典才女的美好想法。

只可惜沒學多久，媽媽就去世了，爸爸又忙於工作，沒有時間照顧她。再後來，阿姨來了她家，她就被送到寄宿學校去，再也沒機會學寫書法了。

現在有了機會和時間，她想圓自己和媽媽的夢。

想到這裡，丹年用力點了點頭，表示願意聽從安排。

沈立言和妻子商量了一下，讓丹年上午跟著沈鈺還有小石頭唸書練字，下午則學針線。李慧娘對於丹年唸書的事情沒什麼意見，既然她想學，多長點見識總沒錯。

等到丹年真正開始唸書時，她很悲情地發現，事情不像她想像中那麼美好。

首先，沈立言開始教丹年認字，像是什麼「人口手，上中下」，丹年就要裝作不認識的樣子，跟著唸「人口手，上中下」。

看到沈鈺在一旁竊笑不已，丹年忍不住在心裡嘀咕——當初你不也是從「人口手，上中下」開始學的嗎，看看人家小石頭多淡定！

其實小石頭早已轉過身偷笑，只是丹年沒看到而已。

來回唸了半晌，丹年覺得很煩，不想唸了。沈立言見丹年不配合，不高興地問道：「妳都記住了？」

丹年覺得裝得太白癡，受苦的就是她自己，於是用手指沾了沾硯臺裡的墨汁，在白紙上歪歪扭扭地寫出這幾個字，又一一指著唸了一遍，沈立言這才目瞪口呆地相信了。

之後的認字進展順利很多，丹年還是牢記著要低調的原則，沈立言領她唸了兩、三遍之後，才點頭表示記住了。

一上午共認了十個字，沈立言鋪開紙，選了支毛筆，正式開始教丹年寫字。

這個年代的握筆姿勢和丹年曾學過的有些不同，握筆的部位稍稍往上靠一些，對腕力的要求更高。

待丹年學會了握筆姿勢，沈立言就照著碑帖臨了個「永」字，解釋道：「永字八個筆畫，代表書法中筆畫的大體，分別是側、勒、努、趯、策、掠、啄、磔八畫，練熟這八畫後，可延伸多樣筆畫，並各得其精神氣度。」

沈立言安排了作業，讓丹年把上午所學的十個字連同永字，每個字都寫十遍，寫熟了以後就照帖臨字。

丹年當初在學書法時，媽媽事先做足了功課，把中國各個年代大書法家的字體都研究了一遍，最後翻到元代書法大家趙孟頫的帖子時，她就被趙孟頫秀逸的楷書給吸引住，從此開始學習趙孟頫的字。

丹年等沈立言出去以後，把一本字帖翻透了，也沒發現像趙孟頫那種漂亮的楷書字體。她不死心地問沈鈺。「哥哥，我看看你的字帖。」

「爹給妳的字帖上面都是簡單的字，我的妳看不懂。」沈鈺很乾脆地拒絕了。

然而丹年相當堅持，沈鈺無奈之下，就把他和小石頭臨字的字帖給了丹年。

丹年連忙趴在桌子上翻了起來，可是看了半天，也沒找到她喜歡的那種楷書字體。這些字帖上基本是渾厚的隸書字體，和近乎於行書的飄逸字體。

丹年有些失望，她本來就只學過一小段時間的書法，沒有現成的字帖讓她臨摹，怕是寫不出趙孟頫楷書那秀逸的韻味。

沈鈺和小石頭見丹年苦著張小臉趴在桌子上，面前攤了一堆字帖，便過來問丹年怎麼了。

丹年有氣無力地鼓著包子臉，說道：「這上面的字體沒有我喜歡的。」

小石頭笑了。「丹年，叔叔說過，字在人心，妳練成什麼樣的字體，什麼樣的字體就是妳的。」

丹年聽到這段話，感覺到心中彷彿有什麼東西被點燃了一般。她喜歡的是秀逸嚴整的風格，如果她本人不具備這種個性，就算字帖擺在她眼前，也寫不出這種韻味。

丹年想明白了，就朝兩個男孩子笑了笑。

沈鈺定定看了丹年一眼，摸了摸丹年的腦袋。「有不懂的地方，就來問哥哥。」

丹年看向又裝起小大人的沈鈺，這次卻沒再笑話他，而是很認真地點了下頭，輕輕應了一聲。

三個孩子就這樣各自提筆臨字，窗外秋雨淅淅，室內卻一片安靜祥和。沈立言進來後，便看到這幅情景。

晚上待兩個孩子睡著了，沈立言還悄聲對妻子誇讚道：「丹年這孩子真是聰明，不但鬼點子多，認字也快得很。」

李慧娘斜睨了他一眼，打趣道：「阿鈺當年開蒙學字的時候，也沒見你樂成這樣。」

沈立言低頭想了想，疑惑地嘟囔著。「沒這麼高興嗎？當年我也很開心，兩個孩子都一樣親啊……」

李慧娘看到自家相公那副傻樣，不禁噗哧一聲笑了，她嘆道：「丹年剛來咱們家頭兩年，我天天都提心弔膽，生怕有天會有群官兵衝進家裡把丹年帶走，把我們都關到大牢裡。我們倒沒什麼，就怕阿鈺受到牽連，他還這麼小……」

沈立言聞言，輕輕抱住了李慧娘，輕聲問道：「娘子，妳可曾埋怨過我救了丹年？」

李慧娘猛然回頭，壓低聲音，不滿地說道：「相公在說什麼胡話，我何時埋怨過救下丹年？且不說救人一命勝造七級浮屠，我們養了丹年這麼久，她早就是我們的親生女兒了。」

「我知道妳不是那樣的人。現在日子過得安穩，京城裡也沒聽過出了什麼大的動靜，況且當年太子妃生下的是女娃，宮裡的人不會太在意的。」沈立言寬慰道。

見妻子眉眼間仍有慮色，沈立言趕緊轉移話題。「等過幾年，阿鈺長大了，就送他到京城裡讀書求個功名。至於丹年嘛……咱們給丹年招個上門女婿，陪我們老倆口就行了。」

李慧娘聽了，又好氣又好笑。「上門女婿？丹年長大以後說不定相中哪家小伙子，會跟你鬧著要嫁到人家家裡去呢，還陪你這個老頭子？」

沈立言一想到丹年長大了要嫁人離家，就有些發急。「我看小石頭就不錯，長相周正，性子也溫潤，兩家離得又近。妳也看出來了吧，小石頭對丹年挺好的。」

李慧娘無奈地看著進入「愛女如命」模式的相公，出聲打斷了他的自言自語。「相公，人家小石頭的爹只有小石頭一個兒子，怎麼給你當上門女婿？快睡下，想要上門女婿，以後再找吧！」

說完她就往床上一躺，留沈立言一個人在為不知多久以後才會發生的事情乾著急。

第十一章　大發利市

等到最後一筐桃子收下來時，丹年已經吃膩了。

沈鈺望著桃子，可惜地嘆道：「要是能放到冬天吃就好了。」

丹年被沈鈺點醒了，怎麼她之前就是沒想到呢？古代沒有保鮮技術和溫室，人們在冬天是吃不到水果的。

丹年急匆匆地去找沈立言，他從小在京城長大，應該對這個時代的東西瞭若指掌。

「爹爹！」丹年撲到正在後院劈柴的沈立言腿上。「爹爹，冬天想吃果果，怎麼辦？」

沈立言樂了。「還沒吃夠桃子啊？我看今天摘下來的妳都不想吃了。」

丹年有些不好意思地說：「我是問冬天，冬天想吃怎麼辦？」

「冬天嘛，城裡的人只要花些錢，應該能買到放在地窖裡保存的蘋果和梨子。」沈立言答道。

丹年有些失望。「那桃子呢？想吃桃子、葡萄的話怎麼辦？」

「那就吃不到嘍，冬天哪來的桃子和葡萄？」沈立言攤手笑道。

「那有沒有一種東西，是把桃子弄成桃子乾，能放到冬天的？」丹年想了想，儘量解釋得清楚一些。

「桃子乾？」沈立言停下劈柴的動作，想了半天才有些疑惑地說：「沒有，桃子曬乾之後還能吃嗎？」

丹年得到了滿意的答案。看來這個世界還沒出現蜜餞，自己要是能把蜜餞做出來，只要做法不外洩，肯定能發筆小財。

甜甜蜜蜜的小零食對女人和小孩的吸引力，無論在古代還是現代，都是一樣的。

做蜜餞要選水果切塊、加糖熬汁，這些都不難，難的是最後烘乾這一步。完全烘乾的話，肯定能成為桃子乾，但水分多的話，說不定會發霉。

丹年決定立刻動手，因為她有現成兩個男孩子可以當勞工。撒嬌耍賴磨了一會兒，沈鈺和小石頭就雙雙舉手投降了。丹年是總指揮，夥計就是沈鈺和小石頭。

小石頭負責洗桃子，沈鈺負責把桃子切成丁，丹年則在一旁監督，果丁不能切得太大，也不能切得太小。

沈立言和李慧娘看到他們的舉動，也不制止，當是小孩子在玩，只提醒他們要當心，不要切到手。

然而等李慧娘看到三個小孩在灶房要生火熬汁，她就不同意了。小孩子玩火終究非常危險，丹年纏了李慧娘很久，一臉堅定地說做出來的果果一定好吃。

李慧娘拗不過丹年，便自己燒起了灶，等到鍋裡的糖水咕嘟咕嘟地沸騰，丹年覺得差不多了，就要李慧娘不再往灶裡加麥稈。

下午時丹年興高采烈地去瀝糖汁，卻發現冷卻得太過頭，糖汁和果粒凝固成了一團。

丹年懊悔不已，李慧娘看著一臉不快的丹年，暗笑著又把糖給燒化，這次丹年沒等糖完全化掉，等溫度涼了一些，就要沈鈺拿撈麵的笊籬把果粒撈了起來，控乾了糖汁。

飽含著糖汁的果粒交給了李慧娘處理，李慧娘把鍋燒熱，把果粒鋪在鍋裡面，用小火加熱，水分便慢慢蒸發掉，丹年怕把果粒燒焦，過一會兒就拿筷子挾起一塊嚐嚐。

丹年嚐著味道覺得差不多了，李慧娘就熄了火，等鍋子冷卻下來，丹年便小心地把果粒挾到碗裡。

一旁的沈鈺早就等不及了，從丹年手中接過碗，就和小石頭吃了起來，大呼好吃，又脆又有嚼勁。

丹年看沈鈺狼吞虎嚥，趕緊搶過碗，跑到後院獻寶似地端給沈立言嚐了嚐，眼巴巴地等待評價。

沈立言嚐過後也稱讚不錯，誇丹年人小鬼精，想出來的吃法頗有新意。

丹年乘機問道：「爹爹以前在京城，有沒有見過有人這樣弄果果啊？」

沈立言以為小孩子炫耀心重，便答道：「沒有，丹年比京城的人還要厲害呢！」

「爹爹，我們把這個拿出去賣好不好？還能用蘋果和梨子來做。」丹年試探著問起沈立言。

沈立言想了想，這個主意倒是不錯，只是這東西似乎挺費功夫，家裡人手少，不知做不做得起來。

「爹爹和娘都沒空啊，難道丹年要自己做自己賣？」沈立言打趣道。

丹年一想也是，做這個得多些幫手，她靈機一動。「不是還有吳嬸嬸嗎？」

看四下無人，丹年窩到沈立言懷裡，小聲說道：「上次聽吳嬸嬸說要幫小石頭攢唸書院的錢，爹爹讓吳嬸嬸來家裡做，我們分點錢給她好不好？」

沈立言沒想到丹年考慮得如此周全，不禁相當感動。他摸著丹年的腦袋，嘆道：「真是個好姑娘，不但懂事，心地又好，還知道偷偷幫助人。」

回家後，沈立言和李慧娘商量了一下，李慧娘立即答應了，畢竟她正愁找不到好方法幫吳氏一把。

待中午小石頭準備返家時，李慧娘便叮囑他向吳氏傳話，要她吃完中飯後過來一趟。

吳氏來了之後，李慧娘跟她講了一遍做法，吳氏很聰明，嚐過之後，立刻就提出了改良方案。

李慧娘同吳氏商量，現在正是農閒時節，下午吳氏來做蜜餞，李慧娘有空就幫一下忙，做好之後拿到城裡賣，得到的錢五五分成。

吳氏堅決不肯，忙說桃子、柴火和糖都是李慧娘家的，她就出個力而已，不值得一半的錢。

李慧娘說不過她，便推說等賣了錢再說。

這兩天吳氏都在丹年家忙活，她只跟小石頭奶奶說是到丹年家串門子，小石頭奶奶酸溜溜地刺了她幾句，吳氏也只當沒聽見。事關兒子將來能不能有錢去讀書，她顧不上跟那個惡婆婆計較。

等到第三天，吳氏和李慧娘帶著丹年，一大早就坐著老財叔駕的驢車去了城裡。

本來兩人沒打算帶丹年去，也不知道東西能不能賣出去，要是賣不出去，就拿回家給孩子們當零嘴吃。

丹年從來到沈家莊就沒出去過，自然不想錯過參觀古代集市的機會，死命抱著李慧娘不肯鬆手，嚷嚷著。「丹年也要去趕集！」

李慧娘尋思著丹年這麼大了都沒去過集市，又想到兩個大人豈會看不住一個孩子？於是應了丹年的要求，抱著她就上了驢車。

吳氏看著丹年趴在李慧娘懷裡，一副乖巧的模樣，羨慕不已。「慧嫂子真是有福氣，阿鈺是個聰明孩子，將來肯定有出息；丹年乖巧懂事，都沒見過她有鬧人的時候，長大了一定孝順。閨女是母親的貼心小棉襖，我要有個丹年這麼棒的女兒就好了！」

李慧娘想起沈立言說過要招小石頭當上門女婿的話，不禁笑了出來，發現吳氏有些莫名其妙的樣子，她趕緊說道：「孩子都是爹娘欠的債，丹年長大後能平平安安過一輩子就行了，我可不指望她來孝順我。」

丹年一聽李慧娘的話，小臉立刻垮了下去。她可是真心把李慧娘當成至親呢，這個說法實在讓她無法認同，不由得噘嘴哼了一聲。

慧娘和吳氏看著丹年鼓著包子臉，一臉委屈，都笑了起來。

丹年是第一次來到古代的大集市，整個集市一眼望不到頭，人聲吵雜，各種東西都有人賣。

李慧娘和吳氏都沒做過生意，兩個平時不出門的女人不禁有些羞怯。找了一個不起眼的地方將裝蜜餞的三個罈子擺出來以後，李慧娘就叮囑丹年要站在她身邊，不許亂跑。

沒做過生意的兩個人完全不懂得吆喝，就那麼乾坐著等人來問。丹年看得心急，但一時之間也想不到好辦法。

人潮來來往往，然而這個攤子卻像是被人遺忘了一般。正當李慧娘和吳氏垂頭喪氣之時，一個約莫三十來歲的男子停在了攤子前面。

丹年抬眼望向這個男子，心中不由得打了個突。眼前這人笑容猥瑣，身上穿了一身不倫不類的粉紅色外衫，帽子上還簪了朵石榴花，一副浪蕩公子的打扮。

「兩位小娘子，妳們這是在賣什麼啊？」來人摩擦著雙手，色迷迷地盯著李慧娘和吳氏。

李慧娘和吳氏看男子不像好人，警戒地看著他，並不回答，李慧娘還把丹年護到了懷裡。

「唉呀，兩位小娘子不如跟我回家去吧，保管妳們吃香喝辣，比在這裡擺攤還強！」那男子見周圍無人上前幫忙，越發放肆起來。

丹年看著男子那放蕩的樣子，憤怒之餘急中生智，指著不遠處兩個扛著糖葫蘆的壯漢說道：「娘，我去把爹和二叔叫過來吧，糖葫蘆快賣完了，我得讓爹幫我留一串！」

李慧娘也醒悟過來，她拍了拍丹年的腦袋，說道：「傻孩子，賣了糖葫蘆才有錢買肉包子給妳吃啊，糖葫蘆和肉包子妳選哪個？」

丹年一副悶悶不樂的樣子，鼓著包子臉坐在一旁生悶氣，不吭聲。

李慧娘順勢演下去。「這位官人，可是要買我們的東西？」

男子看了看在人群中賣糖葫蘆的兩個壯漢，悻悻然甩袖走人了。

李慧娘和吳氏同時鬆了口氣，尤其是吳氏，嚇得臉都白了。

送走了瘟神以後，倒是來了幾個問貨的人。一聽說這是新鮮吃食，都想要嚐一嚐，嚐過之後都說不錯，可聽到一包就要兩個大錢，都搖頭走人了。

一包兩個大錢是丹年仔細計算過後的價格，烘乾後的蜜餞失重非常大，白糖又貴，一包蜜餞約一斤，就算賣了兩個大錢，也不過是賺半個大錢而已。

眼看又走了幾個只試吃卻不買的人之後，丹年忍不住跳了起來。她從一開始就盤算錯了，前世裡的蜜餞只是普通的小零食，在這裡就不一樣了。

「娘，集市上都是些普通人，沒錢買的。」丹年提醒她娘親。

「丹年，別擔心，賣不出去就給你們當零嘴好了。」李慧娘安慰丹年。

「娘，我們去找糕點鋪子賣吧，聽說城裡的有錢人家都在糕點鋪子買點心吃，他們肯定喜歡吃我們的東西。」丹年再接再厲，不氣餒地勸道。

李慧娘猶豫了一下。在集市待了半天，東西也沒賣出去一包，被拿來當試吃品的那一包都快被吃光了，挺教人心疼的，不如按女兒說的，換個路子試試。

李慧娘和吳氏打聽了一下，就找到了一家糕點鋪子。

門楣上寫著「六芳齋」，店面乾淨，各種糕點擺放在架子上，想要什麼，夥計們就會拿夾子給你挾，秤過重量後再拿油紙包好。

鋪子裡的夥計們衣衫整潔，秤東西的過程中手都不曾接觸過糕點，也不大聲說話，怕唾沫沾上糕點，看來店老闆是個很講究的人。

夥計們看到李慧娘三人在那裡站了半天，過來打了聲招呼，客客氣氣地問道：「大嫂要些什麼，可要小的介紹一二？」

「你們老闆呢？我們是來送貨的。」丹年搶先說道。

夥計看了看不過是個小女孩的丹年，還有抱著一包東西的李慧娘和吳氏，雖然覺得疑惑，卻沒多說什麼，而是點頭應下，轉身進了裡間。

沒多久，一個穿著青布衫子的中年男子出來了，他拱手向李慧娘和吳氏行了個禮。「兩位嫂子，在下姓馮，是這裡的老闆，聽夥計們說妳們是來送貨的，這……」

看馮老闆為人客氣，也沒說要趕她們走，李慧娘連忙說明了來意。

馮老闆對李慧娘她們帶來的東西產生了極大的興趣，嚐過之後對味道也很滿意，便和李慧娘約定先留下二十包，預付一半的錢，要李慧娘等兩天後再過來。如果賣得好，就付清餘款，剩下的他也會全部收購。

李慧娘看時間不早了，便收了馮老闆二十個大錢，帶著吳氏和丹年離開了。

一路上吳氏都很高興，還偷偷抹了抹眼淚，見李慧娘不解，她便解釋道：「慧嫂子，這是我頭一次自己賺到錢啊！」

丹年有些憐憫吳氏，張氏經常來串門，說最多的人就是吳氏。她在娘家時哥哥身體不便所以不成器，嫂子還把她當狗一樣使喚，到了婆家也不受待見。在這種情況下，她只能默默忍耐，唯一的希望就是小石頭了。

回到家裡，幾個人聽說這些東西預售了二十個大錢，都非常高興。

李慧娘乘機提出一個問題。「六芳齋的老闆問這個零嘴叫什麼名字，我一時也說不上來，叫什麼好呢？」

丹年差點就要把「蜜餞」兩個字脫口而出，幸好及時煞住了。

這個時代沒有蜜餞這種東西，為了安全起見，還是裝作不知道吧。

沈立言想了半天，說道：「不如叫甘果吧？」

丹年不禁撫額。爹，您取名還是那麼沒創意啊……

等到了和馮老闆約定的日子，丹年一早就爬起來，纏著李慧娘帶她一起去。丹年撒嬌耍賴了一會兒，李慧娘便由著她了。

李慧娘和吳氏這兩天又做了兩罈甘果，因為熟練了，味道比以前更好。

這次沈立言得了空，吩咐沈鈺和小石頭好好在家唸書，駕著家裡的馬車帶著李慧娘、丹年和吳氏去城裡。臨走之前，丹年得意地朝沈鈺直做鬼臉，讓沈鈺氣得不理她。

一路上，吳氏都在擔心甘果會不會受人歡迎、馮老闆會不會繼續跟他們合作，到了六芳齋，卻發現馮老闆已經在店裡等著了。

原來甘果在她們交貨當天下午就賣了一半，第二天上午就賣了個精光，之後還不停有人來詢問。據說甘果深得城裡少爺、小姐、夫人們的喜愛，連上了年紀的老年人也喜歡，嚼起來脆軟又不黏牙，有錢人家也不在乎那幾個大錢。

馮老闆見他們來了，連同上次的錢和這次的貨款一次付清了，還拐彎抹角地想打聽甘果的做法。

這算是商業機密，當然不能告訴別人，沈立言一句輕描淡寫的「長輩傳下來的」，就打發掉了馮老闆。

馮老闆沒問到答案也沒不高興，仍是和和氣氣地跟沈立言約定，以後甘果一做出來，就只賣給他這一家，至於價錢方面，就按三個大錢一包的價錢收購，絕不拖欠貨款。

沈立言沒考慮多久就答應了，李慧娘和吳氏在城裡人生地不熟，老是讓兩個女人出門他也不放心，他更沒空經常往城裡跑，有人肯代理，真是解決了他們的大難題。

經過幾次摸索，吳氏做甘果的水準愈來愈高，每隔十天、八天就往城裡送貨，見的世面大了，人也變得開朗起來，不再像以前那樣畏縮了。

自家的桃子不夠用，吳氏就跑去收購別人的桃子，對外都宣稱是東家的孩子喜歡吃。

每次去城裡都能賺六十來個大錢，由兩家五五分成。吳氏本來就是個低調的人，就算攢了些錢，手頭活泛了，平時還是一身藍底白花布衫子，連根好一點的束髮簪子都沒買過，就是怕被婆婆知道。

一天下午，張氏在送女兒過來學針線時，又跟李慧娘扯起了吳氏的八卦。

「妹子，別再跟小石頭那個娘來往了，妳都不知道她做了什麼事情。」張氏神神秘秘地嚼起舌根。

小黑桃每次來的時候都待在前院，丹年從不許她去後院，所以沒人知道他們家和吳氏有外快賺的事情。

「什麼事？」李慧娘蹙起了眉頭。

張氏一看引起了李慧娘的注意，先賣了個關子。「妳不知道啊？整個沈家莊的人都在議論她呢！」

「到底有什麼事？」李慧娘因為擔心，語氣變得很不耐煩。

「那個吳氏啊，原來就是個騷蹄子，她經常去城鎮裡，跟一個糕點鋪子的老闆廝混……」張氏連忙說道。

「妳胡說些什麼！」李慧娘怒道。

「妹子，我這話可不是胡說，有人親眼看見那個騷蹄子和野男人拉拉扯扯的呢！」看到李慧娘這麼生氣，張氏有些急了。

丹年忍不住上前一把推開張氏，瞪大眼睛罵道：「吳嬸嬸才不是那樣的人！妳再亂說，就領著妳女兒出去！」

雖然丹年的聲音不大，可搭配上插腰的動作，氣勢倒是十足。

張氏訕笑道：「丹年，妳可別被那騷蹄子騙了，那是裝出來的……」

李慧娘聽不得張氏一句一個「騷蹄子」，罵道：「閉嘴，這話能當著小孩子的面講嗎！」

張氏愣了一下，她見李慧娘並不懷疑自己的話，料定李慧娘也知道此事，便裝作一臉嫌惡地朝地上啐了口唾沫。

「妳說這騷……這小石頭他娘怎麼這樣？咱們沈家莊可沒出過這樣的淫婦！全沈家莊的人都知道，唯獨他們一家還被蒙在鼓裡。」張氏見李慧娘對她怒目而視，連忙改口，卻用更難聽的話去說吳氏。

李慧娘實在沒心思繼續教下去了，她指點了沈小桃幾句針法，便推說田裡有事，要帶著丹年去找孩子她爹，讓張氏帶她女兒回家去了。

沈鈺和小石頭還在後院的書房裡唸書，李慧娘不想讓兩個孩子分心，囑咐他們認真看書，便關上門，牽著丹年匆匆去了小石頭家。

第十二章　深夜告別

兩人趕到小石頭家，開門的依舊是小石頭的二姑姑翠蘭，她看到她們這次沒帶禮物，臉立刻垮了下去，李慧娘顧不上和她計較，只說自己是來找吳氏串門子的。

李慧娘囑咐丹年坐在吳氏房門門檻上，有人過來就叫她們。她進屋後拉著吳氏，開門見山地問道：「妹子，妳和馮老闆是怎麼回事？」

吳氏面色一紅，隨即鎮定下來。「慧嫂子說什麼呢，我和他能有什麼事？」

李慧娘忍不住跺腳。「妳真是傻，莊裡有人說看到妳和馮老闆拉拉扯扯的！」

吳氏立刻從椅子上跳了起來，瞪大眼睛，驚恐不已。「是誰說的？分明存心壞我名聲，我跟他拚了！」說著就要往外衝。

李慧娘連忙拉住了吳氏。「先別衝動，妳家人還不知道。妳出去一嚷嚷，沒事也變成有事了！最近幾日就不要出門吧，避避風頭再說。要是我和相公聽到有人說起，就幫妳打爛那人的嘴！」

吳氏漸漸冷靜下來了，她坐在椅子上木著臉，眼淚一滴滴往下掉。「這是要逼死我啊！丈夫不在家也就罷了，我一個人拉拔小石頭長大，再難也沒跟人開過口，現在又說我有野男人……我要是去見了閻王爺，小石頭可怎麼辦啊！」

李慧娘勸慰吳氏道：「妹子，想開一點，這幾天妳躲家裡，哪也不去，反正嘴長在別人身上，只要身正，就不怕影子斜！」

吳氏聽到這話，有些欲言又止。「慧嫂子，我……」

慧娘嘆了口氣。「妳要是不把我當外人的話，有事就直說吧。」

吳氏臉上飛起一抹嫣紅，有些不安地開口了。「那個馮老闆，問過我是不是丈夫不在了。他也跟我說起過他家裡的情況，他妻子和兒子好幾年前就因意外沒了。」

「那他是對妳有意了？」李慧娘緊接著問道。

吳氏搖了搖頭。「我不清楚，他只是跟我隨便聊聊而已。他知道我要攢錢送兒子去唸書，付錢的時候從來不含糊。有一次跟他有了爭執，還是因為有包甘果只有三兩，我說不要錢了，他卻堅持要按一整包的量付錢。」

吳氏說著，臉上浮現羞愧的笑容。「馮老闆是個好人，我卻連累了人家的名聲。」

李慧娘低頭想了想，這兩人不太可能有什麼私情，馮老闆她也見過，不是什麼下作之人。要是真如吳氏說的這樣，謠言總會過去的。現在就怕小石頭奶奶知道，不管有沒有這回事，只怕會立刻打死吳氏。

沈立言回來之後，李慧娘關起了院門，讓丹年在院子裡玩，接著就拉沈立言進屋，迅速跟沈立言說了關於吳氏的謠言。

比起李慧娘擔心吳氏的處境，沈立言的憂心更深一層。

「小石頭他娘跟妳說馮老闆對她不錯，人很好？」沈立言皺著眉問道。

「是啊，聽她說送甘果過去的時候，馮老闆都會預先付下次的訂金，貨款向來只多不少。」李慧娘嘆道。

「壞了，這事恐怕不會善了。」沈立言有些焦急。「馮老闆肯定對吳氏有些想法，吳氏的婆婆又不是個好人，要是吳氏挺不住，供了出來，到時我們家可就得擔上拉皮條的罪名了！」說罷，沈立言來回踱步，思考著對策。

李慧娘大驚。「妹子可不是這樣的人啊，這、這怎麼會！要是這件事傳了出去，阿鈺和丹年將來該怎麼辦啊！」

沈立言攬過妻子，安慰道：「事情還沒到那個地步，妳留神聽聽莊裡人的動靜，說不定過兩天流言就淡了。」

「要是淡不了呢？」李慧娘有些心驚膽顫。唆使良家婦女偷漢子，這罪名一壓下來，阿鈺將來上書院、丹年未來嫁人，都會受到影響。

「這些都只是我的猜測，我明天就去族長那裡走動。他們得了我們那麼多好處，應該不會不管。」沈立言安撫妻子道。

要是吳氏敢說出什麼不該說的，為了阿鈺和丹年，他也不得不做些「處理」了。

第二天一早，沈立言就去了族長家裡，丹年起得晚，沒看到她爹帶了些什麼禮物，但不難猜想這次肯定是大出血了。

沈立言回來以後，李慧娘趕緊問他情況怎麼樣。

沈立言抹了把汗，說跟族長談得很好。他含蓄地對族長提到最近有些關於吳氏的傳聞，吳氏平時又跟李慧娘走得近，怕有不好的影響。

族長拍著胸脯保證，若真的出了事，就算他要開祠堂請示宗族，也絕對不會牽扯到他們一家身上。

李慧娘這才放下心來，不是他們冷血，而是世道規矩就是如此。吳氏終歸是別人家的媳婦，要是小石頭奶奶要處置吳氏，他們一句話都說不上，萬一事情真走到那一步，小石頭就是她第二個兒子，絕對不會委屈了小石頭。

丹年不明白到底出了什麼事，但觀察爹娘的表情，隱約能猜出這次的事情已經過去了，她也就放下了心。

沒想到第三天下午，小石頭回家之後又跑回來了，他驚慌失措地撞開門，像是摔了幾跤，眼淚沖得灰土一道道黏在臉上。

「叔叔，你們快去救救我娘！我奶奶把我娘捆起來了，說明天一早要請族長把她沈塘！」小石頭哭著說。

李慧娘和沈立言大吃一驚，齊齊站了起來。沈立言急忙問道：「可有說是怎麼回事？」

小石頭抹了把眼淚，說道：「我爹回來了，他在外面聽說我娘背著他偷漢子，我奶奶就把我娘給捆起來了！」

「你爹不是好幾年沒回來過嗎？」沈立言驚疑不已。小石頭的爹怎麼偏偏就在這個節骨眼上出現了?!

李慧娘不忍地摟著小石頭哄了一會兒，囑咐沈鈺和丹年好好陪著小石頭，就和沈立言去了小石頭家。

小石頭家裡燈火通明，看熱鬧的人擠了滿滿一院子。院子正中央，一個三十歲不到的男子激動地說：「我辛辛苦苦出外幹活養家，她不好好伺候公婆，還幹出這種羞人的事，你們說說，她怎麼就這麼不知羞恥！」

一旁的大全子夫妻一副看好戲的模樣，大全子還火上加油。「立豐兄弟，我和你嫂子明裡暗裡提點過她多少回了，她不但不聽，還越發沒規矩了！你看，做出這種事來，不是給祖上蒙羞嗎！」

沈立言見不得他們這麼詆毀吳氏，上前罵道：「你們胡說些什麼，小石頭他娘的為人我們大家都知道，她哪裡是這種人！」

大全子對沈立言三兩下就打得他滿地找牙仍心有餘悸，訕訕地不敢再說些什麼。

沈立豐見沈立言和李慧娘穿著打扮不似普通農戶，拱了拱手，說道：「我們家出了這種蕩婦，讓兩位看笑話了。」

李慧娘急了。「小石頭他爹，根本就沒這回事！你多年不在家，妹子在你家做牛做馬，還為你養大了小石頭，你怎麼……」

她一時氣急，指著沈立豐，卻再也說不下去。沈立豐這人長得細皮白肉，面相不錯，可一雙眼睛尖利，看起來就不懷好意。

對於李慧娘的說詞，沈立豐相當不滿。「這位嫂子，她就是個蕩婦，這兒子是誰的，只有她自己心裡明白！要說她在我家做牛做馬，那怎麼常惹我娘生氣？」

沈立豐插著腰，愈說愈氣憤。「明天我就請族長開宗祠，把這個蕩婦給沈塘，省得給我家丟人！」

沈立言按住還想與沈立豐爭辯的妻子，他盯著沈立豐，沈聲道：「現在不比從前，皇上登基後嚴令禁止私刑，你若敢做出什麼過分的事情，縣太爺的大牢可是等著你！」

族長看到了這邊的動靜，走過來將沈立言拉到一邊，悄聲說：「這事不簡單，你媳婦和小石頭他娘交情好，我知道，可這是人家的家事，你們就別摻和了。」

沈立言聽得出族長話中有話，現在也的確不方便細說，便拉著妻子跟族長告辭回家。

李慧娘因為很擔心吳氏，便跟沈立豐說要去看看她。

由於看到族長對沈立言客客氣氣的，沈立豐一時之間猜不透兩人的身分，便不情不願地把翠蘭叫了過來。

翠蘭辮子一甩，朝李慧娘翻了翻白眼，不耐煩地說道：「跟我走吧！」

沈立言不方便過去，就由李慧娘跟著翠蘭去了後院，她在後院的麥稈堆旁見到了被捆成粽子般的吳氏。

吳氏頭上、身上全是麥稈碎渣，嘴裡還被塞了塊破布，她見了李慧娘，兩行清淚不停往下落。

翠蘭嫌惡地朝吳氏身上啐了口唾沫，別過頭站得老遠，看都不看她一眼。

李慧娘趕緊把吳氏嘴裡的破布拿出來，吳氏流著眼湊到她耳邊，說道：「慧嫂子，妳放心，我不會說出咱們兩家做生意的事的。」

李慧娘看著吳氏，小聲罵道：「都什麼時候了，還說這個！明天要是開宗祠，妳就說是我們兩家合夥，妳不過是去交貨，老財叔也能作證。」

吳氏搖了搖頭。「老財叔那人最是精明，如何肯攤上這種糟心事！慧嫂子，妳聽我說，沈立豐那個喪盡天良的人這次回來就是為了處置我的，他連問都不問我一聲，就跟他娘說我偷漢子。」

李慧娘大怒。「這是反了天了！妳且放心，等……」

還未等李慧娘說完，吳氏就打斷了她。「慧嫂子，他就算弄不死我，也會把我名聲搞臭休了我的！他在外面發了點財，肯定給了族長他們不少好處，我要是有個三長兩短，小石頭就認妳當娘了！」

「別胡說，等過兩天他氣消，事情就過去了，你們也能一家團圓。」李慧娘心亂如麻，要是真如吳氏所說，小石頭他爹發財了想殺妻滅子，吳氏的結局可想而知。

吳氏忽然呵呵笑了起來，咬牙切齒地說道：「誰要跟他一家團圓？要是有來生，我寧願當牲口，也不會再進他家的門！」

李慧娘張了張口，卻不知該說些什麼。站在遠處的翠蘭不耐煩了，打著哈欠，叫道：「妳看夠了沒！」

李慧娘幫吳氏稍微清理了頭髮上的麥稈渣，連忙應道：「好了。」

吳氏抓住李慧娘的手，急切地說道：「慧嫂子，小石頭以後就是妳兒子了，這孩子聽話懂事，將來讓他替你們夫妻養老！」

見李慧娘含淚點頭答應了，吳氏這才放心地收回了手。那邊翠蘭又不耐煩地催促了一番，李慧娘只得扭頭走了。

翠蘭手持油燈走在前面，滿臉不屑，像是自言自語，又像是諷刺李慧娘。「一個娼婦而已，有什麼好看的，呸！」

李慧娘沒心思跟她理論，見到沈立言，兩人就匆匆回了家。

他們到家之後，才發現三個孩子都沒睡。小石頭幾次要衝回家找吳氏，都被沈鈺和丹年攔了下來。

李慧娘看小石頭一臉期待地看著她，便哄他說吳氏已經被放出來了，只是還不能出家門，族長答應明天開宗祠還吳氏一個公道。

小石頭一聽他娘被放出來了，立刻就要回去看她。李慧娘連忙拉住小石頭，說現在家裡人多又亂，要他留下來睡一個晚上，明天再去看他娘。

李慧娘打了兩盆水，好好把小石頭清洗了一番，就讓他和沈鈺、丹年兩個小孩擠在一張床上睡下了。

沈立言和李慧娘商議了半宿，也找不到好辦法，只得先睡下，誰知半夜被一陣敲門聲給驚醒。

沈立言叮囑李慧娘看好孩子，自己則拿了把鐵鍬走到門口，低聲問道：「是誰？」

來人也壓低了聲音，但在寂靜的夜裡聽起來顯得格外清晰。「我是六芳齋的老馮。」

沈立言一驚，點了油燈，透過門上的縫隙照了一下，發現果然是馮老闆。他一張瘦長的臉在油燈映照下，顯得有些頹廢。

沈立言一開門，馮老闆就衝了進來，身後還跟著老財叔的兒子阿廣。

還未等沈立言開口，馮老闆就急急地抓著沈立言的衣袖，問道：「淑雲真出事了？」

沈立言一時愣住了。「淑雲是誰？」

阿廣說道：「就是小石頭他娘！」

沈立言一把推開馮老闆，一雙眼睛審視著他。難道這兩人真有私情，已經熟悉到能直呼吳氏閨名的地步了？

馮老闆意識到自己有些唐突，赧然道：「沈官爺，您別誤會，我和淑雲……不是，我和小石頭他娘絕對不是你想的那樣，我們從來沒做過出格的事情。」

這時李慧娘也穿戴整齊從房裡出來了，她一看到馮老闆，強忍著把驚呼聲嚥了下去。

「我承認，我對小石頭他娘有些不該有的心思，可小石頭他娘不知道我有這種想法。我可憐她是個苦命的女子，要是她因為我而搭上了命，我就是死一百次也贖不清罪過！」

李慧娘捂著嘴，聽得心驚肉跳，這件事要是被人知道，滿城的唾沫星子可會把兩人給淹死！

她轉眼看到阿廣也在，不禁有些驚奇。老財叔一家出了名的精明，怎麼會讓自己扯進這種事來？「阿廣，你怎麼來了？你爹知道你來嗎？」

阿廣不好意思地笑了笑。「嫂子，瞧妳說的。我爹平時是精明了點，可小石頭他娘受了這天大的委屈，我們站在一邊看著，心裡也不好受啊。」

沈立言挑了挑眉，看著馮老闆，問道：「你想怎麼做？」

「要是淑雲願意，我就帶著她和小石頭走，以後小石頭就當是我親兒子。我有朋友在邊境做生意，他早就捎過信給我，希望我去他那裡幫忙。」馮老闆顯然是早有打算。

李慧娘想了想，這倒是可行之路。就算小石頭他爹不處置吳氏，吳氏也在沈家莊過不下去了，遠走他鄉，是吳氏眼下最好的出路。

沈立言雙手環胸，說：「馮老闆，你要怎麼帶小石頭他娘走？直接去跟她丈夫要人？」

「這……」馮老闆有些不知所措。「我帶了這幾年開店的積蓄，全都給他，夠他再娶幾房媳婦了。」

沈立言嗤笑了一聲。要是小石頭他爹只是為了錢，這一切都還好說，就怕小石頭他爹是一門心思要逼死吳氏，另有圖謀。

馮老闆以為沈立言不信，迅速從懷裡掏出一個綢緞袋子，打開一看，足足一袋銀角。

沈立言看馮老闆對吳氏的態度很認真，加上以前去城裡時，他曾悄悄打聽過馮老闆，大家都說馮老闆為人厚道，吳氏跟了他，後半輩子也有了依靠。

沈立言放下了手臂，對在場的人嚴肅地說道：「今晚上我和孩子他娘去看了吳氏，她被人捆著扔在了後院。你可有帶馬車來？」

馮老闆連忙答道：「有，就停在莊外那條小道上。」

「那好，小石頭家的院牆並不高，也沒養狗，我翻牆進去把小石頭他娘扛出來，你就帶著她和小石頭走吧。」沈立言迅速擬定了作戰方案。

「萬一小石頭他們家人發現了怎麼辦？」李慧娘有些擔心。

沈立言活動了一下手腳，笑道：「別人對我沒信心就算了，妳還能對我沒信心？」

一行人趁著夜色悄悄到了小石頭家外面，阿廣也把馬車拉了過來。沈立言站在院牆外，略一提氣，躍上了牆頭，之後便悄無聲息地進入到院子中。幾個喘息的工夫之間，沈立言就扛著被捆的吳氏翻下了牆頭。

一干人等驚喜地看著沈立言，阿廣見了沈立言這一手，不由得低聲讚嘆。「好功夫！」

吳氏站穩後，李慧娘忙幫她解開了身上的繩子。吳氏看到眾人驚詫不已，還未來得及說些什麼，就被李慧娘一把推向馬車。

小石頭早就被抱進了馬車裡，睡得正熟。吳氏一看到小石頭，淚水立刻湧了出來。

李慧娘叮囑吳氏。「這次是馮老闆駕車來救妳的，他會帶妳和小石頭去別的地方，以後永遠別再回這裡了！」她順手把小油燈遞給了吳氏，要吳氏把燈掛到馬車裡。

吳氏看了馮老闆一眼，察覺他黑瘦的臉在小油燈的光下泛著一層紅暈，看著她的眼睛也充滿了柔情，瞬間就想通了是怎麼回事，再想想馬車裡的小石頭，咬了咬牙，翻身俐落地鑽進馬車。

馮老闆和阿廣隨後坐上了馬車。現在天很黑，由阿廣來帶路，不僅比較迅速，也能降低被人發現的風險。

臨走前，吳氏從車廂裡探出身，抓住李慧娘的手，說道：「慧嫂子，你們對我的大恩大德，我這輩子怕是沒機會報答了。這段時間連同小石頭他爹給我的，我一共攢了一千兩百六十個大錢，就放在我家地頭上那棵歪脖子榆樹的樹洞裡。慧嫂子取了去，過年給孩子們添件襖子，斷不能便宜了那老太婆一家！」

直到李慧娘點頭應了，吳氏才放下手，讓馮老闆駕著馬車離去。馬蹄上包了布，跑起來一點聲音都沒有，看馬車的影子遠了，李慧娘就拉著沈立言，往不遠處的田裡走去。

沈立言有些哭笑不得。「娘子，趕快回家吧，要是被人撞見了，渾身長滿嘴也說不清。要是為了那點錢惹了一身騷，就不划算了。」

李慧娘氣鼓鼓地說道：「那老太婆一家實在太缺德，留在他們家地頭早晚會被他們發現，不能讓我妹子辛苦攢的錢落進他們口袋！」

兩人趁著月光找到那棵老榆樹，在一人高的樹洞裡摸到一個藍布小袋子，晃了一晃，滿是沈甸甸的銅板。

李慧娘拿著這一袋錢，眼淚差點奪眶而出。現在她只期盼吳氏與小石頭跟著馮老闆，真能活出另一片天來。

一早起來，丹年和沈鈺發現小石頭不見了，還以為他半夜跑回家去，連忙爬起來要往外跑，去小石頭家裡把他找回來。

李慧娘連忙拉住兩人，嚴厲警告他們不許跟任何人提起小石頭在他們家過夜的事。若有人問起，就說留小石頭吃了晚飯以後，他就回家了，從那以後再沒見過小石頭。

丹年和沈鈺瞧得出母親嚴厲警告下的喜色，丹年更料定昨天夜裡睡著時錯過了一場好戲，而沈鈺本來就很機靈，也能猜到小石頭母子現在定是平安無事。

果然，李慧娘還沒做完早飯，門外就鬧哄哄的，還有人把大門捶得震天大響，嚷著要進門搜人。

丹年有些擔心，沈立言一大早就出去了，失去了控制的鄉民就是暴民，萬一……她不禁心亂如麻。

爹究竟去了哪裡？他要是在，自己也不至於慌亂成這樣。

沈鈺連忙把丹年抱到懷裡，耐心哄著。「丹年，不害怕，哥哥帶妳躲箱子裡。」

丹年聽到就笑了，難為沈鈺到現在還記得小時候躲大伯母躲到箱子裡的事情。

此時，他們忽然聽到沈立言一聲高喝。「住手！你們想幹什麼？」

丹年聽到沈立言的聲音，這才安下心來。不知道從什麼時候開始，她對這個現成爹爹的依戀竟如此之深。

沈立言帶了七、八個人，從外面推開自家大門，一副「請隨意」的樣子。他這個舉動，讓杵在門口的沈立豐反而不敢進去了，身後幾個人看領頭的人不動，也心生怯意。

原來沈立言一大早起來就去了幾個佃戶家，那些青壯勞力被他一一叫了起來，扛著鋤頭、鐵鍬跟他一起返家。

只有張春生家的人推說自己這兩天染了風寒下不了床，剩下兩家一聽東家有事，都主動要去幫忙，王貴家連老娘和媳婦都來了。

沈立言冷笑道：「我只是出去了一會兒，你竟帶著人來我家裡鬧事了！我就算丁憂在家，官銜也還是京畿防衛營百戶，我大哥更是吏部大員。給我說清楚，你帶這些人來想幹什麼？要是說不清楚，就到公堂上說去！」

沈立豐腦門冷汗直下，他只聽大全子撩撥說這家人是幾年前搬來的，家裡頗有些財物，有好些都是年代久遠的古董。

這家的女主人同自己的妻子交好，現在她人不見了，他們幾個衝進去後以找人的名義順手拿走一些東西，他們家也只能當是吃了啞巴虧，誰會想到他們竟有這麼大的來頭！

等沈立豐回頭去找大全子的時候，大全子早就隱匿在人群中偷偷溜走了。

沒多久族長就過來了，他揪著沈立豐的耳朵把他帶走，回頭還跟沈立言談笑風生地打了聲招呼。「立言，沒事了，去吃早飯吧！」

圍觀者眼看沒熱鬧可瞧，紛紛四散離去。

沈立言拱手向來幫忙的佃戶們道謝，李慧娘一早就蒸了將近二十個白麵饅頭，趕緊分給每人兩個。佃戶們沒想到來一趟就收穫了連過年都難得吃上的白麵饅頭，而且還沒真正出手幫忙，便千恩萬謝地回去了。

張春生夫婦後來看到另外兩家吃上了白麵饅頭，恨得牙癢癢的，卻什麼辦法都沒有。

第十三章 人心難測

小石頭離開之後，丹年和沈鈺都很想念他。沈鈺叨唸的是少了一起唸書習字的人，學起來都覺得沒勁；丹年則是可惜少了一個好對象。

沈立言和李慧娘不知道年紀小小的丹年有這麼深遠的計劃，但聽到沈鈺叨唸沒人一起唸書很沒勁，便琢磨著要再幫他找個小夥伴一起唸書。

之後沈立言在莊子上轉了一圈，卻發現沒一個能瞧得上眼的。

沈年紀大一點的孩子，整天在泥地裡滾來滾去，粗野得很，「肥腸」就是最好的代表。沈立言怕他們帶壞沈鈺，直接把這類小男孩踢出了候選名單。

年紀小的，抽著鼻涕、光著屁股，一看就傻乎乎的沒半點靈氣，沈立言實在看不上。

正當沈立言發愁時，他瞥見了在一旁認真練字的丹年，她雖然人小，可提筆、下筆都頗有一番神韻，不禁拍了拍大腿。就是她了！

丹年被抓去陪讀，悲憤得要哭出來了，她可不想整天搖頭晃腦地讀什麼四書五經啊！

好在沈立言對她要求也不高，只要在一旁陪沈鈺唸書認字就行，不必像他一樣老是要接受抽考。

每隔半年，縣衙的小吏會騎著馬到各個城鎮鄉里發放油印的《大昭紀事》，方便民眾知道各項政策和國家大事變動。

當然，由於不識字的人遠多於識字的人，基本上這種小冊子沒什麼用，而且小冊子裡大部分的篇幅，都是在對皇上歌功頌德。

自從沈立言待在閉塞的小農莊後，唯一能得知外界資訊的途徑，就是這一年兩本的《大昭紀事》，每次他都從族長那裡把小冊子要回家，整理到書櫃中。

丹年偷偷翻了這幾年來積攢的小冊子，大概了解現在的國家國號為「大昭」，現在的皇上是第四任，年號平輝。

皇上的生母慶妃娘娘在皇上登基後被冊封為太后，原本的皇后，也就是太子齊旭峻的母親，早就去世了，但新皇上感激這位皇后對他的養育之恩，也追封她為太后。

丹年合上冊子，大呼坑爹！把人家的兒子和孫子都弄死，然後再假惺惺地追封個太后，有什麼用啊！

不過，關於這一切，丹年是當成八卦來看的，跟她沒關係。她是沈丹年，是沈立言和李慧娘的女兒。

因為吳氏的事情，丹年厭惡透了張氏一家，小黑桃再過來學針線時，丹年乾脆一句話都不跟她說。

沈小桃見丹年不理她，便跑去跟正在讀書的沈鈺搭話，沈鈺端著一張嚴肅的小臉，皺著眉頭，居高臨下地瞥了她一眼，說道：「男女授受不親，沈姑娘還請自重。」

沈小桃聽不懂「自重」是什麼意思，但她不是傻，看沈鈺的眼神、表情和丹年那要笑不笑的神態，就知道這肯定不是什麼好話。

被喜歡的小帥哥嘲笑了，黑臉小蘿莉的少女玻璃心瞬間碎了一地，抹著眼淚回家去了。

丹年看著繼續埋頭唸書的沈鈺，不禁暗暗嘆氣。他非但一點都不為人家姑娘的眼淚所動，還一副看笑話的樣子，況且這麼小就有桃花上門了，將來要是長成風度翩翩的貴公子，還不知道要惹多少姑娘傷心落淚呢！

比起丹年在一旁悠哉悠哉，沈鈺雖然裝作埋頭苦讀的樣子，心裡卻把丹年罵了個狗血淋頭。這丫頭絕對是故意放小黑桃進來，好看自己笑話的！

吳氏離開之後，沒人繼續幫忙做甘果，李慧娘整日忙著操持家務，再加上夏末秋初，各種水果都陸續斷了季，這事也就放下了。

等到了秋天，紅通通的蘋果掛滿了枝頭，丹年一顆心又蠢蠢欲動了。放著銀子不賺，可不是她這個地主婆的作風！

這天沈立言一從外面回來，丹年就趕緊撲上去，在沈立言懷裡撒嬌了半天，哄得沈立言高興了，她才靦覥地說道：「爹爹，現在蘋果熟了，我們可以做蘋果甘果了！」

「丹年想吃啊，讓妳娘幫妳做一些好不好？」因為之前做甘果惹了一堆麻煩，沈立言就不想再讓妻女做這件事。

丹年一看沈立言不提大規模做甘果的事情，有些急了。她強壓下心思，猜測是上次吳氏的事情惹他不高興。

「爹爹，我們可以找王貴伯伯一家做甘果嘛，上次王婆婆和伯母都來幫過我們呢！」丹年搖著沈立言的手請求道。

「再說，我們不做，將來也會有人做，不能讓別人搶了我們的東西啊，哥哥唸書還要錢呢！」丹年靈機一動，打出沈鈺唸書這張王牌。

沈立言低頭想了一會兒。王貴一家平時為人不錯，上次小石頭的爹來鬧事，一家老小二話不說都過來幫自己家。

晚上臨睡前，沈立言跟李慧娘商量了一下，比起沈立言，李慧娘更有商業頭腦。

李慧娘對王貴一家印象很不錯，加上賣甘果確實比較賺錢，因此對這門生意仍有留戀。最後一次賣的桃子甘果雖然沒多少，但賺來的錢支付農忙時短工的工錢，都還綽綽有餘。

眼看蘋果也能收成了，李慧娘有心將生意再做起來。可難就難在她抽不出多少時間，這件事一定要有人專門做才行。

王貴的妻子年紀不算大，兒媳婦更年輕，她們長期幹農活，力氣也不缺，這幾年相處下來，王貴一家的為人，他們信得過。

這件事一定下來，第二天一早，沈立言就去農地裡瞅了個機會跟王貴提出想介紹給他家人工作的事。王貴非常驚喜，又看到東家是避開另外那兩家單獨跟他說的，當下就答應了。

等中午吃完飯，王貴領著妻子和兒媳婦來到丹年家裡。李慧娘出於禮節，叫了兩人一聲「大娘」和「嫂子」，兩個人連忙擺手稱不敢當，要李慧娘稱呼她們為「王婆子」和「小王婆子」就好。

丹年在一旁聽了，覺得很是有趣，這家人倒挺有意思的！

甘果的製作方法不算難，兩個王婆子只花兩天就熟練了。

因為怕製作方法外洩，李慧娘警告過她們，如果想持續賺錢，就不能讓外人知道，否則果子結得到處都是，一旦大家全會做，誰還會買她們的？

兩個王婆子也不笨，當然明白這個道理，而沈立言和王貴聯繫了城裡幾家糕點鋪子，建立起合作關係，每次送貨都是王貴出面，絕不讓女人露臉。

到了蘋果快下市時，李慧娘便減少了出貨量，以前每隔五天就送二十斤甘果出去，現在只送十五斤。

這是因為丹年有意無意地提了句。「過年吃這個的人更多，可惜那時候就沒有蘋果了！」

李慧娘心領神會，便每次都留一部分甘果，放到地窖裡，反正這些東西放上兩、三個月也沒問題。

等到過年的時候，走親戚串門子，這些甘果肯定大受歡迎，到時價錢也能水漲船高。

王貴家最近的生活水準提高了不少，以前頓頓喝稀粥，現在每隔幾天就能去貨棧買條肉回來，供一家人打打牙祭。

這樣的轉變很難瞞得過其他人，尤其是經常在一起幹活、又是鄰居的張春生夫妻。

「姊姊，我跟妳說，今天上午我看見王貴給了他兒媳婦兩個大錢，回來就看見他兒媳婦買了好長一條肉！」說著，張春生的妻子忍不住嚥了口口水。

「真有這事？他哪來的錢？」張氏納悶不已。「妳去打聽打聽，看東家給了什麼發財的路子，都是種他們家地的，憑啥光給他們不給你們啊！」

張春生和張春雷的姊姊，就是大全子的媳婦張氏。張春生的個性和張氏很合得來，張春雷就完全不同了，因此他們三個姊弟之中，張春生和張氏走得比較近。

經過張氏這麼一撩撥，張春生的妻子頓時覺得東家太不夠意思了，都是租他們家地種的，憑啥有錢只給王貴一家！

於是張春生的妻子就跑去了王貴家，小王婆子看到張春生的妻子在門口探頭探腦，不禁有些煩躁。這鄰居平時經常來借個蒜、掐幾把菜葉，貪小便宜得很。

「嫂子，有什麼事啊？我家爹娘都在地裡頭呢！」小王婆子不冷不熱地開口了。

張春生的妻子言語間一股酸溜溜的味道。「妹子啊，我看妳家最近伙食不錯，都吃得上肉啦！」

「啥？我們家就不能改善生活，吃點好的嗎？」小王婆子瞪大了眼。

「嘿嘿，妹子也不是外人，你們家最近是不是得了什麼發財的門路了？」張春生的妻子連忙賠笑，套起了話。

「哪有什麼發財的門路，妳聽誰胡說的！」因為李慧娘的嚴厲警告，小王婆子對於張春生妻子的打探很是警戒。

張春生的妻子旁敲側擊了半天，小王婆子卻愛理不理的，氣得她腳一跺走了，臨走時還嘟嘟囔囔。「不就是會到東家面前討好嗎？看東家能給你們多少錢！」

小王婆子朝她的背影啐了一口。「淨想往東家那邊湊，也不照照鏡子！」

晚上小王婆子對自己的公公、婆婆說起張春生妻子來打探的事，吃過晚飯後，王貴就去了丹年家裡，把這事跟沈立言還有李慧娘詳細說了一遍。

丹年一點都不覺得意外，王貴家有了錢，生活品質變好了，這事大家遲早會知道，總不能讓王貴家拿了錢就藏著不用。只要做甘果的秘方不洩漏出去，別人也只有眼饞的分！

李慧娘這段日子過得很是輕鬆，兩個王婆子都是知進退的人，東家給了這個賺錢的活，她們也很感恩，小王婆子有點空閒，就搶著幹活，掃院子、刷鍋、洗碗，樣樣都不要李慧娘動手。

沈鈺連著讀了幾天書，有些坐不住了，吃完午飯就央求李慧娘要出去玩。李慧娘叮囑他不許帶妹妹去水邊，沈鈺應下後就帶著丹年跑出去玩了。

兩個小孩在莊裡轉了一圈，平日有很多同齡的小朋友能一起玩鬧，這會兒卻連個人影都瞧不見。

沈鈺看到小石頭家的方向圍了一大群人，本著看熱鬧的心理，就拉著丹年一起過去了。院子外面停了兩、三輛馬車，聽看熱鬧的人說，來的人穿的是綢緞衣服，都是舒城有頭有臉的管事和掌櫃，光是卸下來的禮物，就有三、四擔，聽那語氣，彷彿恨不得自己就是小石頭家裡的人。

自從小石頭從他們家離開以後，丹年就格外留心小石頭家的事情。等他們兄妹跑到門口，那裡早就圍得水洩不通。丹年聽人議論紛紛，說是來跟小石頭家裡的人商量婚期的。

一說到提親，丹年就想起了小石頭的二姑姑翠蘭，曾聽吳氏說過她因為嫁妝太少鬧得死去活來的。

丹年和沈鈺仗著身板小，不一會兒就鑽到了人群最前面，不料翠蘭一臉得意地在門口把守，不讓人進去。能進到院子裡的，不是親戚就是族裡的老人。

翠蘭看到丹年和沈鈺兩個小孩探頭探腦的，不耐煩地拿木棍敲了敲地。「去去去，回自己家裡去，我家忙著呢！」說著還示威似地舉了舉手裡的木棍。

沈鈺「哼」了一聲，罵了句「唯小人與女子難養也」，就扯著丹年鑽了出去，惹得丹年悶笑不已。

就在此時，離堂屋最近的一個婆子從院子裡出來了，一堆人頓時將她團團圍住，打聽裡面到底是什麼情況。

那個婆子神秘兮兮地賣了個關子。「你們猜，那是為誰來商量親事的？」見周圍的人都不吭聲，一臉期待地看著自己，婆子得意地晃了晃手指，說道：「你們全猜不到，那是來跟小石頭他爹商量親事的！」

這番話如同一滴水濺入了滾燙的油鍋裡，議論聲吵雜而起。「小石頭他娘和小石頭都不見蹤影，正妻的位置還在呢，哪有有錢人家的閨女會願意嫁到這窮農戶當妾？」

見大家都不相信自己，那婆子急了，竹筒倒豆子一般把話全說了出來。「立豐這幾年都在城裡一個大戶人家做工，那家人可有錢了，光鋪子就好幾間！他東家就這麼一個獨生女兒，她看上了立豐，兩家已經把婚事給訂下，只等選個吉日過門了！」

眾人內心了然，紛紛說是小石頭他爹被大戶人家看上了，一個中年男子還用幸災樂禍的語氣說沈立豐要去當上門女婿了。

那婆子一聽這話就不開心，她昂著下巴，一副驕傲的模樣。「那也是我們家立豐人長得好，是那塊料子！」

一旁一個年輕媳婦問道：「那小石頭他娘怎麼辦？人家大小姐總不能嫁過來當妾吧？」

「呸呸呸，那沒臉的女人早就不知道死去哪裡了！能讓她擋了我大侄子的前程嗎？」婆子一臉不耐地說道。

聽到這裡，傻子都明白是怎麼回事了。

丹年突然有些惶恐。這些圍觀的人是怎麼了，他們都只看到小石頭他爹光鮮成功的一面，怎麼都沒發現他為了娶富戶小姐，而將結髮妻子逼入絕境呢？

沈鈺看到丹年臉色不對，以為是人太多讓她悶壞了，於是趕緊拉著她回家去了。

到家以後，沈鈺就跟爹娘說小石頭他爹要娶新媳婦了，還沒等沈鈺說完，李慧娘便猛然站了起來。「可是真的？」

沈鈺沒想到娘親的反應那麼大，一時之間愣住了。沈立言趕緊拉著妻子坐下，要她冷靜一點，好好聽兒子說完。

丹年在心裡冷笑一聲，這恐怕才是小石頭他爹真正的意圖。怪不得他急著定吳氏的罪，不把礙事的結髮妻子給除掉，他怎麼發財啊！

李慧娘無奈地搖搖頭，嘆了口氣，喃喃道：「人心難測啊……」

沈立言知道妻子同吳氏交情不錯，便寬慰道：「小石頭他娘走了是好事，我看馮老闆很穩妥，他們母子倆也算是有了依靠。」

看到丹年也悶悶不樂，他又抱過丹年，撫著她的背安慰了半天。

丹年趴在沈立言懷裡，悶悶地說道：「吳嬸嬸幫他生了孩子，還伺候他娘跟他妹妹，他怎麼就想要逼死吳嬸嬸呢？」

沈立言怔了一下，才反應過來丹年口中的「他」，就是小石頭的爹。

因為不想讓丹年接觸太多陰暗面的東西，沈立言含糊地哄道：「小石頭他爹是壞人，我們以後誰都不理他！」

「他想要娶新媳婦，休掉吳嬸嬸就是了，幹麼還要誣賴人家？」丹年心中一口悶氣憋得發慌。這個時代女人的聲譽大如天，如果吳氏不逃，除了被沈塘處死，就只有上吊或跳河的路可走了。

沈立言拍了拍丹年，把沈鈺也叫了過來，用講故事般的語調柔聲說：「丹年、阿鈺，世上總會有人覺得你擋了他的路，無論你怎麼小心討好都沒有用，自己不強大，結果就是被人踢走。」

丹年依舊悶不吭聲，這個道理她懂，可真碰上了，心理上還是難以接受。

沈鈺則握緊了拳頭，一臉嚴肅地跟沈立言保證自己以後絕不再貪玩了。

沈立言見兒子懂事，欣慰地拍了拍他的頭。

「阿鈺，將來萬一丹年的婆家就像對待小石頭他娘一樣對待丹年，你這個做哥哥的卻無錢無勢，要怎麼幫丹年作主？小石頭他舅舅就不想護著他妹妹嗎？」

沈鈺點頭應下。「我一定要好好讀書，將來才能為丹年出氣！」

小男子漢稚嫩的童聲配著堅定的誓言，讓丹年既感動又滿臉黑線。哥哥，你確定我將來在婆家一定會混得那麼差嗎?!

沈鈺說罷便默默回房讀書了，丹年開心之餘也下定決心，以後再也不捉弄哥哥，闖了禍也不栽贓到他頭上了。

第十四章　結下梁子

小石頭他爹攀上了有錢人家，就要當人家女婿了，這個新聞著實轟動了整個沈家莊。

小農莊本就沒什麼娛樂活動，好不容易遇到一件窮小子攀上高枝的事，大家都卯足了勁宣傳，當然也有些人只恨自己兒子沒出息，沒攀上個有錢人家。

丹年不禁感嘆，不就是個陳世美嗎，還能成為偶像！

這個八卦還沒過去，丹年家就有人上門了。

來者是兩個中年男子，走在前頭那個微微有些發福，一臉富態相，走起路來肚子一顫一顫的，跟在他身後的人看起來像隨從。

大肚男自我介紹說他是舒城薛老爺家的大管事，又表明薛老爺要跟沈家莊結為兒女親家了。

「這事我聽說了，恭喜你家老爺了！」沈立言淡淡地說道。

丹年惡毒地在心裡偷偷加了一句。恭喜你家老爺尋了這麼好的女婿，等哪天再有更有錢的人家看上他女婿，你就等著看好戲吧！

那大肚男見沈立言的態度並不熱絡，回頭和隨從對看了一眼，拱手道：「沈官爺，我家老爺對您仰慕已久，想邀請您出席我家小姐的婚宴。」

「喔？」沈立言挑了挑眉。「我和跟你家並無親戚關係，貿然就去白吃酒席可不好。」

大肚男笑道：「這哪是白吃呢？您能來，就是給了我們老爺天大的面子。」

「爹爹！吳嬸嬸去了哪裡啊？好久沒看到她和小石頭了。」丹年裝作一副一無所知的模樣，對沈立言撒嬌問道。

沈立言抱起丹年，對大肚男笑道：「小女不懂事，讓您看笑話了！她說的吳嬸嬸，就是立豐兄弟的媳婦吳氏。」

還未等大肚男說什麼，丹年又叫道：「爹爹，是不是小石頭爹爹要娶新媳婦了？吳嬸嬸要是回來怎麼辦？那新媳婦不就是妾了？」

這段話出口，大肚男的臉色變得極為難看，卻還是強撐著笑意。「小姐說笑了，那吳氏不守婦道，肯定自己尋死了，我們家小姐是明媒正娶的正房媳婦。」

「喔，吳嬸嬸不在人世了啊……」丹年失落不已。

大肚男見丹年明白了，緩了口氣，恭維道：「小姐真是小小年紀就有菩薩心腸啊！」

丹年忽然一拍手，歡快地大聲嚷了出來。「我知道了，吳嬸嬸要是死了，那新媳婦就是填房！」

她的口齒清晰，尤其是「填房」兩個字咬得尤其重，想不聽清楚都難。

「聽婆婆們說填房媳婦進門前要先向原來的媳婦磕頭上香呢！叔叔，你家小姐會不會向吳嬸嬸磕頭上香啊？」丹年一副天真懵懂狀，其實心裡早就笑翻了天。

大肚男一張笑臉掛不住了。「沈官爺，令嬡、令嬡真是……」讓他們家小姐向一個粗野村婦磕頭上香？虧這些鄉下人想得出來！

丹年看得出他想拂袖而去，可又想拉攏沈立言，只得強撐場面。

「唉呀，真是讓兄台見笑了，我這女兒從小就想法多，心思活絡，我和她娘都拿她沒辦法。」

沈立言道完歉，轉頭點著丹年的額頭，罵道：「都跟妳說過多少遍了，這種話能當著人家面說嗎？沒規矩！」

大肚男和隨從默默擦了把汗，心想，敢情背著我們就能說了？

丹年出了口氣，裝成一副委屈的模樣，從沈立言懷裡滑了下來，氣哼哼地進屋裡去了。

大肚男見丹年終於走了，心頭頓時像放下了重擔一樣，一臉殷勤地對沈立言說道：「沈官爺，婚宴在我們薛府舉行，屆時還請您賞臉啊！」

沈立言拱了拱手，淡淡說道：「立言不過是在家務農的農夫，小門小戶攀不上薛家，沒能耐送那份禮錢。」

大肚男眉眼間隱隱有了不耐煩的跡象，這家人實在太不識趣！早在他來之前，就好好打探過沈立言的家底，不過是在京城做過小官，沈立言要是真和他哥哥關係好，還能在鄉下窩這麼久？三年丁憂期早過了！

看沈立言的家財，還不如個家境殷實的土財主，哼，還真以為自己是從京城來的大人物啊，他家老爺找他去是給他面子！

想到這裡，大肚男的語氣也不客氣了。「沈官爺還是多想想吧，我們老爺家大業大，生意做得遍地都是，要是能跟我們老爺套個交情，還能少了你的好處？你看我們姑爺，現在可是青雲直上啊！」

「那真是多謝薛老爺抬愛了，立豐兄弟能當上薛老爺的東床快婿，是他投了薛老爺的緣。」沈立言不冷不熱地回了一段，倒教大肚男噎得無話可說。

「那婚禮那天，您可一定要到場啊！」大肚男還不死心。

「多謝薛老爺看得起在下，只是在下家務多、勞力少，缺了我就不成事。要是那天得空，一定到府上祝賀新人百年好合。」沈立言說話到了滴水不漏的地步。

丹年躲在門後悄悄幫沈立言鼓了鼓掌。爹爹，好樣的！

沈立言送走不速之客後，轉身就喊：「丹年！躲哪裡去了？」

這孩子才幾歲，什麼妾、填房、磕頭燒香都知道，平時都學了些什麼啊？

等他找到丹年時，丹年早就安安靜靜趴在桌上練字，還撒嬌拉來了李慧娘看她的字。

李慧娘見沈立言進了房間，笑著對他說：「相公，你看丹年字寫得愈來愈好看了，這孩子真有靈氣！」

丹年紅著臉鑽到李慧娘懷中撒嬌，李慧娘對這個乖女兒是疼到心尖兒上了，連忙把丹年當心肝寶貝般輕聲哄著。

沈立言又好氣又好笑，這丫頭知道自己要找她算帳，竟趕緊找了個靠山呢！

晚上沈立言跟妻子說起白天的事，發愁道：「丹年從小就這麼鬼靈精……」

他見李慧娘面色沈了下來，立刻改口。「丹年這孩子從小就聰明，我擔心將來得給她找個什麼樣的丈夫，才能壓得住她。」

這語氣活像個操碎了心的老媽子！李慧娘忍不住白了丈夫一眼。在她眼裡，自己養出來的女兒完全沒有不好的地方。她不理沈立言，自己睡下了，只剩下操心的老爹坐在床頭擔憂女兒的未來。

儘管丹年一家對小石頭的爹千般不齒、萬般唾棄，小石頭家裡還是吹吹打打辦起了喜事。

只不過大夥兒不僅沒見著新娘子，連婚禮儀式都是在薛老爺家裡進行的，算是坐實了小石頭他爹「入贅」這件事。

不過這絲毫不影響小石頭家人的心情，他們擺了一天的流水席，只要來道賀的，不管出不出禮錢，都請上座吃飯。

丹年一家待在屋裡不出去，震天的嗩吶聲還是傳得讓他們聽得清清楚楚。

午飯過後，張氏就一手扯著一個孩子到了丹年家裡。

小胖子沈暢臉上、手上全是明晃晃的油星子，見了丹年就嘿嘿笑，順便把流到嘴邊的鼻涕又哧溜一聲吸了回去，讓丹年噁心得受不了，扭過頭不再看他。

「妹子，妳怎麼不帶孩子去吃酒席呢？」張氏抹了一下嘴角，說道：「我看立豐這回是發達了，一家人吃的是山珍海味，穿的是綾羅綢緞。」

李慧娘忙著手裡的針線活，淡淡應了聲。「跟他們不熟。」

張氏記起李慧娘和吳氏關係不錯，訕訕地笑了。她有心想讓女兒繼續來學針線，便向她使眼色，要她上前去跟李慧娘套交情。

丹年斜睨了小黑桃一眼，那眼神明明白白傳達了一個意思。不怕死就繼續來，我有得是辦法整妳！

沈小桃對丹年一直都有種畏懼感，其實丹年並沒有對她做過多過分的事情，但丹年從小就被沈立言和李慧娘寵大，又是個穿越人，舉手投足間自然就有種不一般的氣勢。

沈小桃只恨自己沒有託生在李慧娘的肚子裡，她爹娘天天要她幹活，動不動就又打又罵，她可從來沒見過李慧娘讓丹年動過一根手指頭。

這樣就罷了，自己的哥哥還是個吃貨，有點好東西就跟她搶，可爹娘喜歡她哥哥遠多於喜歡她。她喜歡丹年的哥哥，長得好看，又會讀書，更對丹年疼得不得了。

沈小桃裝作沒看到娘親的眼神，反而不停朝後院瞟著。上次漂亮的沈鈺哥哥生她的氣，她想去問問他原諒她了沒。

張氏見女兒不靈光，氣得暗自跺腳，李慧娘和丹年又是那副愛理不理的樣子，她只得帶著兩個孩子離開，準備再去吃場流水席。

李慧娘和丹年這才算得了空閒，在屋裡練字的沈鈺也鬆了口氣，丹年要是看他不順眼，就會放小黑桃來找他，方才他還在心驚膽顫地回想這幾天有沒有得罪丹年大小姐呢……

時間一晃而過，丹年已經九歲了，當然對外公布的官方年齡是還不到八歲半。這幾年丹年老老實實在家練字、學針線，連沈立言也誇讚丹年的字好看，不同於現有的書法大家字體，而是娟秀有神、自成風骨。

丹年他們和外公一家也經常走動，丹年的小舅舅兩年前考中了舉人，兩家人都高興不已。

沈鈺已經十三歲了，今年開春被沈立言送到書院去唸書。書院有點類似丹年上過的寄宿學校，但入學條件很嚴格，沈鈺上了書院後，每隔一個月才能回家一天，丹年能明顯感受到李慧娘的失落，養了這麼多年的兒子走了，難免會感覺空落落的。

丹年自己起初也不適應，沒有了一個鬼靈精哥哥跟自己鬥智鬥勇，生活一下子變得枯燥無味起來。

沈鈺第一次從書院回家時，人清瘦了一圈，讓李慧娘心疼得不得了。丹年打量安安靜靜坐在院子裡的沈鈺，一個月不見，他整個人變得沈穩許多，就像個嚴肅的大人一樣。

丹年有些排斥這種感覺，她喜歡原來那個外表裝得很老成，實際上一肚子壞點子又活潑的哥哥。

丹年歪著頭看著沈鈺，拖了張凳子坐到他身旁。「哥哥，你怎麼了？」

沈鈺摸了摸丹年的頭，答道：「哥哥沒事啊。」

「哥哥，是不是書院裡面有人欺負你？」丹年問道。

沈鈺看丹年一副要找人打架的樣子，笑了起來。「沒有，哥哥這麼厲害，怎麼會有人欺負哥哥？將來哥哥還要保護丹年呢。」

雖然沈鈺這麼說，然而丹年跟他在一起生活了那麼多年，看得出他一定有什麼不開心的事情。

「哥哥，你跟我說實話，否則我就告訴爹爹！」丹年不禁動了氣。

沈鈺猶豫了一下，才慢慢說起來。「我入學的時候，班上已經開始上課了。裡面有個叫魯瑾的人，家裡有錢，經常請同窗去館子，書讀得也不錯。

「我去了之後成績比他好，他便不讓其他人理我，誰想跟我做朋友，誰就遭殃。吃飯的碗常被人打翻在地上，書包也常被人藏起來，做好的作業不見過兩次，還被老師罰掃了幾天書院。」

沈鈺把這些當成糗事說給丹年聽，一副輕鬆的模樣，可丹年卻聽得直咬牙。這種小孩子間的嫉妒把戲她在寄宿學校不知道見過多少，如今看到沈鈺受到這種不公平待遇，恨不得把那個叫魯瑾的揪出來暴打一頓。

「丹年，妳可千萬不要跟爹娘說。」沈鈺笑著眨了眨眼睛。「爹娘知道了，心裡肯定不高興。讓他們知道我被欺負，那多沒面子。」

「為什麼？你不是過得不開心嗎？」丹年問道。

沈鈺笑了笑，臉上飛起一抹紅暈。「我挺喜歡書院的，師長們都很有水準，上起課來也會跟我們講述很多書本以外的東西。」

「那群臭小孩你打算怎麼辦？」丹年沒想到沈鈺會這麼回答，轉而問起他的打算。

「對於那些同窗，我只有拿出更好的成績來回敬他們，讓他們服了我。如果就這麼躲回來，連書都唸不下去，將來怎麼護著妳！」

沈鈺原本微笑的臉色瞬間嚴肅起來，丹年欣慰之餘，有些感動。她原本是想如果沈鈺有要逃回家的心思，她會毫不留情地罵回去，現在看來，她太小看這個哥哥了。

聽見李慧娘在灶房喊了一聲「開飯了」，沈鈺便鑽進灶房和沈立言一起端菜端飯。沈鈺這幾年身量拔高了不少，成了眉眼如畫、風度翩翩的俊書生，和年輕時的沈立言差不了多少。

丹年很是驕傲，當年抱著她躲在藤條箱子裡的小男孩已經長成了男子漢，就像塊包在石頭裡的翡翠一樣，終究有一天會發出耀眼的光芒。

吃完飯，丹年就拉著沈鈺出門了，要帶他四處走走。她在電視上見過古代的書院，跟現代的高中沒什麼兩樣，學生一天到晚坐在椅子上埋頭苦讀。趁著現在放假，應該讓沈鈺好好活動一下。

春天裡野花盛開，丹年拉著沈鈺出門玩，兩人特地踩著高出地面的田埂行走，碰上正在下田幹活的農夫，還被笑罵了兩句。丹年和沈鈺吐了吐舌頭，飛快地跑掉，等到了沒人的地方，又繼續踩著田埂走。

沈鈺玩得很高興，書院裡的生活比在家裡讀書壓抑得多，周圍都是認真的同窗，稍一鬆懈，就會落後他們一大截。

還沒等丹年和沈鈺跑出去多遠，就碰到了死對頭小黑桃和她哥哥肥腸。

自從沈鈺離開以後，沈小桃就再沒去過他們家。一看到沈鈺，她雙眼頓時發亮，迅速跑到沈鈺面前，甜甜地叫了聲。「阿鈺哥哥，你回來了！」

沈鈺淡淡應了聲，然後就牽著丹年的手，繞過肥腸和小黑桃兩兄妹，繼續往前走。丹年一個人的時候李慧娘堅決不允許她去河邊，現在他已經長大，可以帶妹妹去看看河裡的小魚小蝦了。

沈小桃不死心，繼續跟著沈鈺，問道：「阿鈺哥哥，你要去哪裡啊？」

丹年嗤笑，這擺明把一旁的她給硬生生忽略掉了。

「我們要去山上，有寶藏！」丹年隨口說道。

一旁的沈暢一聽到有寶藏就來勁了。「妳說寶藏?!」

丹年以為他是想起當年沈鈺騙他大花嬸家農地裡有兔子的事情，有些怕他翻起舊帳。肥腸長得腰圓腿粗，沈鈺雖然也跟沈立言學過拳腳，但要打起架來，絕對吃虧。

丹年剛想說些什麼，就聽沈暢邀功似地嚷嚷開了。「我知道哪裡有寶藏！」

見丹年用看白癡似的眼光看著他，沈暢急了，指著莊外一條官道說：「我爹前兩天半夜才回來，我偷聽見我爹跟我娘說，官道那邊的山溝裡被春汛沖開了一個大口子，裡面沖出來很多瓷盤和陶罐，聽說都是死人用的，肯定很值錢！」

丹年一聽，瞪大了眼睛。乖乖，還有這種好事？盜墓小說可不是白看的啊！她立刻來勁了。「你知道在哪嗎？」

沈暢一看丹年正眼看他了，立刻興高采烈地討好道：「知道，我聽我爹說過。」

一旁的沈鈺拉住了躍躍欲試的丹年，朝肥腸問道：「你爹撿了不少寶貝吧？」

沈暢這時候腦袋忽然清醒過來，想起夜裡他爹對他娘千叮萬囑說不准跟外人透露，還說什麼「財不露白」。這下他一股腦兒全說出來了，要是爹知道了，不曉得會怎麼揍他，冷汗頓時冒了出來。「沒、沒撿什麼。」

丹年不肯放過這麼好的機會，要肥腸帶她過去。若能撿上兩件古董回來，說不定能發筆小財。

沈鈺不放心丹年，也跟著一起去了。

古代的官道修得還不錯，只要不下雨就很平整。官道上時不時會跑過一輛馬車或有單人騎著馬匹跑過，路兩旁種了些高大的白楊樹，應該是為了防止馬車跌進兩旁的溝裡。

四個孩子穿過官道，沒走多遠就到了沈暢說的地方，山溝的土堆裡果真隱約露出不少碎瓷器。

丹年興奮地拿樹枝開始挖掘，沒多久便刨出幾個盤子、碗和陶罐，可惜都已碎裂，連個完整的都找不到。

沈鈺怕丹年扎到手，讓丹年休息一會兒，由他來刨，一旁的肥腸兄妹也不甘示弱，尤其是肥腸，他想多挖一些回家好將功折罪，更是賣力。

沈鈺蹲下身，隨手翻起一個瓷碗的底部，一看就笑了起來，隨手將瓷碗扔到一邊，拍了拍手上的泥，說道：「別挖了，這些都不是古董。」

丹年連忙拿起一只瓷碗，只見底部印著一行小字——平輝五年長興鎮造，她忍不住氣呼呼地把瓷碗給扔了。

「平輝五年」不過是四年前，而長興鎮，就是舒城附近出產瓷器的地方，因土質不算上等，產的瓷器也不值錢，更何況是破掉的。

沈鈺幫丹年搓了搓手上乾掉的泥巴，安慰道：「可能是附近有瓷器店，把碎掉的碗什麼的扔這裡了，不過也有可能是陪葬品，應該是墳修得不穩固，被春汛的水給沖開了。」

沒了發財的希望，加上丹年一聽到「墳」就覺得毛骨悚然，趕緊拉著沈鈺說要離開。

由於山溝離官道有些高低落差，四個人就往官道上爬。沈鈺先爬了上去，轉身把丹年給拉了上來，牽著丹年就要走。沈小桃眼巴巴在下方看著沈鈺，自己的哥哥向她伸手只當沒看見，見沈鈺不理她，很是氣惱地自己爬了上來。

丹年覺得小黑桃有趣得很，因為喜歡沈鈺，時不時就想在沈鈺面前表現，可受了挫折就只會生悶氣。看著咬著唇、瞪著眼的小黑桃，丹年不禁笑了起來。

不料，這下徹底惹了禍，沈小桃彷彿受到莫大的侮辱，眼看官道上一輛大馬車飛馳而來，她雙眼噴著火，跑上前去一把將丹年推倒在官道中間。

丹年還未反應過來，已經被推倒在地上，滑出去兩公尺遠。她的耳邊傳來馬蹄狂奔踢踏地面的聲音，再一睜開眼，懸空的馬蹄已然到了她身體上方，馬兒的嘶鳴聲就在她頭頂。

這一刻，丹年驚恐得叫不出聲來，耳邊傳來了呼嘯而過的風聲，不知為何，其中還夾雜了李慧娘嘶聲力竭的叫喊。

這下自己肯定非死即傷了吧……丹年緊緊閉上了眼睛，身體蜷縮成一團。

第十五章　官道偶遇

讓丹年意外的是，馬蹄遲遲沒有落下來，等她再度睜開眼，就看到馬車已經歪靠在官道旁的白楊樹幹上，馬也摔倒在地上。

李慧娘和沈鈺像箭一般衝了過去，卻不敢亂移動躺在地上的丹年，只蹲在她身旁查看她的情況。

丹年大腦一片空白，說不出話來，李慧娘以為丹年嚇傻了，心痛得眼淚流個不停，轉過身就給了沈鈺一巴掌。「你是怎麼照看妹妹的？」

沈鈺默默受了那一巴掌，白淨的臉上有了五道紅印子，卻不吭氣。

一旁的沈小桃早已嚇哭，飛速跑離現場，沈暢見情況不對，也悄悄開溜了。

危險已經遠離，丹年依然蜷縮在地上起不來，她想動，可手腳使不上一點力氣。

沈鈺想拉丹年起來，卻發現丹年在打哆嗦，知道她是嚇到了，連忙將丹年圈入懷中慢慢哄著。

李慧娘看到丹年的模樣，心疼得要命，她抹著眼淚，把丹年從沈鈺手中抱過來擁在懷裡，沈鈺則不停地搓著丹年的手、拍拍她的臉，想喚回她的神智。

丹年看李慧娘嚇得眼淚一直往下掉，想抬手幫她擦眼淚，卻發現手軟得抬不起來，只能安慰道：「娘，我沒事，您怎麼來啦？」

「下午妳哥哥該回書院去了，我聽人說看到你們到這邊玩，便來喊你們回家。」

聽見丹年開口說話，李慧娘鬆了口氣，趕緊將她上下檢查了一番，見她似乎沒事，也就放下心來。

一旁的馬大概也受了驚嚇，躺在地上嘶鳴不停。趕車的車伕約莫三十歲上下，精幹的臉上寫滿了焦慮，不停安撫著受驚的馬兒。

路邊圍觀的人愈來愈多，早已有人去丹年家裡把沈立言叫來。等沈立言趕到時，丹年已經能自己站著了，只是手腳依然冰涼，臉色發白。

事情的經過，李慧娘跟沈立言說了，知道是車伕在緊急關頭奮力勒住了馬。雖然丹年沒事，馬車卻翻倒在一旁。

沈立言走到馬車旁，拱手向車伕道謝。「這位兄台，方才真是多謝了！」

車伕正蹲在地上幫馬順毛，有些意外地抬起頭，上下打量了沈立言一番，淡淡回了句「客氣了」，語氣並不熱絡。

沈立言對他的冷淡態度並不以為意，他看得出來馬匹受到不小的驚嚇，一時半刻根本趕不了路，他們應該是急於趕到下一個城鎮找客棧投宿的。

「兄台，在下對馬有些心得，可否讓在下試一試？」沈立言有些過意不去，畢竟人家是為了躲避丹年才會這樣的。

「喔？」車伕有些驚奇。他看沈立言不過是個溫雅書生，但他安撫了馬兒半天，牠依然躺在地上抽搐，口鼻不停噴出白沫，想想也沒別的辦法，便站起身來讓位給沈立言。

等他站起身來時，沈立言不禁在心裡暗叫了一聲好。眼前這個人身手矯健，走起路來有力卻無聲，明顯是個功夫好手，程度絕對在自己之上。

「車上可還有人？麻煩兄台先讓他們下來，待會兒馬起身時難免會磕碰到。」沈立言說道。

車伕稍稍遲疑了一下，便向車尾走去，朝車廂裡小聲說了幾句，沒多久便有個小男孩和一個富態的中年婆子從裡面出來。

小男孩一身縞素，額頭上還綁了根白布條，眉頭微皺，薄唇抿得緊緊的，一點血色也沒有；中年婆子則是一臉驚嚇的模樣，下車後就一屁股坐到地上，大口喘著氣，不停撫著自己的胸口。

小男孩看起來和丹年年紀差不多，卻跟個小老頭一樣將雙手背在身後，一臉嚴肅地向車伕問道：「馬怎麼樣？能好起來嗎？」

車伕似是對小男孩頗為恭敬，他低著頭，恭順地答道：「少爺放心，馬受了驚嚇，這個人說他能治好，奴才便斗膽讓他一試。」

小男孩的眉頭皺得更緊了，不再說話，轉身看向沈立言。

沈立言見車廂裡的人下了馬車，便趴到馬耳邊，只見他的嘴巴一張一合，聽不出來到底說了什麼，正當圍觀的眾人全神貫注之際，原本趴在地上、要死不活的馬突然長鳴一聲，抖了抖鬃毛站了起來，完全不見方才的頹廢之態。

人群頓時發出陣陣喝采，還有不少人鼓起了掌。

車伕剛才還很懷疑沈立言，現在是徹底服了。「兄台真乃神人，不知如何稱呼？」

沈立言呵呵笑了起來，張開手指慢慢梳理著馬的鬃毛，馬似乎很享受沈立言的服務，揚頭噴著氣。

「兄台客氣了，敝姓沈，早先跟著師父在軍中待過兩年，對馬有些了解。倒是兄台，走起路來似行雲流水，身手肯定了得。」沈立言拱手笑道。

這下輪到車伕乾笑了起來。「沈兄折煞在下了，在下只是個管事，護送小主人回去辦理主母的後事。」說到最後，聲音幾不可聞。

沈立言有些憐憫地看了那一身縞素的小男孩一眼，低聲道：「年紀這麼小……」他娘過世時他已經十五歲，懂得照顧自己了，可眼前的這孩子才和丹年差不多大……

車伕嘆了口氣。「少爺是個福薄的人。」話只說到這裡，就不肯再多說什麼了。

沈立言只當是他不方便透露主人家的家務事，畢竟大戶人家總有許多不為人知的隱密，不想說也很正常。

車伕見馬已經恢復了精神，便要小男孩和那中年婆子上馬車。而李慧娘這會兒見丹年已經緩過神來，便牽著丹年和沈鈺走到沈立言那裡。

此時沈立言忽然抬手制止小男孩和中年婆子上車。「兄台，你們現在還不能走。」

那中年婆子已恢復了精氣神，一聽沈立言這話，雙手插腰罵道：「我們憑什麼不能走？林管事，休要聽這鄉下漢子胡言亂語，他鐵定是想留我們下來，好好訛詐一番！」

這麼一番話出來，讓沈立言和李慧娘頗為不悅，不過事情起因於自己的女兒，理虧在先，只好忍下怒氣。

「我說啊，妳這小丫頭是怎麼回事？大白天的往車輪底下鑽，存心找死是不是？」中年婆子見沈立言和李慧娘不回嘴，膽子越發大了起來。

李慧娘皺起了眉頭，她最聽不得別人說她一雙兒女不是，便回道：「妳亂說什麼！誰存心找死！」

丹年不想讓李慧娘受氣，這件禍事說起來是他們不占理，便低聲對那中年婆子道歉。「對不起，是我不對，讓你們受累了！」

「喲，這小丫頭倒是挺會說話的！不過我們少爺身子嬌貴，你們賠得起嗎？」中年婆子一副得理不饒人的模樣。

李慧娘忍著怒氣。「大嫂，那您說該怎麼辦？」

「誰是妳大嫂？不過是個鄉下粗婦而已，跟人攀什麼親戚！」中年女人不屑地說道。

「周嬤嬤，妳這是在做什麼？」一旁冷眼看著她的小男孩發話了。

「唉喲，少爺，您平時沒出過京城，這鄉下地方人心險惡，說不定他們是故意撞上我們的馬車，想要做些壞事呢！您還受了驚嚇，哪能這麼便宜就放過他們！」周嬤嬤不依不饒，被肥肉擠成一條縫的眼裡閃著貪婪的光芒。

沈立言立刻護在李慧娘和丹年面前。「說吧，妳想怎麼樣？」

周嬤嬤得意地伸出了兩根手指。「我們家老爺可是京城大員，少爺可是老爺的命根子，你們衝撞了我們少爺，給個二十兩銀子壓壓驚吧！」

「住口！」還沒等李慧娘做出反應，小男孩便大聲喝斥她，漂亮的小臉上滿是怒容。

他一張小臉繃得緊緊的，正色道：「周嬤嬤，妳這像個什麼樣子！再這樣撒潑沒規矩，就一個人在這裡跟他們講價錢吧，別以為出了京城就沒人能管妳了！」

周嬤嬤不死心，還想爭辯些什麼，小男孩冷冷地看了周嬤嬤一眼。「莫非周嬤嬤以為母親不在了，妳就能代替母親替我作主了？」

周嬤嬤急了。「少爺，您還小，老奴也是為您好啊！您怎能幫這群刁民說話……」

還未等周嬤嬤說完，小男孩從牙縫裡擠出了幾個字。「滾回去！」

這句話嚇得周嬤嬤低頭就往馬車那邊跑，半路摔了一跤，也不敢停留。

喔，氣勢不錯！危機過去之後，丹年立刻恢復了邪惡的本質。

小男孩雙手背在身後，走到丹年等人跟前，他看了丹年一眼，用有點居高臨下的口吻說：「這位姑娘可傷到了？」

丹年有點不高興，這小子看起來明明跟她差不多大，卻一板一眼，嚴肅又老氣橫秋，可畢竟是自己有錯在先，氣勢上就矮了一大截。

「我沒事。」丹年悶悶地答道。

小男孩嚴肅地點了點頭。「那就好。家僕無禮，還望你們不要放在心上。」

他看一旁的沈鈺像是個讀書人，又朝沈鈺拱了拱手，然後便轉身瀟灑離去。

丹年不禁傻住了，愣愣看著小男孩身著孝服的瘦弱背影。

沈立言看小男孩制止了無禮的中年婆子，便繼續勸起車伕。「兄台，你的馬匹昨晚肯定吃了太多飼料，今天可否看到馬排了糞便出來？」

車伕──也就是林管事一怔。「還真沒有……」

「你摸馬腹，已經是鼓脹如石，再走下去，只怕走不了多遠了。」沈立言誠懇地說道。

「小哥哥，我爹爹對養馬很在行，我們家裡的馬從來沒生過病！」丹年不禁開口了，話卻是對著背手而立的小男孩說的。丹年知道他雖然年紀小，可大事還是他說了算。

丹年說的是實話，他們家裡那匹馬年紀已經不小了，可從丹年來到沈家開始，就從沒見過馬生病。

小男孩注意到被李慧娘牽著的丹年，一瞬間丹年似乎從他臉上看到了羨慕的神色，然而當丹年仔細想看清楚時，小男孩又恢復了一副冷冰冰的樣子。

「林管事，他說的可是實情？」小男孩問道。

「回少爺，從馬腹的情況來看，確實堅硬如石，奴才也不知道馬是不是生了病。」林管事有些遲疑。

說完，林管事再面向沈立言時，有些為難地說：「沈兄，不是我不相信你，只是眼下時間緊迫，我們要趕往下一個城鎮投宿。我家少爺身分高貴，萬一有個閃失，我擔待不起。」

沈立言瞧出這人是真的為難，他想了想，便同林管事說道：「兄台，這樣吧，我家裡還有些給馬吃的草藥，是當初我師父傳給我的方子，治療馬匹積食很有效，你稍等片刻，我去取來。」

「剩下的路別趕那麼快，現在離下一個城鎮不遠了。你給馬吃了藥之後，到了半夜記得幫馬加些草料。這匹馬是好馬，底子也不錯，明天一早就能恢復過來。」

說罷，沈立言便帶著沈鈺匆忙往家裡跑去。

周嬤嬤從馬車後方探出頭來，嚷嚷道：「誰知道你們是不是沒安好心？林管事，可不能隨意讓馬吃些亂七八糟的人給的東西！」

丹年心頭火一把燒了上來，誰是亂七八糟的人？她絕不能容忍有人詆毀她的爹娘！

丹年指著看熱鬧的人，盯著周嬤嬤，一字一句地說道：「這裡是沈家莊，四周都是姓沈的人，我們想要劫你們的錢財，用得著給你們的馬下藥嗎？」

什麼叫主場優勢，這婆子到底懂不懂啊！丹年不屑地撇了撇嘴。

周嬤嬤看向周圍的壯碩莊民，忍不住打了個寒顫，一旁的小男孩再次要她閉上嘴巴。

丹年嫌惡地看著周嬤嬤，這婆子大概是有被害妄想症。

林管事為難地看向小男孩，看到對方朝他微微點了點頭，便放下心，耐心等沈立言取藥回來。

臨近晚飯時分，大部分看熱鬧的人都回家做飯去了，現場沒剩下幾個人。

一旁老虎護幼崽似的周嬤嬤，不停跟小男孩說人心是如何險惡，在小男孩幾次勸說下，終於回到已經扶正的車廂裡去了。丹年猜測小男孩肯定是忍受不了周嬤嬤跟野鴨子一樣，聒噪個沒完沒了。

丹年覺得有些無聊，不再看小男孩了，而是拉著娘親的手安靜站在一旁等爹爹回來。

等待的時候，丹年一直感覺到有人在看她，等她扭過頭去尋找那道視線的主人，卻又沒任何發現。等她再扭過頭去，又感覺到有人在看她。

這次丹年學聰明了，裝作看向別處，等到感覺有人在看她時，猛然扭過頭去，便和小男孩來不及收回去的目光對了個正著。

丹年放開李慧娘的手跑了過去，凶巴巴地問道：「你看我做什麼？」

小男孩白玉般的臉瞬間脹得通紅，先前的嚴肅老成統統飛走了。「我、我沒看妳……」

「還不承認，我都看到了！」丹年沒打算放過他。那周嬤嬤明顯就是小男孩的奶娘什麼的，奶娘是這個樣子，教出來的小孩也好不到哪兒去，所謂上樑不正下樑歪，肥腸兄妹就是最好的例子。

小男孩更加窘迫了，臉紅得都要滴出血來，丹年氣呼呼地瞥了他一眼，突然想起剛剛聽到林管事說他娘不在了，不禁有些可憐他。雖然她親爹不要她了，可她還有沈立言和李慧娘，更有沈鈺這個疼她的哥哥。

大戶人家的孩子要是沒了娘親撐腰，日子可想而知，回想起剛才小男孩看著李慧娘牽著自己時那羨慕的神情，丹年的心忽然柔軟下來。

「你是不是想你娘了？」丹年小心翼翼地問道。

小男孩點點頭又搖搖頭，艱澀地開了口。「我娘從來沒像妳娘那樣疼過我。」

「不可能吧，你是怎麼長大的？」丹年有些不敢相信。

「父親很疼我，我是祖母帶大的。」小男孩有些失落。

「喔，那你爹怎麼不跟你一起回去安葬你娘呢？」丹年有些好奇。

「父親太忙了，母親又走得突然，父親實在抽不出空。」

聽見小男孩的回答，丹年不禁感嘆，就算外表再酷，他內在依舊是個純真的小男孩，隨便這麼一問，他就把什麼都跟她講得一清二楚。

「那你安葬完母親就要趕緊回家去。」丹年煞有介事地說著。

「為什麼？我還想多陪母親一段時間。」小男孩覺得丹年的說法很奇怪。

「這你就不懂了，你爹現在肯定已經在幫你物色後娘了，你早點回去，還能挑個合你心意的後娘，要是回去晚了，你爹挑個凶巴巴的，你就慘了。」丹年覺得自己真善良，還幫這個沒娘的小孩分析好了前因後果。

沒想到小男孩卻不領情，還低聲說道：「父母之事，豈是我們晚輩能評斷的！妳、妳真是……子曰、子曰……」

丹年默默看他子曰了半天，而且氣得一句話也說不出來，忍不住撇了撇嘴。真是個古板的小孩，一點都不可愛！

她白了他一眼，說了句「你真笨」之後就扭頭走人了。

不遠處的林管事看著丹年不知道跟自家少爺說了什麼，少爺的臉色一會兒紅、一會兒青、一會兒白，讓他擔心不已。

少爺從小性子就孤僻，好不容易有同齡的孩子跟他說話，萬一受了什麼刺激……林管事打了個哆嗦，就算他認錯做了鬼，老爺也不會放過他的！

沒多久，沈立言帶著沈鈺抱著一些乾草過來了，沈立言掏出一個小瓷瓶，拔掉紅布塞子，將裡面的粉末均勻撒在草料上，當場餵馬吃了。馬吃了以後腹中就開始咕嚕咕嚕作響，精神也好了不少。

沈立言是個愛馬的人，叮囑林管事不能趕車趕得太快，否則馬就有危險了。

林管事抱小男孩上馬車時，小男孩低聲對他說了幾句話。林管事聽了，就走到李慧娘面前，掏出一個黑布錢袋，看樣子裡面裝了有百來個大錢。

李慧娘堅決不收，收了這錢，就坐實了周嬤嬤給他們安的「訛錢」罪名。

林管事勸道：「這是少爺給的，你們就收著吧，給這小姑娘看看大夫，萬一有傷卻沒發現，就不好了。」

丹年見林管事說話還算有禮，便輕輕搖搖頭，說道：「我沒事，謝謝你們。錢你們拿回去吧，我們不會收的。」

見丹年態度堅決，林管事將錢袋收了回去，說道：「大嫂回去檢查一下小姑娘，看有沒有哪裡磕碰到了，女孩子身上留疤就不好看了。」

說罷，林管事向李慧娘拱手行了個禮，就往馬車走去。

林管事坐上馬車駕駛座，向沈立言抱拳道：「大恩不言謝，沈兄，後會有期！」

面對林管事乾淨俐落、不拖泥帶水的告別，沈立言笑了笑，拱了拱手算是回禮。

小男孩坐在馬車上，撩起車簾，卻看到丹年氣呼呼地別過頭去。

丹年朝他做了個鬼臉——好心幫他出主意，還不領情！

小男孩一看到丹年的鬼臉，粉嫩的小臉再次脹紅，唰地一下把車簾給放下了。

見馬車慢慢向前駛去，沈立言和李慧娘便帶著兩個孩子回家去，此時丹年又感覺到有人似乎在偷看自己。她猛然扭頭，就看到來不及收回視線的小男孩。

又是你！丹年氣得整個嘴巴鼓了起來。

小男孩連忙放下車簾，周嬤嬤看到小男孩臉紅到了脖子，一時著急不已，又開始大呼小叫，小男孩一聲冷冷的「閉嘴」令下，她才不甘心地閉上嘴，卻仍舊不死心地探上了小男孩的頭，看他是不是發燒了。

這個丫頭，真是……居然敢罵我笨！外表冷峻、內心傲嬌的小男孩不爽了很久。

「咳咳。」小男孩咳了兩聲，穩了穩情緒。「我沒事。周嬤嬤，妳是我的奶娘，妳的一言一行就代表了我，如果到了外公家裡，妳還這樣，我就只能寫信給父親，送妳出去了。」

周嬤嬤沒想到一向冷情、不怎麼管教下人的小少爺居然會丟給她這種狠話，她還以為夫人走了之後，自己就是第一等的管事嬤嬤，是少爺跟前的第一人呢！

林管事不過是個外院管事，一路上就聽他一個年輕人指揮，資歷深的周嬤嬤早就氣惱很久了，其實她不過就是想擺擺威風而已。但一看到小少爺嚴肅地盯著她瞧，周嬤嬤趕緊拜倒，連聲應道以後再也不敢了。

回到家裡，李慧娘就讓沈鈺跪下，說沒她的允許不准起來，至於丹年，她則要她去床上好好休息。沈立言問到底是怎麼回事，李慧娘就把前因後果告訴了沈立言。

沈立言一聽是沈小桃把丹年推到了路中間，還差點被馬車撞進地府，立刻就要去沈小桃家討公道，李慧娘也在氣頭上，就和沈立言去了沈小桃家。

天黑以後兩人才回來，李慧娘的頭髮有些凌亂，不過這顯然不能掩飾她獲得勝利的喜悅。

丹年看著李慧娘的模樣，心想她娘親應該是把這幾年對大全子一家的不滿全發洩出來了。平時李慧娘脾氣溫溫順順，不過要是牽扯到了孩子，再溫順的綿羊也會變成獅子。

收拾完大全子一家，李慧娘開始處理兩個小的。儘管丹年和沈鈺已經認錯了，沈鈺還是被李慧娘結結實實地用藤條抽了好幾下，看得丹年心疼不已，直替沈鈺倒抽口氣，連忙上前去拉住李慧娘的手。

丹年其實很明白，李慧娘和沈立言平時對她非常好，幾乎等同於縱容，除了有這幾年累積而成的親情當基礎，多半也是覺得她的出身金枝玉葉，對她的態度就比較客氣。就像這次，根本不關沈鈺的事，當時誰會想到小黑桃會突然發難，沈鈺也為她擔驚受怕了很久，但回來以後只罰了沈鈺一個，對她則是又哄又安撫。想到這裡，丹年不禁有些失落。

沈鈺看丹年有些懨懨的，自責不已，總覺得是自己沒盡到照顧妹妹的責任。

由於天色已晚，沈鈺趕不回書院了，沈立言便讓他從地上起來，打算明天一早趕馬車送沈鈺回去，由他親自跟老師解釋。

一家人吃了晚飯，李慧娘的氣才漸漸消了。只是臨睡前，她還在嘟嘟囔囔說可惜只罵了那家人一頓，沒真的動手幫丹年出氣，可這家人真是上樑不正下樑歪，教出來的小孩從小就這麼蛇蠍心腸，聽得沈立言哭笑不得，勸了半天才讓她睡下。

丹年又累又睏，沾了床就睡著了，等她一覺醒來，天已經大亮。沈立言早就駕了馬車送沈鈺去書院，李慧娘則在剝玉米棒子，準備磨點麵。

見丹年起來了，精神也不錯，李慧娘放下棒子，拉過丹年問她有沒有哪裡覺得不舒服。

丹年趕緊搖頭表示自己好得很，李慧娘不放心，又撩開丹年的衣服要再檢查一遍，怕昨晚天色昏暗有什麼傷沒看清楚。丹年害臊得不得了，扯著衣服不讓慧娘掀。

李慧娘不高興了。「這會兒知道害臊了？明明知道小桃不安好心，妳還要跟他們一起玩？差點沒把一家人給嚇死！」她恨鐵不成鋼地點著丹年的額頭。

「娘，我知道錯了，以後一定離肥腸和小黑桃遠點！」丹年很用力地保證。

李慧娘聽到「肥腸」和「小黑桃」這兩個詞，愣了半天才反應過來是在說誰，又好氣又好笑，邊剝玉米棒子，邊教訓丹年。「妳看妳，都多大了，還這麼毛毛躁躁！看看昨天那個小公子，跟妳差不多大，卻氣度非凡，妳得跟人家學學。」

丹年想起那個小男孩滿臉通紅的傻樣，撇了撇嘴嘟囔著。「他有什麼好，笨死了！我好心幫他出主意，他還不領情……」

李慧娘沒聽清楚丹年在說什麼，囑咐丹年再躺到床上歇一會兒，就去忙別的事了。

第十六章　聖旨降臨

時光如水，轉眼間，丹年已經在這個世上生活了十五年，讓她從一個嗷嗷待哺的嬰兒，長成一位嫻靜如水的姑娘。

沈鈺這幾年在書院唸書，已看不到初入學時的青澀和迷茫，而是越發有自信且神采飛揚。他的身形也拔高了許多，超過了沈立言。

沈立言和李慧娘曾想為兒子說門親事，沈鈺卻堅持要考上進士後才肯談婚事，沈立言和李慧娘也顧慮到十幾年前幫兒子訂了椿烏龍親事，只能暫時打消念頭。

丹年時常望著俊秀的沈鈺發呆，不知道這個哥哥將來會惹多少姑娘傷心。

沈鈺進書院第一年就考上了秀才，第三年時瞞著家人偷偷找老師推薦參加了省試，沒想到一下子就考中了舉人，喜得沈立言接來岳父一家，暢快地喝了一整天的酒。

丹年能明顯感覺到李慧娘的變化，最初她見到的那個秀麗女子，已經變成了為家事操心的中年婦人，雖然看起來依舊年輕，可眼角的皺紋卻時時刻刻提醒著丹年她的辛勞。

沈立言這幾年來每天都堅持在後院練武，他年近四十依然孔武有力，丹年看著他充滿成熟魅力的臉龐，依稀還能看到十幾年前他救下自己時的英勇。

這些年李慧娘靠賣甘果攢了不少錢，房子早就翻新過一遍，也添置了不少家當。

她見王貴一家老實可靠，打算把自家房子後方一大片空地都買下來，重新蓋房子給王貴一家住，也方便他們過來做甘果。

這幾天李慧娘忙著請人規劃，王貴一家也樂得整天見牙不見眼，他們聽李慧娘說丹年字寫得好，特地來求丹年，等房子蓋好了，請她寫一幅字，照樣刻好後掛到大門上。

這個時代的農戶喜歡在大門上方掛一副匾額，寫上「家和萬事興」、「祥光吉宅」之類的吉祥話，丹年自然滿口答應。

至於小黑桃，自從官道那件事之後，沒敢再去丹年家裡了，有時遠遠在路上碰到了，沒等丹年表示什麼，小黑桃就跟老鼠見了貓似地逃開了。

丹年看她那副過街老鼠的模樣，就知道李慧娘和沈立言去鬧過以後，張氏肯定對她一頓好打。不過這姑娘的確該好好管教一下，那次沒鬧出人命來，算她走運。

小胖子沈暢兩年前非常含蓄地向丹年表達了想娶她做媳婦的想法，丹年撇了撇嘴，不屑地扭頭就走。

結果丹年拒絕沈暢的當天晚上，她就作了個夢。

她嫁給了沈暢，七、八年之後，生了一堆滿臉橫肉的小胖子，她滿臉風霜，跟個中年婦女似的。大兒子和二兒子為了爭一個紅薯打架，大女兒鬧著要買紅頭繩，小女兒拉屎拉了一褲子，正在哭鬧，還包在繈褓裡的小兒子餓得哇哇大哭，等著她餵奶，髒尿布攢了一大盆子，等她去洗。大全子和張氏則坐在堂屋的椅子上，趾高氣揚地吩咐她做這個、做那個。

小石頭考中了狀元，騎著高頭大馬衣錦還鄉，丹年丟下洗衣服的木盆跑過去，小石頭已經不認識她了，一旁的衙役還喝斥她是哪來的粗野婦人。

夢醒後，嚇出丹年一身冷汗，發誓以後見了肥腸，能躲多遠就躲多遠。

這兩年雨水偏多，小河水位常年是滿的，到了夏天暴雨時節，莊裡還要分派人手日夜看守河堤，怕河水潰堤。

丹年想起前世有水田能種水稻，沈家莊地處中原地帶，日照充足、氣候宜人，如果有足夠的水，倒是能試試種植水稻，這個年代稻米比小麥貴。她和沈立言去過大集市，那裡的稻米一斤能賣三斤小麥的價錢。

稻田裡還能養田鯉魚，田鯉魚專吃蟲子和飄落的稻花，不但能清潔田裡的水，而且肉質鮮美。正當丹年蹲在地頭流著口水，回憶前世吃過的美味田鯉魚時，就聽到有人在大喊她的名字。

「丹年，妳怎麼還在這裡呢？趕快回家去吧，妳家裡來了好多官差，是不是出什麼事了？」族長的兒媳婦朱氏慌慌張張地跑來報信。

丹年聽得眉頭一緊，一顆心開始狂跳。沈立言和李慧娘安分守己，還有一個身為京城大員的哥哥，怎麼會有官差跟他過不去？難道是她的身分被人知道了?!

正當丹年慌亂之際，李慧娘出來尋丹年了。丹年看到李慧娘，趕緊說道：「娘，您趕緊回去，跟他們說沒見過我！」

她想了很久，只想出這麼一招。

李慧娘有些莫名其妙地摸了摸丹年的腦袋，說道：「都這麼大了，在胡說些什麼啊？快跟我回家，皇上派任妳爹去邊境帶兵，要全家人去聽旨！」

啥？丹年不禁鬱悶地瞪了朱氏一眼，朱氏不好意思地解釋道：「丹年，我這不也是擔心嗎？官差到家能有好事嗎？」

丹年也很清楚，這件事不能怪朱氏，在百姓眼裡，家裡來了官差比來了瘟神還讓人驚恐。

不過朱氏的確沒說錯，官差到家，肯定沒好事。

沈立言帶著妻子和丹年跪在地上，聽一個虯髯大漢宣讀了皇上手諭。

等手諭宣讀完，丹年才有心思去琢磨朝廷的意思。拋開手諭中那些冠冕堂皇的說法，翻譯成白話，就是——

近來邊境勒斥族活動加劇，朝廷缺乏將才。你沈立言師從大將軍李通，不管李通功過對錯，他既然收你為徒，肯定有些本事，又曾是京畿防衛營百戶，帶兵肯定沒問題，就賜你個正五品選武司郎中，老老實實去打仗。但因為你到邊境手握重兵，朝廷不太放心，所以你老婆和孩子就到京城生活吧。

這相當於是把李慧娘他們扣為人質，變相逼著將領在戰場上拚命。

前陣子莊裡還有從邊境逃過來的難民，說已經開戰了，朝廷的軍隊根本不堪一擊，領兵的將領不是逃了，就是戰死沙場。

等官差離開，丹年才發現他們家門口聚集了一堆看熱鬧的人。丹年從沒覺得這群人這麼可惡過，她爹爹就要去戰場了，生死未卜，這群人還興高采烈地朝他們家指指點點，尤其是張氏和大全子，一臉幸災樂禍。

丹年「砰」地關上大門，卻還能聽到門外的張氏在叫罵。「丹年這丫頭，愈大就愈不把長輩放在眼裡了，將來肯定聘不了人家！」

周圍有人笑道：「大全媳婦，妳家小胖子是不是看上丹年了？我看他有事沒事就在丹年家門口打轉。」

「呸！丹年那丫頭要給我跪著斟茶，我才讓她進門！」張氏的態度囂張不已。

丹年惱恨地拿起院子裡放的半桶堆肥，打開門，怒瞪著那群沒良心的人。

張氏訕訕地閉上嘴，眼神卻是挑釁地瞪著丹年。

丹年也不跟她客氣，用力將堆肥往張氏和大全子身上潑，兩人冷不防被潑了正著，還未等張氏發作，丹年就抄起靠著牆放的鐵鍬衝上前去。

張氏和大全子見丹年是來真的，趕緊跑走了，圍觀的人也四散開來。

等到眾人散去，丹年就憤憤地關上門，進屋去找沈立言。

「爹，別去，您就說您身體不好，咱們哪裡都不去！」丹年拉著沈立言的衣袖，語調帶著哭腔。

「傻孩子，咱們能爭得過皇命嗎？我若不去，我們全家人都要被砍頭的。再說，保家衛國也是大丈夫的責任啊！」沈立言摸了摸丹年的腦袋，彷彿她還是個沒長大的小奶娃。

「妳看妳，爹爹的身手妳還信不過嗎？去勸勸妳娘，趕快收拾一下東西，我去接妳哥哥回家，我們一家要團聚嘍！」

見丹年依然是一副泫然欲泣的樣子，沈立言語氣輕鬆地逗起丹年，接著起身將馬套上馬車，便出門了。

等沈立言帶著沈鈺回來，沈鈺也是一臉沈重。身在書院，消息靈通，他比丹年和李慧娘更清楚邊境的情況，也深知其中風險。

李慧娘叫來了族長和王貴一家，吩咐王貴一家看好他們家和另兩家佃戶，等到他們到京城安頓好了，再處理這邊的事。

王貴一家都很忠心，聽東家這麼說，自然拍著胸脯答應。族長年紀大了，不如過去那麼有精神，但也拄著枴棍表示在他有生之年，不會再發生沈立言的地被人占去的事情了。

族長見沈立言一家都忙，便另找了個莊裡的年輕後生趕車去了丹年的外公家，載了李老丈和宋氏來跟他們道別。

宋氏一下車就泣不成聲，連聲說好好的怎麼就遇到了這場禍事；李老丈在一旁抽著旱煙，一句話也不說；小舅舅人在外地，還不知道姊夫家裡發生了什麼事。

李慧娘強打起精神安慰爹娘，她和沈立言勸了老半天，才算是止住了宋氏的眼淚。

時近中午，李慧娘和宋氏進灶房做了午飯，兩家人在一起吃頓飯，下午沈立言和沈鈺就趕著馬車送兩人回去了。

李慧娘和丹年在莊口送別兩老，馬車都已走得很遠了，宋氏還掀開車簾看著兩人抹眼淚。

丹年忽然感傷起來，有些懼怕離開這個農莊。她在這裡住了十幾年，實在太熟悉這裡的一切了。然而皇命難違，再怎麼不願意，他們一家也只能接受安排，重新返京。

這次回去京城，比丹年記憶中從京城去沈家莊快上許多。出發之前沈立言特地雇了一輛馬車，讓王貴幫忙駕著馬車載行李，李慧娘、丹年和沈鈺則坐在沈立言駕的馬車裡。

陽春三月，一路上風光無限美好，然而一家人心情沈重，根本無心欣賞。丹年一想起沈立言要去戰場就心驚肉跳。聽那些難民描述，邊境上的勒斥人相當於她所處世界的蒙古人，是騎在馬背上的民族，生下來就是優秀的戰士。

相比起邊境的游牧民族勒斥，大昭就顯得過於安逸了。重文輕武的風氣瀰漫，以丹年在這裡生活了十幾年的經歷來看，哪家的小子要是喜歡持刀弄棒想去當兵，絕對會被家長一頓好打。但凡有點餘錢的人家，都會想辦法送孩子進書院，讓他們考個功名爭取前程。

「娘，爹爹的師父來頭很大嗎？」丹年想起手諭中提到了沈立言的師父李通。

「那是很久以前的事了。妳爹爹是庶出的孩子，不受你們祖父待見。他十五歲時，你們的親奶奶就走了，家裡人不重視他，他就一個人大老遠跑到邊境想從軍，認識邊境巡防大將軍李通。他拜李將軍為師後，在軍隊待了幾年，李將軍教他習武、打仗，後來你們祖父要他回京，他就返家了。

「沒過多久，李將軍就被人舉報說是擁兵自重、通敵叛國，滿門男丁遭到抄斬，女人都被發賣成官奴。」李慧娘嘆了口氣。

丹年聽了，神情有些黯然。李將軍未必真的是擁兵自重、通敵叛國，古往今來能征善戰的大將，往往都不得善終，朝廷對他們的防備遠遠大於信任。

「這位李將軍我聽師長們提起過，他號稱是大昭第一猛將，曾帶兵打到勒斥人的王庭去，讓勒斥人二十年緩不過氣來，只可惜……」沈鈺忍不住搖頭嘆息。

丹年大概能明白是怎麼回事，李將軍聲望愈高，對皇上的威脅愈大，勒斥人已經被打得元氣大傷，暫時無法跟大昭相抗，狡兔死，走狗烹，欲加之罪，何患無辭。

如今勒斥人捲土重來，朝廷長期重文輕武，幾乎無可用之將，才會把沈立言從沈家莊裡給叫出來。

只是，如果沈立言帶兵打了敗仗，難免會被朝廷當做戰事失利的代罪羔羊；如果沈立言帶兵打贏了，未必不會是下一個李通。一時之間，丹年心亂如麻。

馬車行駛了幾天，路上的難民逐漸多了起來。中午時他們到官道旁一個路邊茶攤吃中飯，一家人和王貴就著茶水，吃起自備的乾餅。

聽茶攤老闆說，以前他妻子會做些麵條和饅頭出來賣，但最近難民愈來愈多，趕也趕不走，怕被人哄搶，就不再做了，還把自己的兒子和幾個侄子叫過來鎮場，怕難民鬧事。

丹年看著茶攤周圍站著三三兩兩衣衫襤褸的難民，一個個眼巴巴地看著她手裡的乾餅，頓時覺得難以下嚥。

沈鈺勸她吃完，吃飽了才有力氣，丹年卻搖了搖頭，隨手把乾餅遞給了一個髒兮兮的小難民，那個人像是七、八歲，看不出來是男孩還是女孩。

小難民一拿到乾餅就往嘴裡塞，還警惕地看著周圍其他難民，噎得直翻白眼，仍不停把乾餅往嘴裡塞。

丹年怕小難民噎壞了，想把桌上她喝剩的茶水給這小孩，豈料還沒遞給小孩，茶攤老闆就不高興了，高聲叫道：「這位小姐，妳讓他用我們的杯子，要是客人們嫌髒不來喝茶怎麼辦？」

丹年一聽，只得作罷。

沈立言安慰她。「這裡既然有茶攤，附近肯定有井，他們會有地方喝水的。」

臨上馬車時，幾個十來歲的難民緊跟著丹年，凶悍的眼神讓她驚駭不已。沈立言和王貴拿著木棍上前喝斥了幾句，幾個半大的孩子才不情不願地走了。

茶攤老闆叫他的兒子待在馬車周圍，護送沈立言他們上了馬車，老闆的兒子對丹年搖頭嘆道：「小姑娘，妳是好心給了那小孩一塊餅，可妳能天天發餅給這群人嗎？人要是餓狠了，可是什麼事都幹得出來！」

出發以後，一路上李慧娘千叮嚀萬囑咐，丹年趕緊保證她再也不隨便給難民食物了。

只是愈接近京城，難民反而愈少，丹年不禁有些疑惑。京城地處北方，可這些難民卻逃到南方的鄉村，在繁華的京城討口飯吃，不是更容易嗎？

沈立言聽了丹年的疑問，嘆道：「應該是京城的官吏怕這些難民被皇上看到，降罪於他們吧！」
丹年點點頭，大概能想清楚這是怎麼回事。只是可憐了這些在邊境的百姓，不僅遭外族侵略失去了家園，還要被自己國家的官員驅趕。
看來，一旦回到京城與朝廷有所牽扯，只怕日子不會多好過……丹年默默在心裡擔憂了起來。

第十七章 勢利親戚

到了京城門口，已是薄暮時分，沈立非一家的管家老鄭帶著兩個小廝在京城門口迎接他們。時隔十幾年，老鄭還記得沈立言和李慧娘的長相，他端詳了幾眼，便恭敬地上前來向他們一家請安。

經過十幾年，沈立非的稱呼已經從大少爺變成大爺，沈立言就成了老鄭口中的二爺。這幾年沈立言和沈立非不是沒有聯繫，一年大約會通個兩、三封信，為了維持兄友弟恭的假象，該做的還是要做。

沈立非在太后的弟弟雍國公白大人舉薦下進了內閣，專門負責科考，已是身居高位。丹年看老鄭的舉止謙恭有禮，一言一行甚至是眼神都讓人挑不出錯來，難怪他能當上沈家大院的管事，看來肯定有幾分本事。

王貴放心不下家裡的事，沈立言就先讓他駕著他們一家原先坐的馬車回去了。沈立言想先回原本住的院子，老鄭卻說那裡已經破敗不堪，大夫人另外給了他們一處院子。老鄭吩咐小廝接過裝了沈立言一家行李的馬車來駕駛，接著就引導他們到了一處三進的小院子。

丹年一看到這處宅子就喜歡上了，雖然小了些，可院子裡的花園整理得不錯，還有紫藤架和葡萄架，三進也夠他們一家住。房間裡桌椅、床鋪用品一應俱全，看來精心布置過。

老鄭領著他們看了一遍房子，小心賠笑道：「二爺和二夫人看看還有什麼不滿意的，要是缺了什麼，跟老奴說一聲就成。」

他頓了頓，又說道：「大爺吩咐，等二爺走了，就讓小的和小的妻子搬來住在院門口的門房裡，要是二爺不嫌棄，我們兩口子就幫二夫人和少爺、小姐看個門。」

沈立言見大哥一家殷勤到了這個分上，也不便推辭。原先的房子十幾年沒住人，就算修葺，也要花費不少時間，而自己馬上就要去兵部報到，實在沒時間照顧妻子、兒子和女兒了。

丹年注意到老鄭說話時，語氣明明很謙恭，可偏偏聽起來就有那麼一股敷衍應付的味道。等她仔細打量起老鄭時，他又把頭埋得低低的，一副聽候吩咐的奴才模樣。

沈鈺指揮著小廝把他帶來的書從馬車上抬到房間裡，他的房間附了書房，筆墨紙硯和一些常見的名家作品都備齊了，讓人很是滿意。

丹年的房間雖然簡單了許多，但該有的東西也都不缺。

沒多久，老鄭說天色晚了，府裡事情多，大爺和大夫人抽不出空來看他們，等明天一早再接他們進府，一家人好好見個面。

灶房裡有米、有肉、有柴，李慧娘生火做飯煮菜，一家四口就著小油燈吃了在新家的第一頓飯。

臨睡前，李慧娘試探著問丈夫。「相公，大哥一家是什麼意思？說是歡迎我們，怎麼只派了個管事來？」

沈立言翻了個身。「大哥的意思是說他雖然歡迎我們，可我還是庶子，嫡庶有別，要我懂得這個規矩！」

李慧娘為之氣結。「他們一家沒一個好東西，先是推你去代替他丁憂，說不定這次你要去邊境打仗，也是他搞的鬼！」

沈立言的雙眼在黑暗中發亮。「大哥搞鬼的可能性很大！知道我師從李將軍的人不多，他在朝中身居高位，卻沒有比較硬的後臺，唯一靠得住的，就是他母親和白家二房有親戚關係。如果我旗開得勝，救國家於水火，沈家就是大功臣；如果我戰死沙場，沈家就出了一個英烈……」

未等沈立言說完，李慧娘就流淚捂住了他的嘴。「你亂說什麼？平白惹晦氣！你還沒看到阿鈺中狀元，還沒送丹年出嫁……」

說著，李慧娘不可抑制地抽泣起來，說不出話。

沈立言伸手攬妻子入懷。「我不會犯和師父一樣的錯，為了你們，我會活著回來。師父當年是太過相信皇上和朝廷了……」

「對，你一定要活著回來，就算當逃兵，我們三個也會跟著你逃得遠遠的！」李慧娘抹了抹眼淚說道。

沈立言有些哭笑不得。「娘子，哪有勸自家丈夫當逃兵的？為夫好歹有些身手，自保是沒問題的。」

李慧娘反駁道：「身手好就行了？雙拳難敵四手！戰場那麼多人，又有那麼多武器，刀劍無眼，遇到危險你就快跑！」

「行行行！快睡吧，明天還要去拜見老夫人呢。」沈立言哄道。得到丈夫的保證，李慧娘這才放心地睡下了。

老鄭回到沈家大院後，就聽門房小廝說大爺要他一回來就去大夫人的玉蘭苑找他。老鄭不敢耽擱，匆匆往玉蘭苑去了。

沈立非閒適地躺在美人榻上，手裡還把玩著兩個通體碧綠的玉石球。「這麼說來，二爺這幾年過得還不錯？」

老鄭躬身垂首，答道：「回大爺，二爺看起來氣色不錯，走起路來健步如飛，應是這些年沒放下武藝。」

一旁的沈大夫人發話了。「那兩個孩子如何？」

「回大夫人的話，鈺少爺還在讀書，已經考取了舉人，聽說原本打算今年參加殿試，因為返京一事而耽擱了。」老鄭答道。

沈立非笑了起來。「想不到還挺有出息的，回頭告訴那孩子，大伯父會想辦法讓他參加殿試的，叫他安心讀書，順便安一安二弟的心。」

沈大夫人哼了一聲，又問道：「那個丫頭呢？」

老鄭道：「丹年小姐話不多，可看人的眼神挺利的，是個漂亮姑娘，就是不方便跟她說話，也不知道性子如何。」

沈大夫人嗤笑道：「鄉下出來的丫頭也稱得上漂亮？」

老鄭一聽主子語氣中有不屑之意，立刻笑道：「老奴沒見過世面，看那丫頭長得挺水靈，就以為是漂亮了。那丫頭沒規沒矩，跟個木頭似的，哪比得上府裡的小姐，個個都是美人胚子。」

沈立非揚了揚手，示意老鄭可以下去了。待老鄭退出去後，沈立非把手裡的玉石球扔在榻上，吩咐道：「明天二弟要來，妳去灶房那邊看看，多準備一些菜。明天那頓飯，既是洗塵宴，也是送行宴。」

沈大夫人連忙低頭稱是，叫過丫鬟扶著她去灶房了。

第二天一早，丹年就被李慧娘從被窩裡拉出來了，她翻出了一身全新的衣服讓丹年換上。

丹年上身穿著水紅色繡花小褂，下身是百褶撒花的月白色裙子，讓李慧娘相當滿意，她又把丹年按在凳子上幫她梳了個漂亮的髮髻，再拿著胭脂水粉在她臉上塗塗抹抹了半天。

丹年本來不想化妝，李慧娘卻不依，說不能讓大哥家一幫人小看了去。

等丹年打扮好出來，沈立言和沈鈺早就在堂屋裡等著了，桌上擺著簡單的早飯。

沈鈺見到盛裝打扮的妹妹，拍手讚道：「妹妹一打扮起來，真是漂亮！」

丹年有點不開心。「哥哥的意思是說我只有打扮了才漂亮，不打扮就不漂亮了？」

沈鈺連聲喊冤枉。「爹，您也不管管丹年，她故意栽贓自己的哥哥！」

沈立言拉過女兒坐下吃飯，回頭慢悠悠地對兒子說道：「你要說人家打扮了才好看，怪誰？」

此話一出，沈鈺大呼爹爹偏心，從小到大就偏疼丹年，被李慧娘一巴掌往腦門上拍。

吃完早飯，沈立言開了大門，意外發現老鄭早就帶著幾個小廝趕著車等在門外了，也不知等了多久。

見沈立言微怔，老鄭忙解釋自己也是剛到，怕沈立言一家昨日趕路勞頓，就算他們今天來早了，沈立言等人也起不來。

沈立言微微頷首，吩咐老鄭稍等，便轉身回院子叫一家人出來，落了大門的鎖，就坐上老鄭趕過來的馬車。

老鄭看到精心打扮過的丹年和沈鈺，微微愣了一下，又趕忙低下頭。這兩個孩子，長得好看不說，還自有一股家裡的少爺、小姐所沒有的靈氣。

車行不遠便停了下來，丹年在沈鈺的攙扶下下了馬車，抬頭就看到了氣勢恢宏的沈府大門，門口站滿了前來迎接他們的人。

領頭的中年男子一身寶藍色綢衫，整個人不怒自威，丹年猜想他肯定就是未見過面的大伯父沈立非。

他身旁站著一個二十歲上下的男子，長相不錯，只可惜面色蒼白，眼圈烏青，神色輕浮，像是沈湎於酒色之人。

沈立非一見到沈立言，立刻激動地迎上前去，握住他的手，連聲叫道：「二弟，好多年不見了！」

兩兄弟寒暄完，沈立非看到一旁的丹年和沈鈺，問了問沈鈺現在讀書讀得怎麼樣，聽說沈鈺已經考上舉人，驚喜地誇讚了沈鈺半天。

丹年聽了暗自撇嘴，這事只怕他早就知道了，根本聽不出來他哪裡驚喜。

沈立非向他們介紹一旁的年輕男子，他是沈家大公子沈鐸，目前在京務司領職。沈鐸見了沈立言一家，隨便行了個禮，打了聲招呼算是了事。

沈立非領著沈立言一家進府沒幾步，丹年回頭就看到迴廊處一個賊頭賊腦的小廝在向沈鐸招手。沈鐸左右看了看，見無人注意他，便悄悄閃人了。

果然是個不成器的敗家子！丹年暗笑道。

眾人穿過迴廊，到了一個院子前，圓拱門上的匾額寫著「松鶴苑」幾個字，沈立言向沈鈺和丹年解釋說是他們祖父母住的院子，字是已故大師黃霖的遺作，取松鶴延年之意。

沈鈺在外人面前表現得很有禮節，連連點頭稱是，丹年卻是掃了一眼就低下頭去。松鶴在她看來真是俗到家了，而且那幾個字無論是字形還是風骨，都算不得上品，偏偏沈立非還一副當成寶的樣子。

沈立非見丹年低頭沒吭聲，壓根兒沒想到丹年也懂得書法，以為是小女孩沒見過世面，膽怯害羞，想起昨天老鄭對她「像個木頭似」的評價，心中暗暗搖了搖頭，領著眾人進了院子。

進了主屋，正中的榻上坐了一個滿頭銀髮的老先生和一個富態的老婦人，年紀看起來在六十歲上下，沈大夫人則領著幾個女人端坐在下首。

老先生低著頭，時不時咳嗽兩聲，富態的老婦人面容看起來則是相當嚴肅。

沈立非上前去躬身道：「父親、母親，二弟一家來了。」

丹年有點不能適應這麼肅殺的氣氛，他們不過是來拜見一下長輩，怎麼這老太婆的眼神彷彿要撕碎他們家一般？

正覺得奇怪時，丹年忽然想起沈立言是庶子……不會吧？都多少年了還在記恨這個？

站在丹年旁邊的沈鈺眼明手快地拉著丹年跪下，丹年這才反應過來，原來沈立言和李慧娘已經跪下行禮了。

看到丹年木愣愣的樣子，坐在下首的沈大夫人藉著端茶杯的空檔露出了不屑的微笑，但站在她身後的一個女孩卻直接笑出聲，被另外一個年齡稍大一點的女孩瞪了一眼後，才老老實實地垂首而立。

丹年跪在地上微微抬頭，就看到了這一幕。這兩個女孩看起來年紀跟她差不多，應該就是大伯父家的女兒。離沈大夫人稍遠處，還躬身站了一個二十歲上下的婦人，她低著頭，讓人看不清楚長相。

坐在主位上的兩人對沈立言一家顯然不是那麼熱情，待一家人行完禮，老婦人便揚手喚來丫鬟，丫鬟拿著托盤，上面放了些髮飾與首飾，都是純金打造的。

沈老夫人開了尊口，說這些東西是給李慧娘和丹年的，待李慧娘接過了托盤，她就有氣無力地推說自己身體乏力，精神差。

一旁的沈大夫人聽了，立刻吩咐丫鬟和婆子扶著沈老爺和沈老夫人回房歇息。正式拜見他們兩老後，才輪到沈大夫人說話，丹年一看到她那雙眼睛，就認出她是當年從藤條箱子裡看到的人。

沈立非拉著沈立言去了書房，說是兄弟兩人多年未見，要好好說說話，沈鈺笑嘻嘻地說要跟去，沈立言剛要反對，就看到丹年朝他眨了眨眼睛。

丹年的想法非常單純，卻有道理——沈立言顧忌沈立非是自己的兄長，但沈鈺對沈立非卻沒什麼感情，一旦沈鈺在場，沈立非就會顧忌形象，不會提出什麼過分的要求。

雖然沈立言不明白丹年的用意，但這女兒一向機靈，便沒多說什麼。見沈立言不反對，沈立非也不好有意見，三人就這樣同行離去。

這一邊，沈大夫人帶著眾人去了她的院子。穿過幾條花徑，就到了沈大夫人住的含香院，一行人進入含香院的暖閣，圍坐在一起說話。

沈大夫人拉著丹年不放手，連聲誇讚李慧娘有福氣，養了這麼個漂亮女兒，她還從手上褪了一對通透且上面鑲有金鳳凰的玉鐲塞給丹年。

丹年很快注意到對面兩個女孩的驚訝之情，看來這對玉鐲價值不菲。

沈大夫人指著跟在自己身後、年紀稍大點的女孩說道：「這是妳大姊姊丹荷。」又指了另一個女孩說道：「這是妳二姊姊丹芸。」

說罷，她頓了頓，喚過那個低頭不語的婦人。「這是妳大嫂許氏，平時不太愛說話。」

許氏抬頭看了看丹年和李慧娘，小小叫了聲「二嬸、丹年妹妹」後，又縮了回去，看起來分外膽小，讓沈大夫人不甚滿意地哼了一聲。

丹年早就注意到了沈丹荷，她身上穿著月白色衫子，下身是一件同色的撒花裙，外面套著一件嫩綠色的蝴蝶暗紋馬甲，讓丹年暗暗驚奇的是馬甲上的盤扣，那竟是翠綠的玉石做的。

沈丹荷模樣極好，一群女孩當中就數她最出眾，她站在那裡，臉上掛著溫婉的笑容，儀態從容大方。從沈大夫人的語氣中，能聽出她對這個女兒有多滿意。

沈丹芸的模樣也不錯，比起沈丹荷的端莊大方，用「豔麗」這個詞來形容沈丹芸最恰當。她穿著桃紅色的衫子和裙子，現在天氣不算炎熱，可她穿得明顯有些單薄，還露出一截雪白的手臂，上面戴著一只翠玉鐲，更襯得肌膚勝雪，看向丹年的面容上隱隱透露著不屑。

過沒多久，丫鬟撩開簾子通報說周姨娘來了，沈大夫人便吩咐讓她進來。

丹年一看到周姨娘，就知道她是沈丹芸的親娘，因為兩個人長得太像了。大概是保養得好，周姨娘看起來只有二十多歲。

周姨娘暗自打量了李慧娘和丹年一番，接著就熱情地跟李慧娘話家常，從丹年的角度，明顯可以看到沈大夫人皺起了眉頭。

有這麼個能翻騰的姨娘，看來沈大夫人的日子也不好過啊！丹年暗自想著。

沈大夫人重重咳了一聲，周姨娘就閉了嘴，她有些不甘心又有些得意地看了沈大夫人一眼，坐到了一旁。

沈大夫人瞥見周姨娘仍有不服之色，轉過頭去帶著歉意跟李慧娘說道：「家裡下人沒規矩，讓弟妹見笑了！」

一席話聽得周姨娘幾乎要跳起來，沈丹芸則眼明手快地將自己娘親給按在椅子上。

沈大夫人成功惹怒周姨娘，心情大好，便叫過丫鬟去催催灶房，準備開飯。

一個婆子悄聲問道：「夫人，飯是擺老夫人那裡，還是擺這裡？」

沈大夫人答道：「就擺這裡吧，兩老身體不好，讓他們好好休息。」

婆子領命低頭而去。

沈大夫人轉頭對周姨娘說道：「妹妹，今天是幫二弟一家辦洗塵宴，灶房做給妳的飯可能會慢一些，多擔待著點。」

周姨娘一聽不讓她上席位，立刻就要大嚷，卻被丫鬟和婆子強拉著向沈大夫人行個禮便離去了。

沈大夫人不禁對李慧娘訴苦。「妳看這一大家子人，難管得很。大嫂早就說過妳有福氣，不用受這窩囊氣！」

李慧娘微微含笑，並未多說，而是誇讚起沈丹荷與沈丹芸，說她們知書達禮，比丹年這個瘋丫頭不知強上多少。

沈大夫人聽了很高興，此時丫鬟進來輕聲說飯已經擺好了，沈大夫人便站起身，在沈丹荷攙扶下，帶著一行人去了正廳。

含香院的正廳很大，擺了兩桌宴席，沈立非帶著沈立言、沈鈺，還有庶子沈銘坐在一桌，沈大夫人則帶幾個女人坐在一桌，因為是自家親戚，就沒用屏風隔開。

開席前，沈大夫人已喚了沈銘來見過沈立言一家。沈銘今年十四歲，一臉書卷氣。聽沈大夫人說他是周姨娘的兒子，丹年不禁小小吃了一驚，沈銘那敦厚的樣子，跟周姨娘差得可遠了！

沈大夫人等了半天，一直不見兒子沈鐸，還未等她發問，外面就進來一個管事，俯首在沈立非耳邊說了幾句話。

沈立非臉色變了變，最終笑著跟沈立言說道：「京務司臨時有事，叫阿鐸過去了。臨走得急，也沒跟你告別，等這孩子回來，我非好好教訓他不可！」

沈立言勸道：「男人自當以事業為重，大哥切莫苛責。」

丹年回想起上午時沈鐸鬼鬼祟祟地跑了出去，那模樣怎麼也不像是為了公事，見沈立非有心要隱瞞，她也不便說什麼。

沈丹荷依舊是副大家閨秀的樣子，既不熱絡也不冷淡，溫婉和藹的笑容始終沒變過，偶爾還會幫坐在她身邊的丹年挾點菜，輕聲囑咐丹年多吃一點，一副穩重賢淑的長姊模樣。

丹年表面上含笑感謝姊姊的關愛，可內心的小野獸早就吵翻天了。她很想告訴沈丹荷她這個人無肉不歡，為什麼挾給她的都是青菜！她想說卻又不能說，一張小臉憋得通紅。

在沈立非和沈大夫人看來，眼前是幅美好的姊妹情深畫面，嫡出的姊姊關心鄉下來的堂妹，堂妹感動得滿臉通紅，讓兩人更滿意自己女兒得體的表現。

只有坐在丹年對面的李慧娘時不時投以擔憂的目光，這個寶貝女兒在家可是十成十的肉食動物啊！

沈丹芸沒那個興致去關心新冒出來的鄉下堂妹，只是斜眼看著沈丹荷在那裡演戲，嗤了一聲就繼續吃飯，惹得沈大夫人老大不痛快。

吃完飯，下人進來收拾正廳，上了些茶點。

沈大夫人把一盤點心推到丹年面前，親切地說道：「丹年還沒嚐過吧，這是京城裡新出來的花樣，叫甘果。等會兒大伯母幫妳帶上幾包，回家慢慢吃。」

丹年看著她發明出來的甘果被沈大夫人獻寶似地拿出來炫耀，一時之間不知道該哭還是該笑。

乖巧地謝過沈大夫人後，丹年嚐了幾塊甘果——是蘋果乾，味道只能說是一般般。丹年猜測是糖漬的時間短，甜味沒進去，而且烘乾時的火候也沒到位。

看來仿製的人完全沒摸索到這門工藝的精髓，丹年抬頭看向對面的娘親，發現她也是一臉驚喜。想到他們或許能在京城繼續進行甘果事業，丹年內心就一陣激動。

聊了一會兒家常和邊境形勢，沈立言便起身告辭，只因他將要去兵部報到。沈立非並未多作挽留，只叫過老鄭來送他們一家回去。

第十八章 不速之客

回到家以後，沈立言把李慧娘拉到房間，說了好長一段時間的話，等兩人再次出現時，儘管李慧娘強打著精神，卻是一臉哀色。丹年注意到李慧娘的眼睛紅紅的，顯然是哭過了。

丹年頓時傷感不已，這個爹十幾年前冒著被砍頭的危險救下她，如今又要奔赴沙場，前途命運全然不可知。

丹年只喊了聲「爹」，就泣不成聲了。她無力改變朝廷的決定，只要一想到有可能再也見不到疼愛她的爹爹，她就悲傷得不能自制。

如果說前世的父親留給她的是寒心，今生的親爹留給她的是狠心，那麼沈立言給她的就是愛心。她對父愛所有的體驗，都是沈立言給她的，在她心裡，沈立言就是她的親生父親。

丹年出門時李慧娘幫她上了不少胭脂水粉，現在她已經哭成了一張大花臉。

沈立言拍了拍女兒的小腦袋，取過帕子好好幫她擦拭乾淨，溫言叮囑她要老老實實聽娘親和哥哥的話，如今他不在家，不許她跟以前一樣仗著自己有小聰明，再鬧出什麼亂子了；又叮囑兒子這些日子不可荒廢學業，過段時間大伯父就會安排他上京城的書院。

沈鈺依舊笑得賊頭賊腦，沈立言一說完，忍不住朝沈鈺腦門上輕輕拍了一巴掌。「都多大了，還沒個正經！」

沈鈺摸了摸腦袋，換上嚴肅的神色，對著沈立言說道：「爹，我想跟您一起去戰場。」

其他三人聽了都大吃了一驚，李慧娘罵道：「你胡說些什麼？當戰場是好玩的！」

沈鈺卻認真地說道：「我考慮了很久，才決定要和爹一起去的，如果只有爹一個人去戰場，我不放心。再說，古人云，讀萬卷書不如行萬里路，我想去戰場長長見識。我跟著爹練了這麼多年武，不會有危險的。」

「哥哥，你不能去。」丹年急忙說道，萬一有個閃失，她不敢想像後果。

沈立言看著個頭超過自己的沈鈺，問道：「你可是真的想去？說不定會死在戰場。」

沈鈺又恢復了嬉皮笑臉的模樣。「爹，您當年不也是十五歲就跑去戰場了嗎？虎父無犬子啊！」

「好樣的，大丈夫自當上戰場經歷一番，爹就帶你一起去。」沈立言拍著沈鈺的肩膀讚道。

李慧娘淚流了下來，卻未多說什麼。

丹年非常生氣，這對父子是著魔了還是吃錯藥了啊？她跺著腳叫道：「爹，您是怎麼想的？戰場那麼危險，您還讓哥哥去，那娘要怎麼辦？」

沈鈺聽了，立刻跪在李慧娘跟前，重重磕了三個響頭，李慧娘則是流著眼淚點了點頭。

丹年急得拉著李慧娘說道：「娘，您別讓哥哥去，太危險了，這不是逞英雄的時候！」

沈鈺見李慧娘同意了，高興地從地上站了起來，丹年心裡有氣，哼了一聲就跺腳回房了，任憑沈鈺怎麼敲，她就是不開門。

沈鈺看著妹妹緊閉的房門，無奈地嘆了口氣，他求娘親等妹妹氣消了，一定要好好跟她解釋，他一定會跟爹一起回來的。

丹年偷偷將窗戶開了條縫，從縫隙看著在院子裡向李慧娘告別的沈立言父子，眼淚止不住往下掉。

沈立言要去邊境那是不得已，沈鈺不過是個十九歲的半大孩子，處在青春期的男孩子容易衝動，很可能會犯下後悔一生的錯誤。

更讓她生氣的是，身為父母的沈立言和李慧娘非但不阻止他，反而舉雙手贊成。他們兩人就這麼一個兒子，萬一有個什麼，該怎麼辦？

人在院子裡的沈鈺瞧見丹年的房間窗戶出現了一條小縫，就跑到窗戶縫隙邊朝丹年笑了笑，氣得正在掉眼淚的丹年猛然關上了窗戶。

過了一會兒，丹年又忍不住打開了窗戶，沈鈺看到她，對著她笑了笑，揮了揮手就跟沈立言出了家門，那一瞬間，丹年跌坐在椅子上，難受地把自己抱成一團。

李慧娘推開丹年的房門進去，就看到她抱成一團坐在椅子上，勸慰了好半天，她才止住了眼淚。

爹爹和哥哥都走了，娘親能指望的人就是她了，她才不跟沒良心的哥哥一樣，拋下家人就跑……丹年擦乾了眼角，暗暗發誓自己要好好照顧娘親。

老鄭送沈立言和沈鈺去了兵部，便火速跑回沈家大院，告訴沈立非沈鈺也跟著去了戰場的事，說完就趕緊告辭，去接自家妻子回到丹年家裡。

沈立非帶著淡淡的遺憾，說道：「可惜了，那孩子看著有出息，沒想到和二弟一樣是個莽夫。」

一旁的沈大夫人滿臉嘲諷。「什麼人養什麼樣的孩子，我看他們父子倆不見得有命回來。聽說勒斥人凶悍著，一個人能打十幾個大昭士兵呢！」

沈立非微微抬眼。「別人這麼說，妳可不能這麼說！」

沈大夫人趕緊說道：「我可沒敢說，大家談論這些，我也就聽聽而已，肯定不會亂說。」

沈立非輕輕頷首，繼續躺在美人榻上養神。

沈大夫人見丈夫認同了自己的做法，一時喜不自勝，幸災樂禍道：「弟妹可真沒福氣，你看丹年，木得像根柴似的，辛辛苦苦養個兒子長大，就這麼沒了，連個聲響都沒有！」

還沒等她說完，沈立非就把手中的茶盞擲到了地上，厲聲道：「都多少年了，妳還這麼不曉事！二弟是為國遠赴邊境，還是我這大哥舉薦的，要是二弟和阿鈺戰死沙場，那就是為國捐軀！我們做大哥、大嫂的，要是被人傳出去對二弟一家幸災樂禍，還要不要臉面！」

沈大夫人嚇得直打哆嗦，她沒想到一向被他們看不起的二弟一家，竟有這麼深的作用與意義。

沈立非深吸了一口氣，吩咐道：「這幾天妳一得空，就去二弟家多走走，二弟家裡只剩下弟妹和姪女兩個人，記得帶一些首飾、衣服什麼的，別被人說我們薄待了人家。」

沈大夫人忙點頭稱是，稍候又遲疑道：「多給些米糧不就好了，弟妹和丹年不過是鄉下來的……」

還沒等她說完，沈立非就罵道：「丹年今年多大了？打扮好了，妳就能多帶她去別家府上轉轉，要是有人看上她，從我們府上風光嫁出去，往後也能多門親戚。

「丹荷以後要嫁到白家，只她這麼一個閨女嫁過去不夠穩妥，妳嫌丹芸太過精明狐媚，怕丹荷壓不住她，丹年不就是個送上門來的合適人選嗎？」

沈大夫人恍然大悟，正欲說些什麼，就見沈立非甩了手要出去，連忙問道：「都這麼晚了，你要去哪裡？」

沈立非硬邦邦地丟下一句話。「去香晴那裡，妳這個小門小戶出來的，就是沒見識！」

這番話嗆得沈大夫人拉著自己身邊的朱嬤嬤一頓嚎哭，連聲咒罵周香晴和她的女兒沈丹芸都是狐媚子。

沈立言和沈鈺離開當天，老鄭就帶著妻子徐氏住進了門房。丹年本來不想讓外人住進來，可想到家裡就自己和娘親兩個女人，沒個男人還真不方便，便默許他們搬過來。

老鄭和徐氏雖然看起來精明，但為人還算本分，一來就跪下表明自己是大爺送來伺候二夫人和丹年小姐的。

搬來新家第三天早上，丹年和李慧娘還在吃早飯，門口就傳來敲門聲，丹年和李慧娘坐在原地不動，反正多半是沈立非家派下人來送些米糧之類的。

沒多久，徐氏就走到堂屋門口，朝正在裡面吃飯的李慧娘和丹年說道：「二夫人，門口有個自稱是您丫鬟的婦人說要見您。」

李慧娘聞言放下了碗，站起身來，有些激動地問道：「她可有說她叫什麼名字？」

「回二夫人，她說她叫阿梅。」徐氏低頭答道。

李慧娘笑逐顏開。「快帶她進來。」說罷，她低頭對有些迷茫的丹年說道：「丹年，是妳梅姨來了，妳小時候還吃過她的奶呢！」

丹年這才想起來，十幾年前剛到沈立言家裡時，確實有一個叫阿梅的婦人幫她餵過奶，好像是娘親的陪嫁丫鬟。

不一會兒，一個滿臉風霜的中年婦人進了堂屋，李慧娘定定看了婦人半天，才奔過去與她抱頭痛哭。

待兩人平復了情緒，阿梅看到站在一旁的丹年，連忙躬身向丹年行了個禮，丹年連忙扶住她。梅姨當年餵養過她，她可受不起這個禮！

「這就是丹年小姐吧，長這麼大了，看這眉眼，真是漂亮！」阿梅看著丹年，感到欣喜不已。

李慧娘笑道：「我說阿梅，妳可千萬別把丹年當成什麼千金小姐。丹年，以後要叫梅姨。」

丹年乖巧地點頭叫了聲「梅姨」，梅姨則是拘謹地應了一聲。

在梅姨斷斷續續的敘述中，丹年大概聽明白了是怎麼回事。原來早在五年前，梅姨的丈夫馮全就病死了，她帶著女兒馮碗兒靠磨豆腐過日子，還接了些縫補和漿洗衣服的活，日子過得很艱難。

說到最後，梅姨有些羞愧，她說一聽到李慧娘他們回京城了，便想厚著臉皮求李慧娘一件事。

李慧娘有些不高興地說：「我們姊妹這麼多年了，有事就直說，還說什麼求不求的？」

梅姨小心翼翼地說，碗兒都快十六歲了，跟她出去賣豆腐時，總有些不三不四的人想來占便宜，她不好再讓碗兒上街拋頭露面，想讓她來伺候丹年。

李慧娘一聽，立刻就要老鄭和徐氏趕車帶梅姨回家，讓她和碗兒收拾一些衣物，請她們母女倆搬到後院兩間小房子裡。

等整理妥當，梅姨就拉著碗兒來拜見李慧娘和丹年。碗兒的個頭跟丹年差不多，大概是長期操勞的緣故，皮膚有些糙黃，但一雙做豆腐的手卻是又白又嫩。碗兒有些膽小靦覥，見了李慧娘和丹年只會磕頭，一句話也說不出來。

丹年看她這副模樣，一時之間也不指望她能做什麼，原以為她的名字是「婉兒」，後來才知道是碗筷的碗。

梅姨解釋說窮人家的孩子通常會起個賴名好養活，丹年卻覺得這名字不吉利。碗是易碎之物，而且當作女孩的名字也不好聽，便作主幫她改了名字，叫做「碧瑤」。

碧瑤有了新名字之後，人就不再那麼拘謹了，伺候起丹年來體貼入微。丹年一時無法適應，但說了碧瑤幾次，她依舊沒改變態度。

然而梅姨一聽到丹年不讓碧瑤忙活，連忙訓斥她是不是做了什麼讓丹年不高興的事情。

一來二去，丹年也想清楚了梅姨母女倆的心思。她們本來就是寄人籬下，如果不讓她們找點事情做，恐怕會惶惶不可終日，只得隨碧瑤去了。

李慧娘也拿梅姨和碧瑤沒辦法，只能讓她們「夫人」、「小姐」地叫。

雖然沈鈺去了戰場，讓丹年對他氣惱得很，但她終歸還是很喜愛這個哥哥。沈鈺書房裡都是他這幾年來辛苦蒐集來的書，寶貝得不得了，丹年想要翻閱，還要提前向他「申請」。

找了一個晴朗的天氣，丹年就帶著碧瑤把沈鈺的書徹底整理了一遍，先把書都拿到外面曬太陽，又分門別類裝上了書架，還讓梅姨和李慧娘把舊衣服剪了，做成書架上的門簾。

李慧娘不阻止丹年做這些，她明白女兒只是藉此緩解一下對父兄的思念。雖然丹年嘴上賭氣說不原諒哥哥，可心裡還是在為哥哥回來做準備，想讓哥哥一進家門，就看到自己的書房被收拾得整整齊齊。

過沒幾天，李慧娘和丹年正在吃早飯，就見老鄭急匆匆稟報說大夫人來了，他話還沒說完，院子裡就闖進了一群丫鬟、婆子和小廝。

丹年不禁皺起了眉頭。沈大夫人要來，連聲招呼也不打，不等門房通報就自己進來了。雖說這院子是他們大房的，可現在住的是二房一家人，怎麼能這麼做？看來她確實不把她們母女倆放在眼裡了。

梅姨和碧瑤慌忙收拾起桌子，沈大夫人在沈丹荷和沈丹芸攙扶下緩緩走了進來，跟在她們後面的還有些身強力壯的婆子，扛了幾個箱籠。

沈大夫人看桌上還有未來得及撤下的饅頭和稀飯，笑了笑，說道：「想著趕緊送點東西來，沒想到打擾妳們吃早飯了，可真是罪過。」

都來打擾了能怎麼樣，難道還能把妳們轟出去嗎？丹年在心裡暗暗罵道。

李慧娘勉強笑了笑。「大嫂過來有什麼事啊？」說完，她就吩咐梅姨和碧瑤沏茶給沈大夫人和兩位小姐喝。

沈大夫人指了指婆子抬進來的箱籠，拉著丹年的手說道：「那日來家裡，我瞧丹年這孩子漂亮，想送幾身衣服和首飾給她，姑娘家得打扮得美麗一些才好。」

李慧娘在一旁推辭道：「大嫂客氣了，丹年平日又不出去，再漂亮的衣服穿在身上，跟平常衣服也沒什麼區別，還是留給丹荷她們吧。」

沈大夫人拍了拍李慧娘的手，低聲勸道：「弟妹，聽大嫂的。丹年都是個大姑娘了，總不能老把她關在家裡吧，女大不中留，留來留去留成愁！」

丹年有些納悶，沈大夫人難道是想幫自己說親？

不對啊，沈丹荷和沈丹芸都比自己大，沒道理放著她們兩個不管，反過來操心她。丹年一時想不明白，只得裝出害羞的樣子，低頭不語。

沈大夫人同李慧娘話了一會兒家常，李慧娘擔心邊境的情況，想藉機打聽一下，可沈大夫人卻總是有意無意地把話題扯到丹年身上。「丹年在京城可有認識的朋友？」

丹年想了想，答道：「我認識碧瑤，碧瑤就是我的朋友。」說著指了指站在門外的丫鬟碧瑤。

沈大夫人看到碧瑤黑瘦又不起眼的模樣，笑了笑。「傻孩子，那是妳的丫鬟，不是妳的朋友。過兩天，大伯母帶妳參加個宴會，讓兩個姊姊帶妳好好認識幾個京城小姐。」

丹年這才明白沈大夫人送衣服和首飾的主要目的，就是為了帶自己出席宴會。

李慧娘笑道：「還是別去了，丹年這丫頭從小就在鄉下野慣了，要是丟了沈家的顏面，可怎擔待得起！」

沈大夫人眉頭皺了一下，旋即笑道：「弟妹，我看這院子裡花開得不錯，妳帶我去看看吧，也好讓她們姊妹三個敘一敘。」

李慧娘聽沈大夫人話裡有話，也不推辭，只叮囑丹年要好好跟姊姊們說話，便帶著沈大夫人去了院子，留下丹年大眼瞪小眼地看著沈丹荷和沈丹芸。

說起來，丹年還真沒有過和官家小姐打交道的經驗，她叫來碧瑤，端上之前老鄭去採買的甘果，招呼她們吃點心，又讓碧瑤拿來自己閒來無事繡的荷包和帕子，請她們點評。

沈丹荷倒是很認真地翻看著帕子和荷包。「妹妹學繡花學得晚吧？前幾日家裡剛請來了個繡藝師傅，據說是御繡房裡放出來的，有獨門的雙面繡技術，我請她過來指導指導妹妹。」

丹年聽這話的語氣，就知道沈丹荷看不上自己這點技術，見沈丹荷似乎對繡藝很有研究，丹年便好奇地問道：「大姊姊從多大開始學繡花？」

沈丹荷笑道：「我記不清了，從小就被母親教導學這個、學那個的。」

侍立在沈丹荷旁的一個綠衣小丫鬟驕傲地說道：「我們小姐的繡活和琴藝，可是京城小姐當中數一數二的呢！」

沈丹芸聽得心煩，喝斥道：「妳算什麼東西，哪有妳插嘴的分！」

沈丹荷皺了皺眉，淡淡說道：「丹芸，妳是大戶人家的小姐，跟個小丫鬟較什麼勁？記住妳的身分。」

沈丹芸笑道：「姊姊言重了，我是看這丫鬟沒規矩，怕丹年妹妹看笑話，說主子不會管教，不得已才出言教訓她的。」

丹年忍不住在心裡發笑，小丫鬟的主子不就是沈丹荷嗎？沈大夫人和周姨娘不和，兩個女兒也是針鋒相對啊！

果然，沈丹荷的臉色沈了下去，她盯著沈丹芸看了一眼，沈丹芸被看得有些發毛，慢慢低下頭，端起桌上的茶水，掩飾自己的不安。

丹年不想讓她們兩個人在自己家裡翻臉，更不想摻和到沈家大房那些亂七八糟的事情當中，便做起和事老，纏著沈丹荷問京城有哪些好玩的。

沈丹荷的臉色好了許多，恢復一貫地從容穩重，笑說自己平時就是繡花寫字，再來就是和幾個要好的京城大戶小姐聚會。又問丹年可否上過私塾，丹年搖頭，說只在家裡由父親教著認了幾個字。

沈丹荷很自然地認為丹年從小在鄉下長大，能認幾個字就很不錯了，不通文墨也正常，便有些遺憾地說她們成立了一個菡萏詩社，大家聚會時會把平時寫的詩拿出來互相品鑑，要是丹年唸過書，倒能把丹年介紹給幾位小姐認識。

丹年在原本的世界裡讀過《紅樓夢》，最頭大的就是大觀園裡幾個不知人間疾苦的大小姐們，聚在一起寫些傷春悲秋的酸詩。

要是沈丹荷真拉她過去，她還不知道要怎麼應付呢，這會兒見沈丹荷表態，自然順著她的話表示自己不能去真是太遺憾了。

沈丹芸見她們聊得挺開心的，暗自冷哼了一聲，放下茶盅，對丹年說道：「丹年妹妹，可否帶我去淨房？」

丹年看得出她是有話想對自己說，便招呼碧瑤過來幫沈丹荷添茶水，自己則帶著沈丹芸去了後院的淨房。

第十九章 另尋出路

一路上，沈丹芸都不說話，丹年也不先挑起話頭，等到了淨房門口，丹年笑著請沈丹芸入內，還喚了梅姨去打水，又為沈丹芸準備了香脂。

「丹年妹妹，妳覺得母親是不是對妳很好？」沈丹芸一邊淨手，一邊問道。

沈丹芸口中的「母親」，就是指沈大夫人。她的生母周姨娘不過是個通房，對外沈大夫人才是她的母親。

「那當然。」丹年理所當然地點頭道：「大伯母帶了很多衣服和首飾給我，當然很好。」

「哼！妳真是從鄉下來的，什麼都不懂。」沈丹芸譏笑道：「我告訴妳，她幫妳準備的衣服，都是沈丹荷不穿的舊衣，首飾也是沈丹荷不戴的舊首飾！」

丹年卻笑咪咪地回了一句。「沒關係，那麼好的衣服和首飾，扔了多可惜！」彷彿完全不在意一般。

沈丹芸為之氣結。「妳這人怎麼……我告訴妳，妳可別把沈丹荷和她娘當成是什麼好人！她們打的主意，就是讓妳當沈丹荷的陪嫁，去當人家的小妾！」

丹年心頭一驚，隨即瞇了瞇眼睛，笑道：「二姊姊說笑呢，丹年年紀還小，再說，丹年的婚事也該由自己的爹娘作主啊！」

她的聲音愈說愈低，就像是感到嬌羞一般。

「哼，妳爹還有命能回來嗎？」沈丹芸話一出口，就知道自己說錯話了。

丹年的臉色立刻變得陰沈，她狠戾著一雙眼盯著沈丹芸，手瞬間揚了起來，眼見就要一巴掌搧到沈丹芸臉上。

丹年雖然年紀小，但從小就在鄉下蹦躂，身形比從小養在深閨的沈丹芸還高出半個頭，氣勢完全壓過她。

沈丹芸原以為丹年就是個傻ㄚ頭，現在看到她那股狠勁，嚇得愣在當場，竟不知躲閃。

正當丹年的巴掌就要落到沈丹芸臉上時，久不見兩人歸來的碧瑤碰巧前來尋找丹年，她正好撞見這個場面，嚇得大叫了一聲。「小姐！」

丹年聽到喊聲才回過神來，恨恨地瞪了沈丹芸一眼，慢慢放下了手。

沈丹芸看到丹年的手放了下去，才大大喘了口氣，回想起剛才自己竟如此懼怕這個鄉下ㄚ頭，不禁覺得惱恨。

丹年見沈丹芸怒瞪著自己，也不跟她客氣，慢條斯理地說道：「怎麼，沒挨到打，心裡不舒服？」

沈丹芸徹底被激怒了，在她眼裡，丹年只不過是要靠著沈家大房吃飯的鄉下可憐蟲，居然敢威脅她這個正牌小姐?!

「沈丹年，我告訴妳，妳少在那裡得意！妳爹去邊境送死，就是我爹舉薦的，等妳爹死了之後，妳和妳娘還得指望我家呢！」沈丹芸被怒氣沖暈了頭腦，不該說的話全脫口而出。

碧瑤小跑到丹年身後，正好聽見沈丹芸的話，驚得叫了一聲，又趕緊捂住自己的嘴。

丹年盯著沈丹芸的眼睛，問道：「妳少胡說，大伯父和我爹是親兄弟，怎麼會害他？我這就去問問大伯母。」

說完，丹年便抬腳急匆匆地往前院走去。

沈丹芸慌忙地叫住丹年。「妳別去！」

丹年回過頭，很是奇怪地問道：「為什麼不讓我去？我要去問問我爹有沒有危險，還有大伯父為什麼要讓爹上戰場。」

沈丹芸鬆了口氣，看來剛剛那個臉色嚇人還要打她的沈丹年，只不過是錯覺，眼前這個人還是不懂人情世故的蠢丫頭，倒是能利用一番。

沈丹芸吩咐碧瑤把守在後院的入口，碧瑤見丹年點了點頭，便過去了。

沈丹芸看四下無人，便低聲說道：「我沒騙妳，真的是父親舉薦二叔去的。父親和母親商議此事時，我偷偷聽到了，父親還說，要是妳爹死了，沈家就多了一門忠烈，若妳爹打了勝仗，沈家也多了個將軍，無論如何我們家都不吃虧。」

沈丹芸將自己知道的事情，竹筒倒豆子一般全都講給丹年聽了。

丹年暗地裡將牙咬得格格作響，臉上卻裝出害怕的模樣。「二姊姊，要是我爹、要是我爹……」

丹年話說不下去了，一副泫然欲泣的樣子。

沈丹芸還想張嘴說些什麼，臨時卻改變了主意，勸慰道：「二叔不會有事的，聽父親說，二叔的師父很厲害，二叔身手也不錯。」

丹年內心一直記掛著邊境的戰事，眼下她和李慧娘在家裡大門不出、二門不邁，不知沈立言與沈鈺情況如何，就算問老鄭，也是一問三不知。

丹年抱著一線希望，對沈丹芸問道：「二姊姊，妳可知道邊境現在情況如何？」

「邊境的戰事我怎麼會知道？」沈丹芸反問道。

丹年急了。「妳消息不是挺靈通的嗎？」

沈丹芸奇怪道：「要是事情跟我有關，我自然會留意打聽，不過邊境上的戰事是輸是贏，關我什麼事？」

丹年剛放下的手又想抬起來了，她拚命壓下想要狂揍沈丹芸一通的衝動。這沈丹芸說來說去還是小家子氣，偏偏自以為是多聰明的人，看來她的眼界也就這麼一點了。

此時碧瑤急匆匆地走了過來，小聲說沈丹荷差人來問她們怎麼這麼久還沒回去。

丹年見耽擱的時間確實長了些，便叫沈丹芸同她回去。

沈丹芸有些遲疑，望著丹年說道：「丹年妹妹，我是看妳投緣，才跟妳說這些的，妳可千萬要守口如瓶啊！」

丹年鄭重地保證道：「這是自然，二姊姊真心待我，我又怎麼會出賣二姊姊？」

沈丹芸見丹年說得真誠，不疑有他，當下便欣喜地拉著她去了前院。

回到前院，沈大夫人和李慧娘早就轉了回來，坐在屋子裡喝茶聊天，沈丹荷則是乖巧地坐在沈大夫人的下首，幫她捶腿。

丹年一眼就注意到沈大夫人的臉色不好看，果然，一見到沈丹芸，沈大夫人便語氣不善地問道：「怎麼去了那麼久？要一屋子人等妳。」

丹年慌忙怯生生地解釋道：「大伯母息怒，二姊姊說後院裡的花園漂亮，我有心跟二姊姊炫耀，才拉著她看了好一會兒。」

沈大夫人聽了丹年的解釋，便朝李慧娘笑道：「真是沒長大的孩子！」

李慧娘勉強笑了笑，而沈丹芸早就機靈地侍立在沈大夫人身後，裝出沒事的樣子。

沈大夫人和李慧娘又隨意說了幾句話，便說家裡還有一堆事務等著她處理，李慧娘禮貌性挽留了幾句，就不再堅持。

沈大夫人一行人離開後，李慧娘望著屋子裡的箱籠直嘆氣。

丹年撲上來幫她捶肩揉背，笑嘻嘻地問道：「娘，大伯母幫我們送東西來了，您怎麼還嘆氣啊？」

李慧娘看著笑靨如花的女兒，便什麼煩惱都拋到一邊去了，她不想讓丹年傷神，便笑道：「妳大伯母說過兩天要帶妳去參加宴會，妳想去嗎？」

「想！」丹年立刻答應了。

她看李慧娘的眼神有些黯淡，便解釋道：「娘，那些官夫人肯定知道邊境戰事的情況，我去了說不定就知道爹和哥哥怎麼樣了。」

李慧娘臉色好轉了許多，拉著丹年的手嘆道：「唉，真是難為妳了。我們大門不出、二門不邁的，想知道點什麼都難！妳爹和哥哥……連封報平安的書信都沒有。」

丹年不禁跟著傷懷，不過她很快就想起她要跟李慧娘說的話。「娘，我們搬出去吧！」

「搬出去？搬到哪裡去？以前的房子早就破得不能住人了。」李慧娘答道。

「娘，您看我們住大伯父家的房子，就跟寄人籬下一樣，凡事都要看他們的臉色。剛才他們來的時候，連一聲通報都沒有就闖進來了，分明把我們看成到他們家討飯的！」丹年耐心地跟李慧娘分析道。

「那我們能搬哪裡去？離開了這麼久，已經人生地不熟了。」李慧娘發愁道。剛才那個討人厭的大嫂明裡暗裡提醒她丹年該訂親了，肯定是想插手丹年的婚事。

「娘，我們不熟，可梅姨和碧瑤她們熟啊，找房子的時候拜託她們就行了。」丹年決定盡快從這裡搬出去。連老鄭都是沈立非家的，這相當於變相的監視，再好的房子住著也糟心。

「在京城買房子是一大筆錢，我們現在還不知道妳爹和哥哥什麼時候會回來，該節省還是要節省。」李慧娘摸著丹年的腦袋說道，她考慮得比丹年周全多了。

丹年也沈默了。她前世所在的世界，首都的房子不是一般人買得起的，想不到這世也一樣。

看丹年消沈了下去，李慧娘有些心疼，肯定是剛才大房那兩個姑娘說了什麼刺激到了丹年。

李慧娘拍了拍丹年的肩膀，安慰道：「妳爹和哥哥肯定很快就會回來，到時我們一家團聚，就換房子住，再也不住他們家了！」

丹年乖巧地應下了，一顆心卻隱隱有著擔憂。若是爹和哥哥能回來就好，若是回不來，娘能依靠的人就只有她了。眼下家裡只靠爹的俸祿過活，哥哥雖說中了舉人，但哥哥不在家裡，也不見有人送錢上門，這條路是肯定靠不住了。

無論如何要加緊賺錢才是，丹年想來想去，也沒想到好的賺錢方法，做甘果賣錢倒是可以，但她們沒有果樹，買別人的果子來加工，根本賺不了多少錢。

臨睡前，丹年和伺候她入睡的碧瑤閒聊了起來，她想打聽京城房屋的價格，便躺在床上問碧瑤。「碧瑤，如果要把現在住的這間房子買下來，要花多少錢啊？」

碧瑤抿嘴笑了。「小姐想得真多，這間房子不就是小姐家的嗎？有什麼買不買的。」

丹年也不跟她解釋，笑道：「我不知道京城的物價，妳在京城待得久，照妳看，要買下這間房子，得花多少銀子？」

碧瑤停下正在收拾東西的手，歪頭想了半天，不確定地說道：「總得要三四五六百兩銀子吧。」

丹年驚奇地說道：「妳這價格範圍也太大了點，從三百兩跨到了六百兩！」

碧瑤不好意思地說道：「我哪知道房子的價格，我們又不買房子，京城裡買房子的都是有錢人家。」

「那妳們以前住的房子呢？不是妳們買的？」丹年問道。

「小姐真是沒見過窮人的生活，哪有窮人買房子的！城北一大片靠護城河的荒地沒人管，沒房子的人都在那裡搭棚子住。」碧瑤答道。

丹年忍不住嘆了口氣，她問錯了人。

「那妳們以前也住那裡？」丹年問道。碧瑤說的地方，應該就是傳說中的貧民窟。

「是啊，爹在世時只是個防衛營的小兵，沒錢沒勢，要不是遇到了小姐和夫人，碧瑤和娘怕是還住在那種地方呢！」

丹年微微搖頭嘆氣。碧瑤這丫頭什麼都好，就是感恩起來沒完沒了，恨不得當場對她下跪磕頭。她趕緊揮手表示自己要睡了，碧瑤這才吹熄了燭火，輕手輕腳地退了出去。

早上起床之後，丹年惦記著做甘果的事情，她叫來了老鄭，要他去採買一些水果。現在正是春夏交接之際，桃子之類的水果也該成熟了。

李慧娘也有意把賣甘果的生意再做起來，從昨天跟沈大夫人的談話中，她隱約感覺到沈立非一家是鐵了心要插手丹年的婚事。若不希望受他們擺布，首先就得有自立的本錢。

待老鄭採買回一大筐桃子後，李慧娘就教梅姨和碧瑤如何做甘果。老鄭的妻子徐氏看著堂屋裡幾個女人嘀嘀咕咕，想要湊上前去看看，卻被丹年打發去做飯了，做甘果的地點也從前院轉移到梅姨和碧瑤住的後院，惹得徐氏不甘心地低聲罵了半天。

老鄭每隔幾天就要抽空回去彙報這家人的動向，可這對母女明顯防備著他們兩口子。

到了傍晚，桃子已經醃漬在糖汁裡面，丹年期待不已，甘果在京城的銷路肯定比在舒城好，只要慢慢賺了錢，就能搬出去住了。

第二天，在丹年無比期盼的目光中，第一鍋甘果出爐了，丹年迫不及待地拿起來塞進嘴巴，卻是嚼了幾下就失望了。

在李慧娘等三人期待的視線下，丹年有些為難地說：「第一次做，許是沒做好。」

其實她們完全按照在沈家莊時的方法做的，連時間都不差分毫，吃起來是比在沈家大院裡吃到的好一些，卻比不上當初在沈家莊做的。果肉咬起來很老，甜味也沒滲透進去。

李慧娘也嚐了嚐味道，又翻出昨日剩下的桃子，洗乾淨後讓丹年咬了幾口，才明白原因。

這是地域問題造成的。沈家莊地處中原偏南的位置，水土豐美，結出來的桃子也甜美多汁，脆生生的；京城地處北方，風沙大，水也少，生產的桃子不如沈家莊的好吃，原料不行，當然不能指望成品有多好了。

難道要從沈家莊運桃子過來嗎？丹年光想都覺得犯暈。見梅姨和碧瑤都有些沮喪，丹年連忙安慰說這比京城產的要好吃多了。

到了下午，梅姨就帶著碧瑤出去找糕點鋪子賣甘果了，丹年原本也想跟著去，但遭到李慧娘和梅姨一致反對，只得作罷。

丹年等兩人回來等得心焦，想鋪開紙練字，卻靜不下心來。一提起筆，不是在想爹和哥哥怎麼樣了，就是在想能不能把甘果賣出去，久久落不下筆。

等到天黑時，梅姨和碧瑤才回來，數了數，總共賣了十個大錢，還是老價錢——兩個大錢一包。

丹年問起為什麼兩個人回來得這麼晚，梅姨解釋說，本來一開始她們準備往糕點鋪子裡找銷路，可老闆說他們有專門的人供貨，所以不肯收她們的東西。

她們兩人商量了一下，就當成以前賣豆腐腦一樣，走街串巷地叫賣甘果，因為賣得比糕點鋪子便宜，一般人家還買得起，賣完之後兩個人才回來。

丹年趕緊幫她們倒了兩杯水，她實在沒想到在京城裡做生意這麼困難，居然還要門路。她見梅姨和碧瑤確實累壞了，連忙要徐氏把飯端上來。

徐氏早就對梅姨和碧瑤感到不耐煩了，她覺得她們都是當下人的，憑什麼她得伺候那兩個人，所以平時說話也夾槍帶棒的。這回把飯菜端上來，就故意只端丹年和李慧娘的分。

丹年陰著臉，正想發作，就被梅姨和碧瑤勸住了。現在還不是跟沈家大房決裂的時候，丹年也就暫時忍下了這口氣。

碧瑤見丹年不生氣了，便輕手輕腳地去廚房端了碗筷出來，徐氏還斜倚在門框上，不鹹不淡地譏諷了幾句，碧瑤只裝作沒聽到。

隔天一早，老鄭就來通報說沈大夫人派人來吩咐，要他送丹年去家裡。今天有幾個要好的夫人和小姐要去沈家大院做客，要丹年去認識認識她們。

李慧娘幫丹年挑了件沈大夫人送來的衣裳，上身是杏黃色繡花罩衫，下身是月白色的百褶暗花裙子。她為丹年化了個淡雅的妝，又細細囑咐她不要離開碧瑤的視線，更不要到沒人的地方去。

丹年哭笑不得，她又不是要到什麼狼洞虎穴去，李慧娘也太小題大作了，況且她的主要目的就是打聽戰事情況如何，自然不會一個人亂跑。

丹年帶著碧瑤坐上馬車出了門，忽然覺得才剛過早飯時間而已，實在不想那麼早去。馬車剛走到巷口，丹年就問老鄭哪裡有賣書的地方，老鄭笑著說：「小姐，大夫人那邊去晚了就不好了。」

丹年像是沒聽到老鄭的話一般，手裡不停擺弄著腰上繫的一只白玉蝴蝶。那是沈鈺在書院唸書時買給她的，蝴蝶尾巴上帶了一點翡，十分鮮活可愛，丹年一直很喜歡。

老鄭在馬車外等了很久，都沒聽見丹年回覆，又試探性地叫了聲。「小姐？」

丹年漫不經心地說道：「回去吧，今天身體不舒服，不想去了。」

老鄭以為丹年在耍小性子，便笑道：「小姐，都出來了，怎麼說不去就不去了呢，大夫人那邊還在等著呢。」

丹年淡笑道：「鄭管事，既然我大伯母那邊等不得，那你就代替我過去吧。」

老鄭這才意識到丹年真的發火了，便覥著臉在外面不斷說好話，碧瑤一撩開車簾，丹年就看到老鄭又是作揖又是鞠躬的，大聲告著罪，作勢就要往地上跪下去。

丹年看著老鄭賠罪，惱恨異常。眼下正在巷子口，來來往往的人也不算少，要是被人看到傳了出去，沈家的名聲還要不要啊？這老鄭是吃定她拿他沒辦法吧?!

「老鄭，你要敢磕一個頭，我就讓你從哪裡來就滾回哪裡去，你若是不信，就磕一個試試。」丹年心中惱恨，臉上卻不顯。

老鄭一聽，趕緊從地上爬了起來，大氣也不敢出，低頭侍立在馬車前。

「老鄭，你聽清楚了，我現在要去書鋪。若你認得路，就帶我去，若你不認得路，那我就找大伯母幫我換個認路的管事來。」丹年盯著老鄭，慢條斯理地說道。

「認得、認得，小人認得，只求小姐莫跟大夫人提起。」老鄭慌忙說道。他見丹年點了點頭，碧瑤又放下了車簾，這才抹了把冷汗，一溜煙地跑到前面去駕車。

碧瑤看到丹年發火，有些惴惴不安，悄聲問道：「小姐，鄭大爺是大夫人派來的，這樣是不是不好？」

丹年笑了起來，聲音不大不小，正好能讓前面的老鄭聽見。「鄭大爺？原來大伯母家的奴才到我們這裡就成了大爺了！」

老鄭又慌忙告饒，說自己再也不敢忤逆小姐了。

丹年沒理會他，這會兒確實沒什麼信得過的人，趕走了這個，大伯母肯定又會安排另一個老鄭進來。

要是另外找人牙子買人，一是沒那麼多錢，二是買來的人也信不過。丹年盤算了半天，嘆了口氣，說來說去，還是缺「錢」。父兄不在家，家裡那點餘錢只能用來應急。

馬車平穩地行駛了一會兒，便停了下來。車外的老鄭說道：「丹年小姐，書鋪到了。」

第二十章 京城重逢

丹年在碧瑤的攙扶下下了馬車，看周圍大部分都是些書鋪和賣筆墨紙硯的鋪子，還有些幫人代寫書信的攤子，街上來來往往的，也都是些文人打扮的書生，想必這就是京城專賣書籍文具的地方了。

馬車停靠的地方就是一家書鋪，看起來店面不小。丹年吩咐老鄭將馬車停到一邊，她要和碧瑤進去逛逛，老鄭看見丹年那似笑非笑的神情，沒敢再張嘴說些什麼。

丹年進去書鋪後，看到臨門口的架子上擺的都是些舊書，驚喜異常，沒想到這家書鋪還有舊書能買。她翻了幾本，發現大部分都是些詩集歌賦，還布滿了原先讀者的注腳。

丹年對詩集歌賦沒興趣，正隨意翻看時，意外發現了前朝書法大師林朝陽的一本書法評論手札。

林朝陽可說是大昭的傳奇人物，不但寫得一手好字，還自創「林體」，而且他從小就到處遊歷，收集名家碑帖，遇到字寫得好的，不管是有名氣的大書法家，還是沒沒無名的書生，都要纏著對方交流一番，是個名副其實的字癡。

丹年驚喜不已，厚厚一本手札中，不僅有林朝陽收集的稀有碑帖拓片，還有他在與人鬥墨時蒐來的、寫滿各種字體的紙片，對愛練字的丹年而言，就像發現了寶藏般，忍不住一個字一個字仔細品味。

書鋪外，兩位年輕男子正站在門口看著丹年，其中一位白衣男子手持摺扇，敲了敲旁邊的紫衣公子，語氣輕浮地笑道：「允軒，你看那個在看書的小姐，長得挺漂亮的。」

名為允軒的男子皺起了眉頭。「安恭，不得無禮，那姑娘也是讀書之人。」

唐安恭把摺扇插到自己衣領內，拱手告饒道：「蘇大公子，算我求你，好不容易拉你上街一趟，就別那麼正經嚴肅了。」

說著，又擠眉弄眼道：「就是讀過書的小娘子，才有共通的話題。跟我來，去跟那個小娘子聊聊吧。」

蘇允軒怕他闖禍，只得皺著眉頭跟在後面。

書鋪的夥計早就有些不耐煩了，京城裡沒錢買書來蹭書看的人多了去，但凡穿著一般又看了很久卻不買書的，肯定是沒錢的人。夥計看丹年一身衣服料子雖好，但明顯是舊的，旁邊的丫鬟也是一身粗布衣裳，輕視之心頓起。

「小姐，這書妳到底買不買？」夥計問道。

丹年正沈浸在書本之中，乍一聽到夥計問話，才覺得自己看了好一會兒，臉蛋不禁一紅，開口問道：「這書怎麼賣？」

夥計見她不像一般蹭書人那樣放下書就走，還問了價錢，以為有生意上門，便開口道：「二兩銀子。」

丹年大吃一驚。「這麼貴?!」

夥計一副「果然如此」的表情，丹年不捨地把書放下了。

此時一個突兀的聲音響了起來。「慢著，這書本公子買了！」

丹年抬頭看見一個油頭粉面的白衣男子，一把摺扇斜插在他衣領裡，一臉浪蕩地看著她，他身旁站著的紫衣男子長相俊逸，只是一直皺著眉頭。兩個人衣著華貴，身後還跟了兩個小廝打扮的少年，一看便知是大戶人家的公子。

丹年瞇著眼睛看了白衣男子半晌，確信自己碰到了傳說中的拈花惹草之輩，於是轉過頭，淡定地裝作沒看到，對夥計說：「小哥，我今日出門並未帶這麼多銀子，可否先留著這本書，稍候取了銀子再來買。」

夥計認定丹年是沒錢買書，嗤笑道：「沒錢就沒錢，充什麼有錢小姐！」

碧瑤氣得臉紅脖子粗，當下就要跟夥計理論，丹年看門口人來人往，吵起架來吃虧的是她們，擺了擺手就準備離開。

唐安恭嘻皮笑臉地走上前去。「小娘子，別走啊，哥哥買了書送妳，可好？」

丹年心下惱火，先是夥計的白眼，又是白衣男子的調笑，正待發作，一直冷眼旁觀的紫衣男子走了過來，抓住白衣男子的領子，向後一帶，對丹年拱手說道：「姑娘，在下朋友失禮了，我代他向姑娘道歉。」

他的聲音清脆，如同早春的泉水般清冷。

唐安恭非常不滿，扯著袖子嚷嚷。「蘇允軒，你沒見這小娘子喜歡書喜歡得緊又沒錢買嗎？我這是憐香惜玉！」

蘇允軒不理會他，而是轉頭對丹年淡淡說道：「失禮了，姑娘不要在意。這本書在下買了，給姑娘當作賠禮。」說罷，身後的小廝會意，立刻掏出一個銀角上前塞給夥計。

丹年深吸了一口氣，拚命壓下怒火。有錢人家的公子就了不起嗎？用得著擺出這麼高高在上的態度嗎！

丹年瞄了蘇允軒一眼，蘇允軒依舊是一副嚴肅的面孔，見丹年看向他，臉色也無半分變化。

「不用了。」丹年斷然拒絕，從手上褪下一只沈大夫人給她的玉鐲，「啪」的一聲放到櫃子上，對夥計喝道：「這玉鐲暫且押在這裡，書我拿走了，過一會兒就派人來送銀子！」

夥計和碧瑤見狀，同時吃了一驚。

碧瑤想勸丹年，在她看來，一本破書還要賣二兩銀子簡直就是敲詐，自家小姐竟還拿玉鐲當押金，萬一店家回頭不認帳，不就虧大了？

至於夥計，識貨的眼力還是有一些，看那玉鐲就知道價值不菲，能夠買下整間書鋪，不禁瞠目結舌，不知道如何是好。

唐安恭見丹年不給蘇允軒面子，忍不住說道：「妳、妳這小娘子，怎麼這麼不識好歹？妳可知他是誰？」

丹年卻不理他，這會兒她正在氣頭上，就算蘇允軒是太子，還能跟她搶這本書不成？

見夥計不回話，丹年眉頭一挑，問道：「怎麼，嫌不夠？」

夥計正在左右為難之際，書鋪老闆聞聲過來了。夥計如同見了救星一般，連忙把事情經過說了一遍。

書鋪老闆年約三十歲，身材瘦長，身著青衣長衫，手上還沾了些墨汁，文人風骨盡顯。他先看了看兩位衣著華貴的公子，又看向丹年，接著拱手向丹年行了個禮。

「夥計不懂規矩，衝撞了姑娘，還望姑娘不要介意。」書鋪老闆說起話來很是禮貌。丹年氣消了不少，剛才拿玉鐲抵書不過是意氣之爭，現在有人出來做和事老，自然再好不過。

丹年還禮道：「老闆客氣了。」只此一句，並未多說，她一雙眼睛看著老闆，等他開口。

書鋪老闆看向那兩尊門神，為首的明顯是那紫衣公子，他付了錢皺著眉頭不發話，這邊的小姑娘又不鬆口，心中不禁哀嘆做生意的人只能當孫子。

他擺正了臉色，問道：「姑娘也喜歡林朝陽的字？可有研究？」

丹年見書鋪老闆扯起了書法，便笑道：「林朝陽的字體婉若銀鈎，飄若驚鸞。他出門遊歷時的字寄以騁縱橫之志，在家賦閒時的字又託以散鬱結之懷，雖風格多變，卻又自成一家。」

一番評論說完，蘇允軒意外地看著丹年，原以為只是一般人家認得幾個字的姑娘，沒想到她還有這番見解。

書鋪老闆連連誇讚丹年有見地，又問道：「看來姑娘的字一定寫得不錯了。」

丹年不欲讓外人知道，便紅著臉憨笑道：「哪裡，我只粗略認得幾個字，關於林朝陽的字，是我哥哥評論的，我不過是記下來罷了。」

蘇允軒聽丹年這麼說，有些失望，微不可察地嘆了口氣，轉身就要離開。

唐安恭本來還想留下來繼續看熱鬧，扭頭看蘇允軒走遠了，出口喊了兩聲，卻不見他留步，只得轉身追了上去。

丹年看他們兩個走了，嗤笑了一聲，扭頭對碧瑤說：「人都走了，還舉個拳頭做什麼？」

碧瑤這才訕訕地把握緊的拳頭給放了下來。丹年暗笑不已，這姑娘不過比自己大了快一歲，就以保護者自居，剛才那兩個人一靠過來，她就舉著拳頭，一副虎視眈眈的模樣。

書鋪老闆見兩位貴公子走了，對丹年也不甚在意，向丹年拱了拱手，便進去忙了。

丹年上前去拿起玉鐲套在手上，拿書叫上碧瑤就要走，夥計急了。「姑娘，您還沒付錢！」

「喔？」丹年回過頭，眨著眼睛說：「剛才那個棺材臉不是已經付過了嗎？」

夥計眼珠一轉，他很想多撈兩個錢，便說：「您、您不是不要人家幫您付錢嗎？」

丹年白了他一眼。「有人願意當冤大頭替我出錢，我為什麼不願意？你以為每個人都跟你一樣傻啊！」

說罷，丹年拉著碧瑤就走了，剩下夥計一個人憋得臉紅脖子粗，碧瑤臨走時，還示威似地朝夥計舉了舉拳頭。

苦著臉守在馬車旁的老鄭左等右等，終於等來快意而歸的丹年大小姐，卻不敢多說什麼，只能看著丹年慢慢上了馬車，自己再飛快駕車往沈家大院趕去。

丹年帶著碧瑤去沈家大院的路上，那裡正鬧出一樁不大不小的風波。
沈丹荷委屈地坐在梳妝檯前，抓著梳子用力磕著檯面，眼圈通紅，淚水在眼裡打轉。
沈大夫人在一旁勸道：「好好的，妳鬧什麼小性子呢，都這麼大的姑娘了。」
「娘！」沈丹荷一喊，眼淚就掉了下來。「您、您和爹是存心作踐我……」
沈大夫人臉色頓時變了，她吩咐丫鬟帶上門出去，把沈丹荷摟在懷裡，說道：「我的兒啊，妳這又唱的是哪一齣啊？」
「您為什麼要請沈丹年過來？她就是一個大字不識幾個的鄉下丫頭罷了。我聽說、我聽說你們還想讓她、想讓她給繁哥哥當妾！」
沈丹荷顧不上羞澀，惱怒之下質問道。
沈大夫人笑了起來。「我還以為發生了什麼事呢！讓她跟著妳一起去雍國公府不好嗎？妳可別以為將來世子就只娶妳一個，更何況，雍國公府還沒來下聘，妳嫁不嫁得成，還是未知數。」說到這裡，沈大夫人的態度嚴肅了起來。
「那也不能找個鄉下丫頭來作踐我啊！我是沈家嫡出的大小姐，您卻讓一個鄉下丫頭來……」沈丹荷還是很不滿意。
沈大夫人一掌重重拍在梳妝檯上，厲聲罵道：「妳犯什麼渾！娘為了妳好才幫妳物色了丹年，她是從鄉下來的，又傻愣愣的不懂大宅裡的規矩，長相更不如妳，將來嫁過去要是生兒育女了，孩子還是認妳當母親，世子也不會放什麼心思在她身上。還是妳想讓沈丹芸那個不安分的小賤蹄子跟妳去白家？想想她娘那個樣，有妳好日子過！」

沈丹荷哇的一聲哭了起來，哽咽道：「娘，我不要繁哥哥娶別人！我從小就喜歡繁哥哥，他娶了我，怎麼還能娶別人……」

沈大夫人嘆了口氣，又摟了摟沈丹荷。沈丹荷哭得直抽噎，沈大夫人慢慢撫著她的背順氣，勸道：「這種想法，以後萬萬不可再有。這世上但凡有些權勢的男人，哪個不是三妻四妾？要想嫁給世子，得到他的榮華富貴，就要做好和別的女人共享他的準備。」

沈丹荷只是哭，也不答話。

沈大夫人嘆道：「娘活了大半輩子，見過最幸福的女人，就是妳二嬸了。妳二叔從來沒有過二心，真是讓人羨慕啊！」

沈丹荷抹著眼淚，不屑地說道：「二叔家有什麼好羨慕的，將來還不知道是死是活呢！」

「妳還沒嫁人，所以不懂。趕快去洗洗臉，讓丫鬟幫妳梳頭化妝，等會兒客人就要來了。」沈大夫人叮嚀了一下，嘆口氣走了。

待沈丹荷整理完畢，又重拾原先美麗大方的穩重形象，彷彿剛才在房間裡失態大哭的女孩從來沒存在過一般。

丹年坐著馬車到沈家大院時，門口已經停了好幾輛馬車。候在門口的小丫鬟見他們到了，便帶著丹年和碧瑤去了後院，老鄭則坐在馬車上等丹年回來。

等丹年進入後院，就看到現場已有一群華服女孩圍著沈丹荷坐在涼亭邊，幾個女孩攤開宣紙，一邊笑鬧一邊沾墨寫字。涼亭下是條曲曲折折的小河道，長滿了蓮葉，因還未到盛夏時節，未見花苞出現。

丫鬟上前通報，沈丹荷抬起頭來掃了丹年一眼，放下筆，等丹年走上前去，才淡淡地向在她周圍的女孩介紹道：「這是我家一個親戚，剛從鄉下來京城。」

周圍的女孩看了看丹年，見沈丹荷沒怎麼把她當一回事，便以為是哪個窮親戚來投奔了，也不以為意，紛紛轉過頭繼續看沈丹荷作詩。

碧瑤在後面氣得直哆嗦，丹年拍拍她的肩膀安撫了一下，就坐在一旁的椅子上欣賞景致。

只不過丹年有些不明白，沈丹荷上次見她時，雖然端著高高在上的小姐架子，但態度還算不錯，怎麼才隔了兩天，就變成這樣了？難道是沈丹芸去跟她說了些什麼？

當丹年絞盡腦汁也想不明白是怎麼回事時，就看到涼亭另一頭也孤伶伶地坐了一個年紀和她差不多的女孩，她睜著一對水汪汪的大眼睛，好奇地看著丹年。

見丹年看向她，她也不羞澀，直接走過來在丹年身旁坐下，還隨手從桌上拿了兩塊糕點，遞了一塊給丹年。丹年也不客氣，道了聲「謝謝」，便接過糕點吃了起來。

兩人吃完了糕點，大眼睛的漂亮女孩笑道：「妳和那些人不一樣。」

「有什麼不一樣的？」丹年反問道。

大眼睛女孩噘著嘴說道：「那群人嫌棄我家是武將出身，粗魯沒文化，我才不知道她們有什麼好呢，成日就會叨唸些酸詩，還說我是個草包！妳看上去就跟那些只會打扮寫酸詩的人不一樣。」

丹年一聽，對這個女孩好感度倍增，不僅性情純真，又不做作。

「妳怎麼沒去跟她們吟詩作對啊？」大眼睛女孩好奇地問道。

「她們又沒請我去，我為什麼要湊上去啊？」丹年笑道。

「對，我們才不去湊她們的熱鬧呢！」大眼睛女孩彷彿找到了同盟一般，歡快地笑道。

「我叫廉清清，妳叫我清清就好了。妳叫什麼名字？」大眼睛女孩對丹年的印象好得不得了，親熱地拉著丹年的手問道。

丹年聽這名字有些耳熟，再仔細一想，這不就是當年跟沈鈺訂親的大眼睛女娃嗎！看著眼前的「嫂子」，丹年有些哭笑不得——這世界還真小啊！

丹年又想到，既然廉家是武將世家，消息應該比較靈通，於是說道：「我叫丹年，妳家是武將世家，對邊境形勢一定很了解吧？」

「那當然！我爹就是主管邊境將領調動的。」廉清清得意地說道。

「那現在邊境戰況如何？」丹年急切地問道。

見廉清清奇怪地看著自己，丹年不好意思地解釋道：「我爹和哥哥都在戰場上，我和我娘都很擔心他們。」

廉清清同情地看著丹年，苦惱地說道：「我也不清楚，爹從來不跟我說這些，不過我回去以後就能幫妳問問。妳爹和哥哥叫什麼名字？」

到這分上，丹年也不好隱瞞了，直接說道：「我爹名叫沈立言，我哥哥名叫沈鈺。拜託妳了，一定要幫我問問他們現在怎麼樣了！」

「妳哥哥叫沈鈺?!」廉清清像被踩了尾巴的貓一樣跳了起來，大叫道。涼亭中間的女孩們被清清驚擾到，回頭看了她一眼，接著又聚成一團笑個不停，不用猜也知道是在笑話她。

丹年被廉清清嚇了一跳，她捏不準清清到底對他們家是什麼態度，不過看她的反應，就明白她已經知道她和沈鈺的婚約。只不過廉家當初是為了報恩才訂下口頭婚約，他們家根本就不指望廉家會承認這門親事。

丹年看向廉清清，發現那個原本直爽大方的女孩早已滿臉通紅。

廉清清憋了半天，才低聲問了句。「妳哥真是沈鈺？」

丹年覺得好笑，重重點頭道：「真是沈鈺。麻煩妳幫我問問他和我爹在戰場上怎麼樣了！」

「妳哥、妳哥他去戰場做什麼？」廉清清方才的爽快大方全不見了，她像個害羞小媳婦一般，扭扭捏捏半天才又問了句。

丹年雙手一攤，無奈道：「我也不知道他去戰場做什麼，好好的舉人不做，好好的進士不考，跟著我爹就去了戰場，害我和我娘成日擔心。」

廉清清不是很贊同丹年的說法，她噘著嘴說道：「我爹說過，大丈夫就應當保家衛國、征戰沙場，那才是真漢子。朝廷重文輕武那麼多年，臨到打仗，竟沒有可以領兵的將領，全是一群只會吟詩作樂的酸腐文人，妳哥做的才是對的！」

丹年默默擦了把汗，沒想到沈鈺這麼得未來媳婦的青睞。

廉清清見丹年不吭聲，以為丹年生氣了，連忙拍著胸脯保證說好不容易交了她這麼一個朋友，一定會幫她打探到底。

丹年有心逗她，說道：「那怎麼好意思呢？我和妳又不熟，跟妳家也沒什麼關係。」

廉清清急了。「誰說妳家和我家沒關係？妳哥他……」

丹年裝出一副茫然的模樣，追問道：「我哥他怎麼樣？」

廉清清一跺腳，說道：「這個妳別管，我一定幫妳打探消息！妳住在哪裡？改天我讓管事接妳到我家來玩。」

丹年盤算著去了廉清清家裡，說不定能碰到她的父親，肯定能問到些什麼，於是爽快地答應了。

廉清清得到應允，拉著丹年直笑，開心不已。

第二十一章　別有所圖

沈丹芸與大嫂許氏進了涼亭，沈丹芸見丹年和廉清清兩個人坐在一邊不合群，便說要帶兩人一起去她的住處坐坐。丹年見她熱情邀請，而沈丹荷又對自己不理不睬，便跟著去了。

丹年和廉清清跟著沈丹芸及許氏前往沈丹芸居住的蘭芸院，一路上許氏依舊低頭不吭聲，只是偶爾會抬頭看看她們。沈丹芸則像女主人一樣，沿路介紹院子裡的景致與草木。

丹年覺得很奇怪，照理來說，許氏才是沈家大房的嫡長媳婦，將來也是沈家大房名正言順的當家人，怎麼會如此唯唯諾諾、小心謹慎，氣度還不如身為庶女的沈丹芸。

丹年按捺下心中的疑問，不動聲色地跟在後面，聽走在前面的沈丹芸滔滔不絕。這畢竟是大伯父家的家務事，知道多了沒什麼好處。

沈丹芸住的地方稍微小了一點，但布置得相當精巧，花廳裡的物件樣樣都不是凡品，看來沈丹芸雖是庶女，卻頗受寵愛。

沈丹芸屏退了左右丫鬟，笑道：「讓這群下人盯著我們說話，多沒意思！」說著，沈丹芸拿出一副竹牌要四個人一起玩，丹年忙推說自己沒玩過，不會玩。沈丹芸倒也爽快，把牌收了起來，接著一個勁兒地問沈丹荷今天跟她說了些什麼。

丹年提高了警覺。沈丹芸這人無利不起早，前幾天她還對自己充滿了鄙視，今天就變得如此熱情，沈丹荷的態度卻是先熱情後冷淡。丹年非常肯定，這家人一定瞞著自己有些小動作。

丹年笑道：「大姊姊忙著招待那些小姐，讓我在一旁自己玩。」

沈丹芸不死心，急忙問道：「她就沒跟妳說些什麼？」

見丹年奇怪地看著她，沈丹芸訕笑道：「我是想大姊處事一向周全，怎麼把丹年妹妹叫了過來，卻又冷落妹妹。」

丹年笑了笑。「許是大姊姊太忙了，都是自家親戚，哪裡用得著特地招待。」

沈丹芸有了臺階下，立刻笑著附和道：「還是丹年妹妹懂事。」

說著，她又轉頭跟廉清清解釋說：「廉小姐還不知道吧，我這個妹妹一直住在鄉下，前些日子剛來京城，住在我家一個別院裡，這還是她第一次見外人呢！」

廉清清對丹年充滿了好感，此時聽沈丹芸用這種語氣說丹年，不禁撇了撇嘴說道：「沈二小姐家的房子可真金貴，給親戚住就算了，還要特地拿出來說嘴。」

沈丹芸沒想到廉清清這麼不給她面子，豔麗的臉上一陣紅一陣白。「廉小姐說笑了，丹年是我妹妹，我們兩家感情不錯，只是外人不知道罷了。」

丹年在沈丹芸看不到的地方，笑著朝廉清清眨了眨眼睛，算是道謝，廉清清也會意一笑。

沈丹芸剛想轉移話題把這個尷尬帶過去，就聽到簾子外有小丫鬟怯生生地通報。「二小姐，大夫人說要開席了，請您和大少夫人帶兩位小姐過去。」

沈丹芸站起身來笑道：「既是母親催促，總不好讓一堆人等我們，還是快些過去吧。」

說罷就要拉著廉清清往外走。

廉清清是個純真直爽的女孩，牽過丹年的手就從沈丹芸面前走過去了。

不顧沈丹芸在後面臉色發青，廉清清與丹年咬著耳朵。「我早就看她不順眼了，沒事裝什麼好人！」

四人到了沈大夫人院子裡的花廳，兩桌宴席上已經坐了一些小姐和夫人們。

沈大夫人站在花廳外看著沈丹芸一行人姍姍來遲，丹年先讓廉清清進了花廳，自己則留下來跟她的大伯母打招呼。

沈大夫人看著丹年一身半新不舊的衣服，卻襯得小臉頗為清秀，很是滿意，但轉頭看向許氏時目光嚴厲異常，還低聲罵道：「妳也夠沒記性，都什麼時候了，還跟著幾個妹妹一起胡鬧，耽誤了貴客的飯點，妳擔待得起嗎！」

幾句話下來，許氏眼圈已然紅了，囁嚅著說不出話來。

丹年萬萬沒想到沈大夫人如此不給許氏留顏面，沈丹芸則像見慣了這種場面，低著頭不吭聲，嘴角卻彎了起來。

見沈大夫人還想罵兩句，丹年連忙拉著沈大夫人的手撒嬌道：「大伯母，是我和清清要嫂子陪我們玩竹牌的，我太笨了不會玩，纏著嫂子教了好多遍也沒學會，丫鬟來催了幾遍，我都給推回去了。」

沈大夫人看了許氏一眼，聽丹年這麼說了，便笑道：「想學竹牌還不容易，等閒了大伯母親自教妳。」

看沈大夫人心情好轉，沈丹芸趕緊上前去攙扶住她，一行人進入花廳時，丹年聽到身後許氏一聲幾不可聞的「謝謝」。

到了宴席上，沈大夫人拉著丹年坐在她旁邊，那一桌坐滿了各家貴婦，沈大夫人向她們介紹說這是他們家老二的嫡女，眾人便客套地誇獎了丹年一番。

坐在丹年左手邊的，是一個看起來四十歲上下的夫人，她一臉和氣，笑著拉過丹年的手，親熱地問她多大了、平時喜歡做什麼、可讀過書。

丹年隱約覺得怪異，這人似乎問得太多也太詳細了一點。她低著頭，謹慎地說自己沒讀過書，只認得幾個字。

那和善婦人甚是滿意，沈大夫人看到她的笑臉，知道了她的態度，便向丹年介紹說：「這是雍國公府二房家的白夫人，跟我們家是親戚，妳祖母的嫡親堂姊，就是二房家的老夫人。論輩分，妳得叫她一聲表舅母。」

丹年被這幾層關係繞得頭發暈，卻還是按照沈大夫人的指示，站起來端了杯酒給白夫人，叫了聲表舅母，算是把親戚給認了下來。

丹年原以為這趟肯定能探聽到不少消息，可令她失望的是，席間那些夫人和小姐們談論的，不是京城出了什麼好玩、好看的東西，就是誰家的小姐嫁給了誰家的公子。丹年心中焦急，卻不好表現出來，只能聽著周圍的歡聲笑語，一頓飯吃得索然無味。

廉清清的父親說得極是，大昭這麼多年來重文輕武，京城裡的貴族們絲毫不擔心邊境上的戰事，只要戰火沒燒到京城，他們就能繼續尋歡作樂。

吃完飯，沈大夫人在後院叫人搭起了戲臺，請白夫人點戲，丹年看得出來這群人當中，就數白夫人地位最高。

趁著點戲和搭戲臺的工夫，丹年跟沈大夫人悄聲說要去淨房，沈大夫人忙著跟白夫人說話，擺擺手就讓她去了。

丹年剛走出門，就被許氏叫住了。

許氏喘著氣追出來，說道：「妹妹對家裡不熟悉，我帶妳過去好了。」

從淨房出來以後，丹年見許氏一副欲言又止的模樣，猜測許氏定是有話要對自己說，便小聲說道：「嫂子可是有話要跟我說？」

許氏看這會兒後院基本上沒人，便急急拉著丹年走到花園裡，剛要張口說話，丹年就笑道：「可是有些秘密，不能讓人知道？」

許氏小聲說道：「當然是秘密……」

丹年聽了，反過來拉著許氏離開花園，到了一片開闊之地。「嫂子，說秘密要到開闊的地方才行，愈隱蔽的地方，就愈看不到周圍有沒有人啊！」

許氏臉上一紅，囁嚅道：「是我考慮不周全……」

丹年見不得許氏動不動就說自己不好，立刻打斷她的話，打趣道：「嫂子，到底有什麼事，把妹妹的胃口吊得老高，又不說！」

許氏看周圍沒人，便小聲說道：「丹年妹妹，我昨天去母親院子裡請安，偷偷聽到母親和朱嬤嬤商議把妳當成丹荷妹妹的陪嫁，送給雍國公府的世子做妾！」

丹年聽完，頓覺晴天霹靂，她不敢置信地瞪著許氏。「不可能！他們又不是我爹娘，憑什麼……」

丹年之前從沈丹芸那邊聽到這件事時，還以為她不過是想嚇唬她，如今連許氏都這麼說，那就表示確有其事！

許氏見丹年不相信自己，有些急了。「我為什麼要騙妳？本來他們打算讓丹芸妹妹跟著嫁過去的，可眼下妳來了，丹芸妹妹又不服管束，妳就成了最好的人選！」

丹年覺得手腳冰冷，她在沈立言一家的寵愛下長到這麼大，壓根兒沒想過有一天自己會被當成貨物一樣送給人做妾！

這麼說來……沈丹荷對自己的冷淡、沈丹芸對自己的熱絡，還有今天白夫人就是來相看她的，前因後果她都弄清楚了。

丹年轉身想跑去前院，許氏拉住她，焦急道：「丹年妹妹，妳現在可不能去啊！」

丹年被許氏一拉，腦子清醒許多，她定了定神，問道：「我父兄都在邊境，他們如何能為我的婚事作主？」

許氏憐憫地看著她。「我雖不清楚，可聽人說邊境的戰事……我們贏的希望不大。」

見丹年驚愕地看著她，許氏把聲音壓得更低了。「太后和皇后想要除掉大皇子，所以讓身體不好的大皇子擔任總帥，領兵去了邊境，等著讓戰敗的大皇子被勒斥人殺了，就算他活命回來，也要治他打了敗仗的罪！」

丹年聽得心底湧起一陣寒氣。「那我爹和我哥哥……」

許氏搖了搖頭。「我不知道，要是有命能回來最好。」

她見丹年神色惻然，又勸慰道：「丹年妹妹，妳先想好出路，要是妳願意跟著丹荷妹妹去雍國公府也不錯，至少那裡錦衣玉食……」

還未說完，丹年就打斷了她的話。「謝謝嫂子告知我這些，妳放心，我不會告訴別人是妳說的。要是有機會，我再報答妳！」

許氏嘆了口氣，見丹年臉色如常，便拉著丹年小跑步回去後院。

見到丹年回來，沈大夫人親熱地向丹年招手，拉著丹年坐在她和白夫人中間。

白夫人熱情地幫丹年講起了戲，說這齣戲唱的是一個公子進京趕考，同家僕失散，困窘之際遇到了兩位好心的姊妹，助他進京考中了狀元，成就了一段娥皇女英的佳話。

若是沒有許氏對她的一番提點，丹年也許就順著白夫人的話附和了。可如今聽到「娥皇女英」，丹年就一陣噁心，她完全想不透為什麼古代人會把姊妹共侍一夫看成是佳話。

見丹年低頭不吭聲，白夫人只當丹年是小姑娘，聽到婚嫁之事就害羞，意味深長地笑著拍了拍丹年的手。

丹年看著戲臺，坐如針氈，她總覺得一旁的沈大夫人和白夫人話裡有話，意有所指。

等戲唱完，丹年逮到一個空檔，向沈大夫人告罪說自己已經出來很久，怕娘親一個人在家擔心，想回去了。

沈大夫人看向一旁正在和幾個夫人與小姐談笑的白夫人，微微有些不悅。「怎麼，妳來大伯母這裡，妳娘能擔心什麼？」

丹年笑道：「大伯母對我的好我都知道，只是我父兄不在家，我娘一個人悶得很，我自幼又從來沒離開過她……」

沈大夫人聽了這番話，臉色稍霽，看白夫人已經見過丹年，便點頭同意了。她要丹年上前去跟白夫人告辭，才放丹年回去。

丹年去門房處叫了碧瑤，坐上馬車後，一顆心咚咚狂跳個不停。眼下爹和哥哥還在戰場上，既然什麼消息都沒有，那就說明他們暫時無恙。

自從他們離開之後，娘都沒睡過好覺，大伯父家這點心思絕對不能告訴她，否則只會讓她煩心。

只要父兄無事，大伯父一家便不好開口為自己的婚事作主，可一想到大伯母那點齷齪心思，丹年就嘔得慌。沈丹荷以前一副慈善長姊的模樣，這會兒知道自己要跟她搶男人，立刻換上一副尖酸刻薄的嘴臉，連裝都不屑裝了。

此時馬車突然停了下來，打斷了丹年的沈思。

負責駕車的老鄭朝馬車內說道：「小姐，前方道路堵住了，我們是等一會兒，還是繞行？」

丹年將車簾撩開一條縫，從側面只看到前方停了兩、三輛馬車，還有一些人在看熱鬧，便皺著眉頭問道：「怎麼回事？」

碧瑤也看到了，說道：「肯定是京城的公子們打了起來。」說起京城的公子，丹年就想起上午遇到的那兩位，一位流裡流氣，一位目中無人，都不是什麼好東西。

「繞路吧。」丹年淡淡吩咐了一聲，放下了車簾。

老鄭卻猶豫了起來，低聲道：「小姐有所不知，要是繞路的話，得經過城北一條小道，那邊做小生意的人多，乞丐也多，您身分尊貴……」

丹年明白老鄭的擔憂，無非是怕那邊人多手雜，怕出了什麼事情降罪到他頭上。丹年再次撩開車簾，外面還是一副水洩不通的樣子。

丹年心想，梅姨和碧瑤以前一直在城北生活，想來只是環境亂了點，皇城腳下，還能出什麼事？

她心中煩悶，直接跟老鄭吩咐。「繞路吧，難不成大白天的有老虎會吃人？」

老鄭領教過丹年的脾氣，聽她語氣不耐煩，慌忙應了。圍觀的人漸漸多了起來，老鄭便調過車頭，慢慢往另一個方向駛去。

此時丹年忽然聽到人群中傳來一道有些熟悉的聲音。

「孫公子，方才安恭已經說明以前那件事只是誤會，你又何必咄咄逼人？」

冷清的音質充滿特色，丹年想不聽出來都難。

迅速掀開車簾，丹年就看到人群中央站著上午那個紫衣男子蘇允軒。他抿著唇背手而立，皺著眉頭，一臉嚴肅，身後躲著那個白衣男子。

站在蘇允軒對面的男子罵道：「誤會？那成，讓唐安恭給爺磕三個響頭，再把小秋紅送到爺床上去，爺就饒了他！」

躲在蘇允軒身後的唐安恭很不高興，指著那男子罵道：「孫易晟，你不講理，那小秋紅拍賣初夜，你競價不過我，還有臉來鬧！」

圍觀的人頓時發出一陣哄笑，對著人群中那三位男子指指點點。丹年看到蘇允軒眉頭皺得更深了，垂在一旁的手也捏成了拳頭，一副生氣的模樣。

不知為何，看到蘇允軒生氣，丹年就開心得不得了。蘇允軒察覺到了丹年的視線，抬頭看過來，丹年來不及放下車簾，笑得幸災樂禍時，被他看了個正著。

丹年也不躲閃，拿出上午蘇允軒付款的那本書法評論手札，得意地晃了晃，隨即又放下了車簾，不去看蘇允軒是什麼反應，只催老鄭快點駕車離開。

到了城北的街道上，丹年有些好奇外面是什麼光景，便將車簾掀開了一條縫。這裡就像是大的農貿批發市場，雖然已是下午時分，依然人來人往，甚是熱鬧。

丹年觀察了一下，大部分人都是穿著體面的掌櫃，身後跟著數個挑伕，還有一些露天的小吃攤位，生意很是興隆。

丹年正待放下車簾，眼角碰巧瞥見了馬車對面一個擺攤賣草鞋的人。待那人抬起頭來，丹年頓時驚疑不已，這人分明就是當初賣地給他們家的趙福！

眼前的人又黑又瘦、衣衫襤褸，瞧不出當年擔任舒城知府管家時的風采。丹年有些不確定，便叫過老鄭，要他去問問那人叫什麼名字。

老鄭雖然心下有異，卻不敢違逆丹年，跑過去問了問，便來回話。「小姐，那賣草鞋的漢子說他叫趙福。」

他果然是趙福！丹年點了點頭，吩咐道：「你去叫他過來，我有話問他。」

趙福走了過來，碧瑤一掀開車簾，趙福就看到端坐在馬車裡的丹年。

「趙先生，可還記得我？」丹年含笑問道。

「記得，您是沈官爺家的小姐，想不到您還記得我。」趙福搓著手說道。

「你不是在知府大人家做管事嗎？怎麼來了京城？」丹年又問道。

趙福嘆了口氣。「知府大人家被查抄，家裡的下人都被官府發賣。我受了牽連，無家可歸，就一路編草鞋賣到了京城。」

丹年有些疑惑。「大全子不是你外甥嗎？」

趙福低下頭去。「小姐，如今……我哪有臉去投奔外甥。」

丹年心中了然。大全子一家可不會發善心收留一貧如洗的舅父，趙福大概也很清楚，根本不可能上門自討沒趣。

不過，丹年在意的是，趙福為舒城知府家打理家業數十年，又無家可歸，正是頂替老鄭的上好人選。

思及此，丹年笑意更深了。「趙先生，我家現住在城西梨花巷裡，明天一早你來我家坐坐吧。」

見趙福想要推辭，丹年眨了眨眼睛，說道：「趙先生上京城恐怕不只是為了討口飯吃吧，家父現在有了官職，若有什麼事情，我們也能幫得上忙。」

趙福愣了一下，謝過了丹年，約好明天上午就去丹年家裡拜訪。

碧瑤放下車簾後，老鄭便駕車走了，剩下趙福愣愣地看著馬車，過了好一會兒，他才欣喜狂奔，仰頭大笑。「老爺，有門路了，有希望了！」

丹年回到家裡，李慧娘忙問宴會怎麼樣，丹年怕她操心，就含糊帶過去了，只說他們家請的戲班子戲唱得很好，又跟她說了遇到趙福的事情。

李慧娘一聽到丹年要讓趙福進他們家，有些猶豫。「丹年，現在妳爹和妳哥哥都不在家，怎好讓一個男子進門？」

「娘，他幫舒城知府管了多年的錢糧，很有經驗。如今我們正缺人手，那老鄭著實不是我們的人啊！」

丹年分析給李慧娘聽，又勸了半天，李慧娘只得同意了。

第二天一早，丹年正在堂屋裡練字，就聽徐氏來報說有個自稱趙福的人來找她們。

趙福昨夜應該是仔細整理了一番，衣服雖然破舊，但乾淨整齊，鬍子也刮過了。

丹年侍立在李慧娘身後，趙福向李慧娘說明了自己的情況，李慧娘不禁嘆道：「也是可憐。」之後就摩挲著茶杯，不再說話。

趙福有些急了，目光不自覺看向了丹年。丹年見娘親不答話，知道她是要讓自己作決定了。

「趙先生，你來京城的目的是什麼？」丹年也不跟他廢話，能用就用，不能用就趁早踢走。

趙福遲疑了一下，才痛聲道：「我家老爺是被冤枉的，我為老爺管了那麼多年錢糧，不能說老爺為官清廉，可害老爺被判入獄的那一筆銀子，老爺確實沒收過。」

「你想為你主子平反？」丹年問道。若真是這樣，她就要好好再考慮一下了，復仇伸冤什麼的，本身就是大麻煩。

「沒有，老爺其實貪過一些，判他入獄也不算吃虧。可老爺有個嫡出的女兒，從小視為珍寶，被發賣到了京城教坊做了……我想把小姐贖出來，替她找戶好人家嫁了，也算還了老爺的恩情。」趙福解釋道。

丹年仔細看著趙福，趙福一臉坦然。

入了教坊就是官妓，想要贖人出來，那可得花一大筆銀子……丹年心思一動，趙福本性倒是純善之人，既然大家所求都是銀子，何樂而不為？

「趙先生，我們這裡缺一個管事打理生意，你可願意過來？若是生意好，不出兩年，你便能攢夠贖人的錢。」丹年開始畫大餅給趙福。

趙福一聽，跪地拜道：「若是能讓我攢夠了錢報恩，我願意為丹年小姐做牛做馬。」

李慧娘暗自壓住滿心驚疑。他們家哪裡來的生意啊？不過她想到丹年向來很有主意，便靜坐在一旁，不發一語。

丹年笑道：「做牛做馬就不必了，往後你在我家做事，就是我們沈家的人，切不可再提你家小姐和老爺之類的話，免得別人誤會。」

趙福慌忙再次拜倒，一再說自己以後會注意，接著便有些遲疑地問丹年需要他做些什麼。

丹年讓碧瑤搬過一張凳子讓趙福坐好，與他商議道：「趙先生，昨日我經過城北，那一條街上來來往往的人，都像是店鋪的掌櫃。」

趙福答道：「那裡是大昭北方的貨品集散地，進出的都是做批發的大商販，別看地方差，交易的錢財份額可不少。」

丹年有些興奮起來。「趙先生，這些商人大老遠從外地跑來，必定要在市場上採買幾天才回去，我瞧那條街上連間像樣點的館子都沒有，若我們在那裡開家飯館，你說可行不可行？」

趙福直拍腿。「小姐真是高明！我在那裡觀察了很久，覺得開家中檔飯館肯定不錯，只可惜沒本錢。」

「趙先生，我父兄不在家，我和母親兩個女人不方便出面，找鋪面和店小二的事就麻煩你了，前院還有空餘房屋，若是不嫌棄，你就住下。置辦鋪面時若是有人問起東家的身分，你只管說是內閣沈大人的親戚就好。」丹年打定主意要借沈立非的名號，反正不用白不用。

趙福欣喜之情溢於言表，正要告辭出門辦事，丹年又叫住了他。

丹年笑意更深了。「趙先生，你既然來了我家，自然要一心一意，若是賺了錢，肯定少不了你的；若是賠了錢，就算我們家的，你工錢照領。不過，這其間若是出了什麼意外，教坊裡的知府小姐我大概也能查得出是哪一位。」

趙福看著眨巴著漂亮眼睛的丹年，心中沒來由地升起一陣寒氣，他跪地沈聲道：「承蒙小姐看得起趙福，趙福定當竭盡全力。」

丹年滿意地笑了。有些人，不需要說太多，他就什麼都明白了。

第二十二章 心亂如麻

趙福領命之後，立刻就奔到城北去找合適的鋪面了。

李慧娘看著丹年，神色頗為擔憂。丹年明白她的顧慮，可眼下家裡實在缺錢，因為李慧娘把大面值的銀錢都交給沈鈺帶走了。

丹年能理解李慧娘的作法，戰場上普通將領是生是死，完全在長官一念之間。若是這些錢給了沈立言的上級，讓他能在戰場調動方面照顧一下沈立言，哪怕是奉上全部的家當，丹年也沒有任何意見。

可如今，她也要為沈立言回不來做準備了。她們娘倆以後的日子絕對不能依靠沈家大房，否則被送去當妾，就是她唯一的選擇。

其實李慧娘也深知自立門戶的重要性，對於丹年要買鋪面做生意的事情，雖有猶豫，但一點也不反對。

臨到傍晚，趙福才回來，他跑得滿臉是汗，跟丹年和李慧娘說找好了兩個鋪面，就等明天丹年看過以後拿主意。

第二天，丹年就要趙福駕著馬車，帶她和碧瑤去了城北市場。老鄭和徐氏在一旁瞠目結舌，老鄭更連忙攔住馬車，明裡暗裡都在說趙福這人靠不住。

李慧娘從院子裡走了出來，笑咪咪地對老鄭說：「老鄭啊，丹年不放心我一個人在家，你可得好好看家。若是鬧得不耐煩了，就回大哥家裡吧，我們這裡廟小，容不下大佛。」

說完，李慧娘也不管老鄭那青紅交加的臉色，只吩咐趙福駕著馬車趕緊走，別耽誤了正事。

丹年兩家店鋪都看過了，兩家店鋪的老闆對丹年一個姑娘家作主買鋪面覺得很是驚奇，丹年則解釋說家中父兄在衙門任職，生意場上不便出面。

丹年很滿意其中一間鋪子，店面很大，窗戶開得也多。

店鋪老闆開價二百兩銀子，要把整間店鋪連同後面的小院給賣了。丹年盤算了半天，有些吃不準家裡還有多少錢，若是不夠的話，只要賣了大伯母給她的玉鐲，肯定沒問題。

只是還未等到丹年答話，趙福就先走上前去了。他一副哥倆好的姿態，把店鋪老闆拉到一邊去談起了價錢，老闆急著賣了店鋪回老家，他以為丹年不吭聲是嫌貴，而這會兒趙福又壓了壓價錢，便同意以一百五十兩成交。

丹年沒想到趙福還挺有能耐的，讚許地看了他一眼。

敲定成交價格之後，幾個人便回家去取銀子。李慧娘從床頭上鎖的小櫃子裡取出剩下的銀錢，約莫一百六、七十兩，丹年最後帶了一百五十兩和一些散碎大錢再次出門。

錢備齊了，趙福就帶著丹年和店鋪老闆，去京城衙門立了店鋪轉賣的字據、地契，順便立了趙福的賣身契。

丹年在地契和趙福賣身契上的主家，都寫上李慧娘的名字。無論如何，她欠這一家的太多，無論怎麼補償都不為過。

晚上吃完飯，趙福說他這段時間認識了幾個年輕後生，都是老實能幹的，平時在市場上幫人挑擔子掙口飯吃，提議可以找他們來當店小二，管吃的就行。

飯館的廚師方面，丹年和李慧娘商量了一下，決定暫時讓梅姨去做飯，因為梅姨手藝不錯。反正她也沒打算往高檔方向發展，弄些家常大鍋菜，就跟前世去過的中式自助餐店一樣，一份米飯一個大錢，兩個饅頭一個大錢，一樣素菜兩個大錢，葷菜則是四個大錢。

這些商人與挑伕採買幹活很是勞累，只要菜的油水足、分量夠，肯定不愁客源。

丹年對李慧娘和趙福說明了一下自己的構想，這與趙福也是一拍即合。李慧娘見買鋪面的大事辦完了，便把剩下的事全交給趙福、梅姨和碧瑤，堅決不允許丹年再出面做生意了。

李慧娘覺得丹年骨子裡是金枝玉葉，要她出面買鋪面已是萬不得已，丹年拗不過李慧娘，只得答應了。

丹年在外面奔波了一天，甚是勞累，當晚很早就歇下了。就在丹年睡得正香時，碧瑤來敲門了，說外面有個姓廉的小姐來找她。

丹年本來是有氣無力的，一聽到是廉清清來找她，便一骨碌爬了起來，連忙把自己整理好，趕到堂屋去。只見廉清清一臉焦急，在堂屋等著她。

天才濛濛亮，丹年搞不清楚廉清清怎麼這麼早就來她家，還未等丹年發問，廉清清就一把拉住丹年，附在她耳邊悄聲說道：「丹年，昨天夜裡，我聽我爹說邊境告急了！」

丹年大吃一驚，拉著廉清清跑到自己房間裡，關上房門後才問道：「清清，妳別急，慢慢說是怎麼回事。」

廉清清深吸了一口氣，才說道：「昨天夜裡我睡不著，就想跑到我爹的書房去拿我爹的劍玩。結果聽到我爹在書房裡同我爺爺說，邊境上的木奇鎮正被勒斥人圍了個水洩不通，駐守木奇鎮的人，正是妳爹沈立言！」

丹年只覺得一顆心不停往下沈。「不會吧，我爹只是個小官，這麼重要的據點怎麼會讓他去守……」

廉清清急了。「是真的，總兵已經戰死，身為總帥的大皇子也受了重傷，早就不能動彈了，現在是妳爹暫時帶領軍隊。我爹說，糧草已經斷了兩天了！」

「斷糧了?!」丹年跳了起來，手腳發涼。「朝廷在做什麼？為什麼斷了糧草不趕快補充？這群人究竟……」

丹年愈說聲音愈大，到最後幾乎要尖叫起來，廉清清趕緊上前捂住丹年的嘴。

「小聲一點，傳出去要殺頭的！」廉清清一臉緊張地說：「還有，我爹說戰事快結束了。」

「為什麼？不是還在打嗎？」丹年不自覺地又提高了音量。

「我爹和我爺爺分析說，這是太后和皇后要除掉大皇子，大皇子不是皇后生的，跟雍國公府不是一條心，所以故意派大皇子出征，要麼餓死，要麼被勒斥人攻進城殺死！」廉清清小聲說道。

類似的內容丹年早就聽許氏說過了，她不想理會這些皇室爭端，只想知道如何讓沈立言脫困。「那糧草呢，糧草是誰在管？」

「這個我不知道，不過就算妳知道糧草是誰在調動也沒辦法，妳能改變皇家人的決定嗎？」

丹年頹然坐到了椅子上，廉清清看著丹年，有些於心不忍，她拉著丹年的手說：「丹年，我要趕快回去了，我爺爺和爹聽說我認識妳，就不讓我再跟妳來往了。可我是真的喜歡妳，這麼多年來，我在京城也就交了妳一個朋友……我得走了，不然等會兒娘就會發現我不在家裡了。」

丹年站起來抱了抱廉清清。她很感激廉清清來為她通風報信，趕緊叫來碧瑤送廉清清出門。

接著丹年長吸了一口氣，轉身跑到前院，用力敲起了老鄭的房門。

老鄭慌忙起床開門，見是丹年在敲門，氣勢上就先矮了一截，他討好地笑道：「丹年小姐，這麼早，您這是……」

「備車，我要去大伯父家裡。」丹年沈聲吩咐道。

老鄭見丹年不像是在開玩笑，立刻備了馬車出來。

丹年囑咐碧瑤在她娘親起床後，告訴她自己去了大伯父家，說完就匆匆出門了。

在丹年催促下，老鄭駕著馬車一路狂奔，趕在沈立非上朝前到了沈家大院。

等不及門房通報，丹年就衝進了大廳，沈立非人正好在那裡。

見丹年急得滿臉通紅闖了進來，沈立非微微有些驚訝與不滿。「丹年，妳這是做什麼？」

「大伯父，我爹他現在是不是被勒斥人圍住了，還斷了糧？」丹年不跟他客氣，她篤定沈立非肯定知道。

果然，沈立非先是一愣，接著笑道：「丹年啊，戰場形勢多變，小道消息不可信。」

丹年知道他在打馬虎眼，卻忍下怒氣，好聲求道：「大伯父，我爹危在旦夕，糧草不足，如何打勝仗？大伯父，我爹是您的親兄弟，您能不能幫他把糧草要來，只要打贏，您臉上也有光啊！」

沈立非摸著鬍子笑了起來。「丹年，妳還小，在鄉下待久就異想天開了。糧草這種軍資，可不是求就能求得下來的。要想從掌管糧草的蘇晉田大人手中要東西，比登天還難啊！」

丹年幾近於屈辱地聽沈立非如同講八卦般談論她父親的生死，正當她想一走了之時，卻聽到盤繞在她腦海多年的一個人名——蘇晉田，這不正是當年狠心用她去換太子遺孤的親生爹爹嗎?!

丹年停下轉身要走的腳步，問道：「大伯父，若蘇大人同意放糧，是不是就能替爹解圍了？」

沈立非皺著眉頭說道：「丹年，這不是妳該管的。妳爹就算是有了什麼不測，大伯父也會照顧妳。我該上早朝了，妳也趕快回家去吧。」

丹年見沈立非開始逐客了，便匆匆出了沈家大院。

在側門等她的老鄭見丹年出來了，才放下一顆心。一大早就看到丹年怒氣沖沖往沈家大院來，他實在很怕惹大爺生氣，遷怒到自己身上。

老鄭正要開口，丹年劈頭就問了一句。「你可知戶部蘇晉田大人的住處？」

「小人知道，可是……」老鄭越發琢磨不透這位小姐的想法了。

「沒什麼可是，快帶我去！」丹年不耐煩地甩手道。

老鄭趕緊應下，現在丹年要他做什麼，他都不敢不從。

馬車噠噠行駛在青石板路上，一步步敲擊在丹年的心頭上。丹年從未想過自己會與親生父親在這種情況下重逢，他到底會不會認自己？會不會幫沈立言？還有溫柔的劉玉娘，她可還安好？

到了蘇府門口，天已大亮，門房打著哈欠，來回看了青衫布裙的丹年好幾眼，甩了一句。「老爺上朝去了。」

說完，便讓丹年在側門處的小巷子裡等著，要是他們家老爺回來了，他再去通報。

丹年坐在馬車裡，心急如焚。眼看已到了中午，還不見門房來找她，丹年坐不住了，她跳下馬車，就問那門房可有向他家老爺通報有人找他。

門房以為丹年早離開了，冷不防看到丹年來質問他，很不耐煩地說道：「我家老爺身居要職，一天之內要見他的人沒有一千也有五百，哪是隨隨便便什麼人都能見的！」

丹年忍住怒氣，掏出幾個大錢塞到門房手裡，好聲好氣地說道：「這位大哥，煩勞您通報一聲，小女子確實有極為要緊的事要見蘇大人。」

門房掂了掂手裡的錢，哼了一聲，不屑地說道：「等著吧！」說完，就進去關上了大門。

丹年左等右等，依然不見有人出來，料想這門房定是拿了她的錢卻不辦事，氣惱之下，丹年上前拍起了大門，大聲喝道：「開門！開門！」

門房倏地把門打開了，看見又是丹年，便怒斥道：「妳這丫頭敢到蘇府來撒潑！活得不耐煩了是吧，看我把妳綁送到衙門，治妳個對朝廷命官不敬之罪！」

丹年面無懼色，一手撐著門不讓門房關上，沈聲道：「你還有臉問我的罪，收了我的錢又不通報，可要讓我跟蘇大人說蘇府竟養了你這種刁奴！」

門房一副痞樣。「妳口氣還真不小，見得到我家老爺再說吧！」

丹年盯著門房的眼睛漸漸眯了起來，門房被瞪得有些悚然，不自在地說道：「妳趕緊走，不然我就找巡察御史來治妳的罪！」

說著他就要關門，不料丹年死命把手撐在門上，門房想關門，一時半刻也關不上。

「這是在做什麼？」正當兩人僵持不下時，丹年背後傳來了一聲清冷的質問。

丹年聽這聲音耳熟，扭頭一看，正是之前見過的蘇允軒——註冊商標般的皺眉嚴肅表情，今日他穿了件玄色長衫，更襯得面色清冷。

門房一看到來人，立刻搖身變成了忠犬，跑到蘇允軒面前告狀，指著丹年說道：「少爺，那個瘋女人吵著要見老爺，我不讓她進門，她就要鬧事！」

蘇允軒看向丹年，認出她之後，便說道：「姑娘，這裡不是妳能進去的地方，還是趕快離開吧。」

「你是蘇晉田的兒子？」丹年覺得自己就快笑出來了。

蘇允軒皺著眉頭背手而立。「家父正是蘇晉田。」

丹年就要笑出聲來了，眼前這個嚴肅卻俊逸的少年，居然就是十幾年前和她互換的太子遺孤！

「哈哈，還真是熟人相見啊！」丹年看著蘇允軒，笑得直不起腰來。

蘇允軒看著兀自笑得開心的丹年，抿著唇說道：「姑娘要是沒什麼事的話，就請回吧。」

丹年看著他抿唇皺眉的俊顏，頓生惡作劇的念頭。

她學著他的樣子，背手走到蘇允軒身旁，踮起腳尖湊到他耳邊，吐氣如蘭。「請蘇少爺轉告蘇晉田，」

丹年滿意地看到蘇允軒臉紅到了脖子根，然後踮著腳繼續悄聲說道：「就告訴他說，十五年前被他扔掉的孩子回來找他了！」

蘇允軒瞬間瞪大了眼睛，不敢置信地看著丹年，丹年則是一臉坦然地回看他。

正當門房納悶的時候，蘇允軒以迅雷不及掩耳的速度抓住丹年的手，匆匆進了蘇府，留下門房目瞪口呆地看著他們遠去的背影。

第二十三章　遠赴邊境

一路上，蘇允軒簡直是用拖的方式拉著丹年往前走，丹年顧不得和他計較，腦子不停急速運轉。

看蘇允軒的反應，他肯定知道自己的真實身分，現在首要的目的，就是以蘇允軒的身分要脅，想盡辦法讓蘇晉田那個老匹夫放糧，如果蘇晉田對蘇允軒有足夠的重視，這件事就成了七、八分。

沒多久，丹年就被拖到一個院落門口，那裡由兩個黑衣小廝把守。

蘇允軒放開丹年，上前低聲跟兩個小廝說了幾句話，立刻就有一個小廝匆匆跑進院子裡通報。過了一會兒，小廝就出來了，朝蘇允軒行了個禮，蘇允軒微不可察地點了點頭，便拉著丹年進去了。

丹年看著離自己愈來愈近的房門，一顆心幾乎要跳出來。蘇晉田為了心愛的女人，能犧牲自己的親生骨肉，把別人的兒子當親生兒子撫養，就憑這一點，丹年篤定他不會拿蘇允軒的安危來做賭注。

聽到有人進來，原本在書房中背身而立的人慢慢轉過身來，面朝丹年和蘇允軒。

十幾年未見蘇晉田了，丹年對他的印象早已模糊。眼前的中年男子保養得宜，若不是留起了鬍鬚，甚至在他臉上找不到多少歲月流逝的痕跡，依舊那麼年輕俊秀。

書房中光線充足，午後的陽光斜斜透過窗櫺照進了房間，丹年還能看清楚空氣中浮動的灰塵。與她內心的躁動相反，這個午後非常靜謐。

蘇允軒上前，低低喊了聲。「父親。」便退到了蘇晉田身旁。

丹年深吸了一口氣，一言不發，等待蘇晉田主動發問。雙方談判，不可失了先機。

「聽說姑娘要見本官，不知有什麼事？」蘇晉田臉上掛著和煦的笑意。

老狐狸，裝好人裝得倒挺像的！丹年額角微微抽動了一下。

「小女子名叫沈丹年，丹年的父兄正在鎮守邊境重鎮木奇，現在糧草已斷，懇請蘇大人能給在邊境奮力殺敵的將士們一條活路。」丹年也不跟他客氣，開門見山地說道。

「小姑娘，妳想要救妳父兄的想法本官能理解，只是糧草屬於朝廷重要物資，沒有朝廷詔令，本官無權動用。」蘇晉田背手笑道。

丹年笑了起來，慢慢地說道：「蘇大人可能不知道，丹年的經歷跟別人不一樣。我剛出生，親生爹爹就為了養心愛女人的兒子，把我給扔掉了。」

看到蘇晉田臉色發青，丹年低頭笑了笑，繼續說道：「丹年差點命喪黃泉之際，幸得父親沈立言救我才得以生還，這些年，丹年就在我父兄與娘親的疼愛下長大。」

在丹年的注視下，蘇晉田乾笑了兩聲。「沈小姐的經歷果然與眾不同。」

「蘇大人也這麼認為就再好不過了。」丹年笑道。

「沈小姐憑什麼認為來這裡講了一個感人的故事，本官就會把糧草調運出來呢？」蘇晉田面朝丹年，眼睛卻瞟向窗外。

丹年心思急轉——蘇晉田肯定在外面布置了人！

電光石火間，丹年有了計策。「蘇大人，丹年雖然從小在鄉下長大，可知根知底的朋友也不少，他們都聽過這麼感人的故事。蘇大人不信的話，可以去沈家莊打聽，從小一起長大的石頭哥哥，在邊境經商；一直有來往的馮老闆，在南疆做藥草生意；看著我長大的大全子叔叔對我們一家都很了解，還有……」

丹年還要繼續胡亂編造下去時，看到蘇晉田已是一臉鐵青，便笑道：「只是他們如今四海為家，想要找到他們，可不是件容易的事。只可惜我說的故事沒什麼吸引力，耽誤了蘇大人的時間。」

還未等蘇晉田反應過來，丹年像是想起什麼似地恍然大悟道：「既然蘇大人不感興趣，我想太后娘娘和皇后娘娘慈悲為懷，肯定喜歡聽這麼感人的故事，我還是去講給她們聽吧！」

「站住！妳以為妳進了蘇府之後還能出去？」蘇晉田喝道。

「原來蘇大人捨不得我走啊，那可不行！我那些天南地北的朋友，要是見我沒了音信，肯定會到處跟人講我的故事，說不定哪天就傳到太后娘娘和皇后娘娘耳朵裡了。」丹年眨著眼睛，一臉為難的樣子。

「妳想怎麼樣？」率先開口的，居然是一直未發話的蘇允軒，他盯著丹年，面色平靜如不起波瀾的水面。

丹年也不跟他們囉嗦。「懇請蘇大人以大局為重，速速開倉放糧，這也是救大昭百姓於水火。若大人胸懷天下，木奇鎮得以解圍，父兄平安歸來，丹年任憑大人處置；若是大人不肯，丹年救父兄的心情急切，一時衝動做出什麼不可挽回之事，還望大人諒解。」

「哼！妳在威脅我們？」蘇晉田甩袖怒道。

「丹年不敢，丹年只是一個被親生父親送去當替死鬼的可憐人。親生父親給了丹年生命，卻親手把丹年送上死亡之路。養父不但救下丹年，還給了丹年十幾年無憂無慮的生活，若是能救下父兄，丹年死上幾次都無妨！」

丹年眼圈發紅，拚命抑制自己的眼淚，她絕對不能在蘇晉田父子面前哭出來。

時間一分一秒流逝，丹年含笑看著蘇晉田的表情。要是他們立刻去調查自己，知道自己說的都是假話，該怎麼辦？要是他們不相信自己說的，直接扣下自己，又該怎麼辦？

現在丹年賭的，就是蘇晉田不會把蘇允軒的身分昭告天下，可是……如果賭輸了怎麼辦？丹年兩腿發軟，幾乎支撐不住自己的身體，等得幾乎要絕望。

蘇允軒看著站在書房門邊的丹年，金黃的陽光灑在她臉上，為她整個人鍍上了一層金黃色的光暈，長長的睫毛一眨一眨，眼圈雖有些發紅，卻一臉堅定地看著父親，那神情，似乎會說話一般。

他還是頭一次見到如此拚命的女子，倘若沈立言殞身沙場，她大伯父也會照顧她，至少保她一生衣食無憂，可她卻為了一個沒有血緣關係的人這麼努力……

蘇允軒忽然想起來了，他小時候經過沈家莊回外公家時遇到的那家人，很可能就是他們，而那個勸自己挑後娘的小姑娘，就是眼前擺出拚命架勢的沈丹年吧……

蘇允軒不由自主地發話了。「離木奇鎮往東四百里處便是東平府，東平府的糧草儲備充足，只要父親一道命令，當地糧草官吏便可開倉接濟木奇，東平府的總兵也可帶兵護送糧草，解木奇鎮之圍。」

他也不知道為什麼，下意識的，幫她的話就脫口而出了。

丹年驚喜地看著蘇允軒，他這是答應幫自己救爹了？

蘇允軒看到丹年驚喜的眼神，微微嘆口氣，繼續說道：「東平府到木奇鎮，輕騎兵快馬加鞭要兩天，呈報戶部糧草批文加上送信到東平府也要五天，前後至少七天時間。木奇一個小鎮，無糧草儲備，前後斷糧這麼多天，堅持下來的希望渺茫。」

「我父兄絕不是貪生怕死之輩，只要有一線希望，就會奮戰到底，一定能堅持到救援到來。」丹年堅定地說道。

「沈小姐誤會了，在下的意思是說，若是等不到救援，妳父兄依然會殞命沙場，若士兵忍受不了飢餓，集體叛變向勒斥投降，主帥只怕死得更快。」蘇允軒淡淡說道，他實在不忍看到丹年傷心失望。

丹年咬牙道：「他們一定會等到的。只要告訴他們有援軍、有糧草，他們就一定能堅持到最後。從京城到木奇鎮不分晝夜趕路，大約需要三、四天時間，我去通知我父兄，只要有了希望，士兵就不會叛變！」

蘇允軒如同石刻般的臉龐終於出現了裂痕，他驚訝地問道：「妳去通知妳父兄？妳可知木奇鎮現在被勒斥騎兵包圍？」

丹年盯著對面的蘇允軒和蘇晉田，說道：「我知道你們並不想要這場戰爭勝利，倘若戰敗，國力衰弱，百姓怨聲載道，你們想要做些什麼，也容易很多。」

無視蘇晉田青白交加的臉色，丹年繼續說道：「誰當皇上都無所謂，但我絕不允許我父兄成為這場戰爭的犧牲品，就算搭上我的性命，我也要救他們。」

蘇晉田微怒道：「妳的父兄？看來沈立言把妳教得不錯，妳就是這樣來要脅妳的親生父親的嗎？」

丹年垂下了眼睛。「我也不想這樣，我在沈家莊過著悠閒的日子，本來能與你們一輩子相安無事的。」

蘇允軒定定看著丹年，緩緩說道：「東平府總兵胡謙，他手上有兩萬精騎兵。父親，您到戶部批個文，邊境一個縣府的糧倉不需要皇上批准，等命令到了東平府，胡謙就會帶著糧草去解圍。」

蘇晉田有些震驚地說：「軒兒，你可知這樣做的後果？」

蘇允軒嚴峻的面龐依然平靜無波。他沈聲道：「父親，我自有安排。」

說罷，他轉頭面向丹年。「這樣的安排，沈小姐可滿意？還望妳遵守承諾，永遠都是沈立言的女兒沈丹年。」

「我如何能相信你們真的會放糧？」丹年提出了心底的疑問。

「除了相信我，妳別無選擇。」蘇允軒盯著丹年答道。

丹年低低笑出聲來。「除了相信你，還真是沒別的辦法了。若是我去了那裡，仍等不到糧草和援軍，那蘇大少爺離認祖歸宗的日子也不遠了。」

「沈小姐，妳的話我記住了，希望妳還有命活到我認祖歸宗那一天。」蘇允軒淡然說道。

長了那麼一張好皮相，嘴巴卻這麼惡毒！丹年顧不上和蘇允軒耍嘴皮子，道了聲告辭，便轉身朝外走去。

還未走出院門，丹年就聽到蘇晉田在背後叫她，丹年轉過頭，一臉戒備地看著他。莫非他又改變了主意？

「丹年……」蘇晉田聲音澀澀地叫道。

見丹年不答腔，蘇晉田彷彿老了好幾歲，低聲問道：「這些年，沈立言對妳可好？」

丹年萬萬沒想到蘇晉田會問這種問題，一時之間不知道該如何回答，半晌才訥訥地答道：「爹對我很好，娘和哥哥也很疼我。」

蘇晉田眼神帶著憐愛，向丹年緩緩伸出手，似是要摸摸她的頭，可手伸到一半，卻頹然放下了。丹年回想起她出生那一天，蘇晉田也是這樣伸手摸她，卻半途停下。

丹年怒從心起，拍開蘇晉田停留在半空中的手，冷哼一聲離開了。從頭到尾，蘇晉田都是為了前太子妃秦婉怡和蘇允軒著想，他的心裡自始至終連個角落都沒留給她。

出了蘇府，丹年便叫老鄭驅車去了一家鐵匠鋪，進鋪子裡花了二十個大錢買了把小巧的匕首。

老鄭問她是不是該回家了，丹年垂著眼睛坐在馬車上，一臉平靜地叫老鄭駕車到京城西門外走走。她不敢回家，她怕回家一見到李慧娘，就沒有勇氣踏上西進的腳步。

出了西門，丹年從馬車裡鑽了出來，坐到老鄭身邊，笑說這樣更方便看風景，老鄭也沒敢說些什麼。

等離京城有了十來里路的距離，官道上漸漸沒了人影，老鄭就說什麼都不肯再往前走了，一定要帶丹年回家。

丹年笑咪咪地從袖子裡抽出匕首，架到老鄭的脖子上。「繼續往西走，到邊境去，我要去找我父兄，記得走快一點。」

老鄭彷彿被雷劈到，哀叫道：「丹年小姐，您這是怎麼了？邊境很危險，您要是想念二爺和鈺少爺，過不了幾天他們就會回來了啊！」

丹年不動聲色地將匕首往前送了一些，冰涼的刀刃貼在老鄭頸邊。「老鄭，你一向清楚，我說得到做得到。你要是不去，我就殺了你，再告訴大伯父是你把我帶到這個地方，對我圖謀不軌，我只是正當防衛。你妻子和兒子、閨女都還是大伯父家的家奴，你猜他們會被發賣到哪裡？」

老鄭握著韁繩的手開始顫抖，丹年不耐煩地哼了一聲，老鄭趕忙駕起馬車飛速前進，丹年滿意地從老鄭脖子上收回了匕首，但為了保險起見，她一直將匕首頂在老鄭腰間。

因為丹年急著趕路，他們只在茶水攤上買些大餅和茶水充飢，晚上也不停歇，和老鄭輪流駕車。

老鄭看到丹年嫻熟地驅動馬車，感到很是驚奇，丹年嗤笑道：「父親是個馬癡，我如何駕不得馬車？」

等到第四天下午，丹年吩咐老鄭在一個茶水攤喝茶歇腳，順便向路過的人打聽，得知抄近道的話，離木奇鎮僅有半天路程了，丹年興奮之餘，便要繼續趕路。

路人一聽丹年要去木奇，連忙拉住了老鄭。「這位老兄，勸勸這姑娘吧，木奇鎮現在被勒斥人圍得連隻鳥都飛不進去，你們去那裡做什麼啊，我們逃難都還來不及呢！」

丹年急忙問道：「那駐守木奇鎮的士兵，現下如何了？」

路人嘆道：「聽說守城的是個姓沈的大人，還有些手段，勒斥人到現在還沒能攻進城去。可眼下城裡斷糧斷了幾天了？就是大羅神仙也守不住。那東平府的官吏，看著木奇鎮即將失守，就是不去救援！大夥兒就盼沈大人能多守兩天，好趕緊逃命！」

老鄭含含糊糊應了下來，待路人搖頭嘆氣離去，老鄭就跪到地上，聲淚俱下。「丹年小姐，求求您回去吧！您要是有個三長兩短，老奴一家人的賤命全賠上也賠不了啊！」

說罷，老鄭便開始對丹年不停磕頭。

丹年不理會老鄭，自己把馬從馬車上卸了下來，將水囊掛到馬背上，老鄭瞠目結舌地看著丹年。「小姐，您這是做什麼啊？您不要馬車，我們怎麼回去啊？」

丹年叫茶水攤老闆給馬半罐水喝，掏了掏口袋，發現付給老闆錢後，她身上居然一個大錢都沒了。丹年笑著搖了搖頭，褪下手腕上一只沈大夫人給她的玉鐲，丟給一旁的老鄭，順便拿走老鄭擱在馬車上的外袍。

看馬喝水喝得差不多了，丹年翻身俐落地上了馬，朝一旁的老鄭說道：「把這玉鐲當了，趕快回京城去吧。」

老鄭見丹年雙腿一夾馬腹就要走，慌忙上前攔住她，哀求她莫要使性子，趕快隨他回去。

丹年笑咪咪地從馬上俯下身子，說道：「老鄭，說起來我還有事要拜託你。你回到京城後，告訴我娘，我要把爹和哥哥平平安安帶回來。如果我回不來，就讓趙福按我的計劃開店，應該能維持我娘他們的生計，犯不著去求我大伯父。」

丹年似乎是想起了什麼，咬牙切齒地說道：「喔，還有，麻煩轉告我大伯父和大伯母，殺人不過頭點地，欺人莫要太甚！想讓我沈丹年去做他們閨女丈夫的小妾，作夢！若是日後膽敢對我娘使什麼陰招，我就是做鬼，也要他們家日日夜夜不得安寧！」

看著丹年瞇著眼冷冷說話的模樣，老鄭打了個寒噤，還未等老鄭反應過來，丹年雙腿一夾馬腹，在馬上伏低了身子，便朝方才打聽到的方向衝了過去。

老鄭好半天才反應過來，頭一暈，朝著丹年離開的方向倒了下去。茶水攤老闆慌忙叫了兩個人把他扶起來，休息了好半天，任憑旁人怎麼問，老鄭就是咬緊牙關不說話。

坐了好一會兒，老鄭覺得有些力氣了，就搭上路過的一輛載滿逃難農民的牛車，往東而去。

丹年騎在馬上奔跑了不知多久，天色已漸漸暗了下來，遠處出現了大片燈火，丹年急忙停下來，牽著馬跑到山坡上觀察了許久，距離近得甚至能看到晚上巡夜的勒斥士兵。

丹年不禁倒抽了口冷氣。她早就聽說勒斥人身材高大、高眉深目，看那巡夜的士兵，就是有十個她在現場，都不能打倒一個。

丹年將身上的繡花小褂撕成幾塊包在馬蹄上，牽著馬圍著勒斥人的營地遠遠走了一圈，直到深夜，也沒找到能闖進去的地方。丹年不甘心地咬著嘴唇，明明相隔不到六里的地方，就是爹和哥哥所在的木奇鎮了。

只要能見到爹，就能告訴爹再堅持一下，援軍很快就會到了，可她要如何才能通過這如鐵桶般滴水不漏的勒斥軍營呢？

木奇鎮和勒斥國土的交界處是一大片山林，地形複雜，號稱「迷失林」，長年樹葉累積，布滿暗沼，不熟悉地形的話，一定會迷失在那片山林裡，她不能冒那個險。

丹年想了想，扯掉馬蹄上綁著的布，披上老鄭的外袍，抓起一把塵土撒在臉上，又把頭髮打散胡亂綁了個髻，便翻身上馬，大步朝勒斥人的軍營走去。既然勒斥人守得嚴，那就讓勒斥人帶自己去見爹與哥哥吧！

把守在軍營門口的兩個勒斥士兵發現了丹年，大聲喊叫有狀況，幾個舉著長矛的士兵瞬間將丹年圍了起來。

此時，不知是誰叫了一聲。「長得像個娘們兒！」

一瞬間，幾乎兵營裡的士兵都跑了出來，將丹年團團圍在中央。

丹年一顆心幾乎要跳出來，當她看到高大的勒斥人眼裡閃動著貪婪的目光時，心中湧起難以言喻的恐懼。

丹年身下的馬不安地躁動著，丹年拚盡力氣才按住馬，這時有個身材龐大的勒斥人忽然上前猛一撞，丹年頓時被撞到地上，摔得眼冒金星，她才剛抬起頭，脖子上就被架上層層疊疊幾十把弧形彎刀。

丹年強行壓下內心的驚恐，朝人群高聲叫道：「我要見你們的將軍！」

就在此時，圍著丹年的士兵如同摩西分紅海一般，安靜地分出了一條走道，一個身穿鎧甲、戴著銀色面具的人出現在丹年面前，他身後還跟著幾個身形精幹的護衛。

「喔，原來是大昭的人。擅闖軍營者，死罪論處！」丹年看不到來人隱藏在面具下的神情，聲音聽起來溫和，卻透露著無限的冰冷殺意。

此話一出，便有兩個勒斥士兵拖著丹年要往外走，丹年奮力掙扎，朝著面具男大聲喊道：「我不是普通的大昭人！我有重要的事要辦，讓我見你們的統帥！」

第二十四章　孤注一擲

面具男似是對丹年頗感興趣，他歪頭看向丹年，揚手叫拖著丹年走的勒斥士兵停手，又要人把丹年捆住，送到軍帳裡去。

丹年奮力想擺脫箝制，卻徒勞無功，雙手被捆縛在身後。她大叫道：「你居然敢捆我？你知道我父親是誰嗎？」

戴著銀色面具的男人輕笑出聲。「喔？妳父親是誰？」

丹年輕哼一聲，左右環顧了一眼，撇嘴道：「你想知道？」

面具男大笑道：「原來是不能公開的秘密，莫非是大昭哪個王公大臣的千金？」

「我爹雖然不是王公大臣，但也是厲害到你拿他沒辦法的人！」丹年得意又驕傲地說道，就像一個被寵壞的小公主。

面具男垂下了眼睛，隨即揚手差人把丹年帶進軍帳，軍帳中除了面具男，還有一個滿臉大鬍子的勒斥軍官，看向丹年的眼神充滿了警戒。

面具男閒適地坐在軍帳中的榻上，似是閒聊一般，問道：「現在可以說了吧，妳父親是誰？」

丹年噘著嘴。「我說了，你會送我到我父親那裡去嗎？」

還未等到面具男答話，一旁的勒斥軍官就哈哈大笑起來。「這是哪裡來的丫頭？不知天高地厚，戰場上可不是妳找爹的地方！慕公子，還是把這丫頭賞給扎蒙吧，在下保管她夜夜快活，再也不想去找爹了！」

丹年怒瞪了那個勒斥軍官扎蒙一眼，一旁的面具男慕公子彷彿事不關己一般，看著扎蒙用言語挑逗丹年。

「我爹是沈立言，最神勇了！他就在木奇鎮裡面，你們就是拿他沒辦法！」丹年看時機成熟，一副氣惱的模樣，丟出了這段話。

此話一出，慕公子和扎蒙立刻警覺起來，看向丹年的眼光也充滿了戒備和懷疑。

「你們怕了吧！快放我進木奇鎮找我爹去，等我爹出來時，我就讓我爹放你們一條生路。」丹年得意地朝他們兩人笑。

「我們當然可以放沈立言的女兒進去，可是妳怎麼證明妳不是冒充沈立言的女兒呢？」慕公子站起身來，聲音中帶著不自覺的激動。

「我本來就是爹的女兒，怎麼會是冒充的！」丹年鼓起了腮幫子，突然說道：「啊！我可以寫信給爹，爹一看到信，就會知道是我了！」

一旁的扎蒙連忙上前說道：「慕公子，這丫頭說話顛三倒四，說不定是敵人派來的奸細！絕不可輕易相信，還是等大汗趕過來，再處置她吧。」

慕公子沒理會他，右手食指有一下沒一下地在榻上敲著，一雙銳利的眼睛卻盯著丹年，仔細觀察她的表情。

丹年垂下了眼睛，哇的哭出聲來。「你們為什麼不讓我見我爹？我又不跟你們打仗，你們愛怎麼打就怎麼打！我大伯父趁我爹不在家，非要我嫁給吏部那個老頭子當小妾，我要找我爹，不然……」丹年似是傷心至極，委屈哽咽到說不出話來。

慕公子起身湊近傷心的丹年，溫柔地哄道：「姑娘不哭，我當然會讓妳見妳爹，還能讓妳爹帶妳回家，為妳作主。」

丹年抬起含著淚花的眼睛，驚喜地問道：「真的？你們是不是被我爹打得不敢再跟他打了？我就知道我爹最厲害了，連我大伯父都怕他！」

慕公子像是噎住了，過了半天才說道：「是啊，我們被打怕了。明天妳就去城樓下，跟妳爹說妳想他，要他帶妳回家。」

丹年怎麼聽都覺得慕公子是咬著牙回答她的話，她強忍著笑意問道：「你沒騙我？我大伯父也說要帶我去找爹，可他就是在騙我！」

慕公子漸漸有些不耐煩了，他看著丹年，在心中冷笑。這就是在大昭嬌生慣養、不知人世間險惡的官家小姐！

「我怎麼會騙妳呢，明天妳就能見到妳爹了！」慕公子強壓著內心的不快。

「那你能不能不要告訴別人我是爹的女兒？」丹年聲音細如蚊蚋。

抬頭見慕公子盯著自己看，丹年微紅著臉，訥訥地說道：「要是讓京城的人知道我跑到邊境來找爹，肯定又會說我爹沒把我教好，爹會生氣的。」

原來是這樣。慕公子不置可否地冷笑了一聲。「這沒關係，妳寫封信給妳爹，讓妳爹知道妳在城外等他，只要妳乖乖聽我的話，保證妳明天就能見到他。」

丹年一臉幸福地朝慕公子笑了笑，還想說些什麼，然而慕公子對白癡小姐的耐心已告罄，他叫來兩個士兵，帶著丹年去了一個小帳篷，吩咐兩人守在帳篷門口看著丹年。

待丹年氣鼓鼓地出去後，扎蒙一臉不滿地上前說道：「慕公子，你留下這個丫頭想做什麼？」

慕公子斜躺回榻上，端起酒杯摩挲著。「要是沈立言看到他的寶貝千金在我們手裡，你說他是開城投降，還是跳出來跟我們血戰到底？」

扎蒙恍然大悟，同時又有些不屑地笑道：「慕公子，你們大昭人果然詭計多端！只是，此事看來有些蹊蹺，是不是……」

慕公子用力將酒杯擲到地上，摔了個粉碎，他緩慢卻又陰沈地說道：「木奇鎮已經斷糧這麼多天了，還是攻不下來，勒斥這邊的糧草也難以為繼，再拖下去，根本撐不到打到東平府去補充糧草，莫非你想就這麼回去草原？

「之前大昭的細作就說過沈立言最疼愛自己一雙兒女，我就不信他忍心看著女兒落入一群惡狼般的勒斥人手裡！」

扎蒙連忙低頭退了出去，只剩下慕公子一個人在軍帳中。忽明忽暗的燈火打在銀色面具上，泛著冰涼的金屬光澤，只有一雙明亮銳利的眼睛露在外面，不辨喜怒。

過了一會兒，慕公子警覺地立起身體，手抓向腰間的長劍，卻見是一個士兵站在帳篷外，稟告說今晚抓到的那個丫頭鬧騰著不吃晚飯，她嫌羊肉太腥，又烤不到火候，吵著要喝芙蓉雞粥。

慕公子嘴角諷刺地勾起了一個弧度，果然是個被寵壞了的白癡小姐！他揚聲對外喝道：「不吃就讓她餓著吧，不用理會！」

士兵領命而去。

第二天一大早，慕公子命令扎蒙分派將士列隊出陣，好言勸哄丹年寫信給沈立言。

丹年一邊摸著肚子抱怨慕公子一點待客之道都沒有，一邊飛快沾墨揮毫寫下一封短信。爹，我是丹年。人多，別認我。

慕公子看著丹年寫字時神色凜然，見她的字寫得別具風格，頗為驚奇，看向丹年的眼光也多了幾分探究。「沈小姐寫得一手好字啊！」

丹年心頭一驚，立刻昂首挺胸笑道：「那當然，是我爹教我的！」

一瞬間，慕公子懷疑自己剛剛看到的那個嚴肅認真的丹年是他的錯覺，不禁冷哼了一聲收起了信。他隱藏在面具下的臉笑得譏諷，不過是個小女娃，難不成還能在自己面前鬧出什麼亂子不成?!

寫完信，丹年的雙手被綁在身前，帶上平板戰車。依照丹年的要求，她身上依然穿著老鄭的外袍，仍舊灰頭土臉，就這麼被帶到兩軍陣前。

丹年仰頭看著高大的城樓，早晨的陽光刺得她兩眼發酸，幾乎掉出眼淚。為了作戲，她昨晚滴水未進，因為怕夜裡會有勒斥人闖進營帳，也不敢睡覺，所以腦袋脹脹的。

城樓上的那個身著鎧甲的人便是爹了吧，身旁英武的小將肯定是哥哥了……丹年遠遠看著他們，心裡滿足不已，有什麼能比臨死前見到自己的親人還重要的呢？

扎蒙上前將丹年寫好的信綁在箭上，一箭射向城樓上的人，嚇了丹年一跳，生怕父兄會中箭。還好他們的位置比較遠，箭只射到城門上，一個小兵趕忙取了箭，呈遞給城樓上的沈立言。

沒多久，城樓上就出現了一陣騷動。

慕公子滿意地看著城樓上的變化，他揪著丹年的衣領，揚手吩咐隨從驅動平板戰車，緩緩行駛到城樓下。

丹年被箝制住，咬著牙一聲不吭，慕公子隱隱覺得丹年的反應不對，但時間緊迫，也來不及多想。

扎蒙仰頭朝城樓上喊道：「沈大人，我家將軍仰慕大人威名，特地帶了大人的家人來見你！你看看這是誰？」

說完，慕公子朝丹年笑道：「妳爹就在上面，還不快點讓妳爹出來帶妳回家？」

丹年也朝慕公子笑了笑，慕公子還來不及深思這別有深意的一笑，便聽到丹年扯開嗓子喊道：「沈大人，東平府的援軍和糧草兩天後就到了，只要堅持下去，就能勝利！」

話音剛落，城樓上的大昭士兵就發出了震耳欲聾的歡呼聲，丹年帶著勝利的微笑轉過頭去，戴著面具的慕公子看不到表情，而扎蒙已是目瞪口呆。

丹年看不到慕公子的神色，但她能料想他現在定是惱羞成怒，能讓如此驕傲的人栽了這麼大的跟頭，光想就覺得痛快。

她朝慕公子笑道：「多謝慕公子，丹年正愁無法帶話給父親。」

過了半晌，在一片吵雜聲中，丹年聽到慕公子從面具底下傳來了低低的陰冷笑聲。「原來自始至終，妳都把我玩弄於股掌之間，妳就不怕我殺了妳嗎？」

丹年心願已了，回頭看了看城樓上讓她牽掛的兩個人，面無懼色。「慕公子，殺人不過頭點地，只要能救下父兄，丹年別無所求。」

此時一旁的扎蒙突然伸出手掐住丹年的脖子，他的手愈收愈緊，眼看丹年就要喘不過氣來時，慕公子揚手制止了扎蒙。

扎蒙怒道：「這死丫頭騙得我們好苦！不弄死她，難消我心頭之恨！」

慕公子沈聲道：「把她帶回去好好看著，我留著有用。今日已失了先機，移師回營！」

說罷，他騎著馬，拉著丹年手上捆縛的繩索就往回走，扯得丹年踉踉蹌蹌地跟在後面。

不知走了多久，丹年覺得腳上起了水泡，水泡又磨破了，火辣辣的疼，前面拖著她走的慕公子卻絲毫沒放慢速度。

進了軍帳後，慕公子將丹年往地上扔，丹年覺得渾身骨頭都痛，卻是咬著牙不吭一聲。

「不錯，挺硬氣的，真是巾幗英雄啊！」丹年看不到慕公子的臉，不過聽聲音也能知道他現在是怒火中燒。

事到臨頭，丹年反而鎮定下來了，笑道：「公子過獎了，丹年其實是個膽小自私又怕死的人。」

「妳說，我該怎麼處置妳好呢？曝屍？砍頭？還是把妳直接丟到那群饑渴的勒斥人面前？」慕公子怒極反笑，湊近丹年，如同閒聊般問道。

丹年往地上的案几上閒適地一靠。「我要是你，就會好吃好喝地把我供著。」

「喔？妳要了我，還要我好吃好喝地供著妳？」慕公子冷笑。

「你們糧草也不多了吧，要不然不會那麼急著攻下木奇鎮，好早日進攻東平府，為的就是補充糧草。」

丹年笑咪咪地看著慕公子的銀色面具，接著說道：「沒多久東平府總兵就會率領援軍和糧草前來，到時你只有敗退的分，拿我當一份籌碼，也挺好的。」

「如果東平府肯來救援木奇鎮，為何不早點來？」慕公子顯然不相信丹年。

丹年用手背抹了抹臉上的塵土，無所謂地說道：「我又沒要你相信我，你儘管相信援軍不會來好了，就帶著你這不足一萬人的士兵守在這裡吧。」

「妳怎麼知道我這裡有一萬人？」慕公子有些驚訝。

丹年聳了聳肩。「這有什麼難的？你們的帳篷對稱分散在道路兩邊，一邊大約有一百五十個，每個帳篷中大約住了三十個士兵，去掉那些軍官們的高級帳篷，滿打滿算也就是一萬人。拿一萬人去對抗東平府的兩萬精騎兵，真是勇氣可嘉啊！」

還未等丹年譏諷完，軍帳門簾忽然被掀開，是扎蒙集結完軍隊回來了。

他一把抓起坐在地上的丹年，右手抽出一把彎刀架到丹年脖子上，氣呼呼地罵道：「這賤丫頭，居然敢耍老子，看老子把她拉到陣前活剮了她給沈立言看看！」

扎蒙一張嘴全是腥臭味，丹年嫌惡地把頭扭到一邊，身體不自覺地開始發抖，眼神瞥向慕公子那邊。她很篤定，只要沈立言堅守木奇鎮，慕公子就不會殺了她。

果然，慕公子冷喝道：「住手，我說了不准動她，留著還有用！」

扎蒙猙獰地笑道：「我們大汗是可憐你才給你機會當先鋒，你以為我會聽你的？別把自己太當一回事了！」

他嘴上說著，手中的彎刀又往前送了一些，丹年白嫩的脖子上立刻出現了一條血痕。

慕公子並未答話，只是一步步走到扎蒙面前，丹年驚奇地發現他居然不比扎蒙矮，一雙陰冷的眼睛緊盯著他。

扎蒙被看得發毛，卻還是叫道：「這死丫頭擾亂軍心，殺了也是應該！你如此袒護她，大汗知道了會怪罪於我！」

慕公子忽然抬手打掉扎蒙手中的彎刀，丹年看到彎刀噹啷一聲掉到地上，鬆了口氣，忽然又像想起什麼似的，拚命擦著脖子上的血跡。

「我和你們大汗不是上下級的關係，而是平等的合作關係，若你不明白，就去親自問問你們大汗，我可不是屈居於人下的！」慕公子背手而立，盯著扎蒙。

扎蒙失去了彎刀，剛剛慕公子露的那一手也確實漂亮，他便重重哼了一聲，拾起地上的彎刀，頭也不回地衝出了軍帳。

慕公子回頭看著一臉緊張擦拭脖子的丹年，嗤笑道：「不過是破了點皮，離喉嚨還遠著呢！」

丹年困難地舉著被捆在一起的手，用力地擦著脖子，哀嘆道：「誰知道他的刀乾不乾淨？天天捅人捅牛捅羊的，沾了那麼多血，也不知道擦了沒有，那麼髒！」

慕公子頓時語塞，跟沈丹年講話，思維實在很難協調到一個次元上。

他上前去解開捆在丹年雙手上的繩索，湊近她的耳朵，語氣曖昧。「本公子向來憐香惜玉，妳就別去找妳爹了，跟了本公子，就不用去做那吏部老頭子的小妾了。」

見丹年低頭不吭聲，慕公子又說道：「大昭將才凋零，妳爹倒是不錯，一個小小的木奇鎮，僅有兩千兵馬，被困了這麼多天，軍容依然整齊，士兵不見懼色，若是跟了我，比做一個小官要好。到時接妳母親前來，你們一家就能團聚。」

丹年笑出聲來。「你說得不錯，可還有更好的路能走。」

見慕公子背手看向自己，丹年活動了一下手腕，慢悠悠地說道：「你可以放我走，等我爹掃平你這小小的軍營時，我還能跟他求情，讓你做個馬前卒。」

丹年原以為他會惱羞成怒，沒料到慕公子只是甩袖看了她一眼，便坐到案几後面看書，不再理會她。

丹年覺得無趣，自己走到軍帳的水盆前把臉洗乾淨，開始東摸摸、西碰碰，見慕公子專心看書，並不留意自己，丹年便不動聲色地朝軍帳門口挪動。

「妳最好不要出這個帳篷，沒有我的保護，妳一出去就會被拖到紅帳裡去，那個地方的女人，一天要伺候上百個士兵。」慕公子眼睛盯著書，涼涼地說道。

丹年乾笑道：「哪會呢？公子這麼威武神俊，丹年怎麼捨得走？」

「喔？威武神俊？」慕公子放下書，轉過頭問道。

「那是當然，如果您能摘下面具就更好了，大熱天的，戴著會出汗呢。」丹年連忙點頭應道。

慕公子的手敲著案几。「沈小姐，莫要把人都當成白癡！大昭朝廷畏懼征戰，一心只想割地求和，援軍只是妳的緩兵之計，暫時提升一下守城士兵的士氣罷了。」

丹年剛要反駁，話到嘴邊又嚥了下去，轉口道：「看來公子對大昭知之甚深啊，莫非公子也是大昭人？」

她早就從扎蒙的話裡聽了出來，勒斥人對這個面具男並非心悅誠服。

慕公子並未回答她的問題，只說道：「沈立言這麼英勇威武，教出來的女兒想必不差。來，給公子唱兩支小曲兒聽聽。」

丹年指著自己，不敢置信地問道：「你要我唱曲兒？」

慕公子的眼神和語氣都透露出笑意。「怎麼，沈小姐覺得委屈了？也難怪，堂堂千金小姐被迫賣唱，以求苟且偷生……」

丹年打斷了他的話。「你別想太多，你要聽我就唱。你想聽什麼樣的？」

慕公子愣了一下，手一揚，說道：「唱點情啊愛的吧。」

丹年苦思了很久，來到這個世界這麼多年，她都沒聽過什麼歌，倒是前世大街小巷放的歌曲她還記得。

看向慕公子盯著她的眼神，丹年只得張口唱道：「愛情不是你想買，想買就能買，讓我掙開，讓我明白，放手你的愛……」

慕公子按著面具下狂跳的額角，說道：「換一首！」

丹年很不高興地看著他，嘟囔著。「你們草原人不就喜歡粗獷類型的歌嗎？」

見慕公子瞇著眼看她，丹年只好說：「好吧好吧，要不來首歡快點、深情點的？」

慕公子微微點了點頭，丹年拚命回想了好久，才把調子找了回來，唱道：「你是我的玫瑰你是我的花，你是我的愛人，是我一生……」

丹年一段歌詞都還沒唱完，就被慕公子給打斷了。

「停！沈立言果然教女有方，今日算是見識到了。」慕公子陰惻惻地說道。

丹年裝作沒聽出慕公子話語中的諷刺，一臉嬌羞地低頭道：「公子也認為丹年唱得好，真是知音啊！」

慕公子終於意識到跟丹年討論羞辱與否的問題，根本是個錯誤。他高聲喊了聲。「來人！」

門外應聲進來了兩個士兵，丹年看著那兩個人，隱約覺得不對勁。

慕公子吩咐他們帶丹年回去原本關押她的帳篷，守在門口，還特別強調誰都不許跟丹年講一句話。

丹年悻悻然跟著這兩人走出軍帳時，猛然察覺出是哪裡不對勁了。這兩個人的長相和兵營裡的勒斥人並不相同，明顯是大昭人！

第二十五章　身居險境

一路上，無論丹年怎麼套交情，那兩人的臉就像被冰凍過一般，什麼都不跟她說，把她丟進昨夜睡過的小帳篷，便關上門不再理她，跟門神一樣守在門口。

小帳篷裡依然什麼都沒有，只有一張草墊子。丹年坐在草墊子上嘆了口氣，慕公子沒有殺她，是想將她當作最後的籌碼。若是因此而讓沈立言功虧一簣，那她費盡心力來到邊境還有什麼意義？

不一會兒，丹年就聽到帳篷外傳來了腳步聲，兩個「門神」頓時喝道：「什麼人？慕公子有令，任何人不得入內！」

來人嘰哩呱啦說起了勒斥語，丹年一句都聽不懂，過沒多久，帳篷的門簾就被掀開了。一個身材高大、虎背熊腰的勒斥青年走了進來，他頭戴皮帽，身穿勒斥長袍，端著一個放著肉食的盤子。

丹年一臉警戒地看著他，來人放下盤子後就朝她走了過來。丹年一聲尖喊還未來得及叫出來，就看到來人伸手做了個噤聲的手勢。

勒斥青年一把摘下自己的帽子，急切地說道：「丹年，妳還記得我嗎？」

無視來人熱情的眼神，丹年誠實地搖了搖頭。「不記得。」

來人有些失望，湊近了丹年，小聲地說道：「我是小石頭啊！」

丹年差點沒噴出一口血來，她勾起一抹笑，嘲諷地說道：「你們那個慕公子真是煞費苦心，連我小時候有個玩伴叫小石頭都打聽出來了！」

自稱小石頭的青年有些急了，他轉頭看了帳篷門簾一眼，低聲說道：「妳哥哥小時候好動，總是不乖乖寫字，我和妳就在妳哥哥旁邊陪他一起練字。妳不喜歡沈叔叔幫妳找的字帖，硬是自己寫出了一種漂亮字體。妳發明了一種甘果，我娘賣得了不少錢，妳還偷偷跟我說那種東西其實叫蜜餞。」

丹年震驚地瞪大了眼睛，思緒有些混亂。「不可能，不可能的。」她訥訥地說道：「小石頭長得秀氣，人又靦覥，怎麼可能是你，你別騙我！」

小石頭笑了笑。「我都來邊境那麼多年，早就長大了。」

丹年聽到這溫和的話語，才把眼前的壯碩青年同記憶中那個溫柔害羞的小男孩連繫起來，哇的一聲就要撲上去哭，小石頭連忙捂住丹年的嘴，不讓她哭出聲來。

丹年忍了半天，終於把眼淚憋回去了，笑道：「以後不能叫你小石頭，得叫你大石頭了！」

小石頭急匆匆地說道：「我是裝扮成勒斥士兵混進來的，時間差不多了，我得出去了。沈叔叔和阿鈺一定會想辦法救妳的，放心，我有機會就會來看妳。」話音剛落，門簾就被掀開了。

把守門口的兩個人不耐煩地喝道：「送完了飯就趕緊出去，磨蹭什麼！」

小石頭抓緊時間再看了丹年一眼，丹年朝他眨了眨眼睛，示意自己沒事，小石頭便朝那兩人點點頭，哈著腰出去了。

丹年看那兩人立在門口，有些懷疑地看著她，便對他們笑道：「要不要來聊聊天？」兩人立刻放下門簾子出去了，樂得丹年在草墊子上翻了好幾個滾。有了爹和哥哥的消息，他們現在還很安全，援軍很快就到了！

小石頭送來的飯食不錯，羊肉湯燒得很到火候，還附帶了兩個小餅，泡在湯裡好吃得不得了，比起昨晚烤得半生不熟的羊肉，簡直跟天堂一樣。

等丹年吃飽喝足了，回想起剛才的小石頭，不由得一陣捶胸頓足。她當年寄予厚望的備選老公，怎麼會長成這樣一個虎背熊腰的漢子呢?!

下午時，慕公子派來一個女人來看守丹年，丹年還未見到人，就先聽到一陣花枝亂顫的笑聲，等人出現在她面前，丹年還以為看到了穿越時空的諧星石榴姑娘。

妝容豔麗、衣著暴露的女人一看到縮在大件外袍子裡、渾身上下沒幾兩肉的丹年，嗤的一聲笑了出來。「還以為是哪裡來的國色天香，一個沒長大的丫頭也值得老娘來看著？」

原先看守丹年的兩個士兵朝裡面笑道：「楊大姊多擔待一些，慕公子吩咐了，這丫頭要看著點，不能有什麼閃失。」

楊大姊不耐煩地擺擺手，兩人便放下了門簾，繼續守在外面。

丹年看了看高調出場的楊大姊，有些捉摸不透，莫非這也是爹找來的人？

見丹年目不轉睛地看著她，楊大姊從鼻孔裡哼了一聲，塗得發白的臉對著丹年看了半天，嘟囔道：「慕公子看上妳什麼了？放著我們紅帳裡腰是腰、屁股是屁股的姑娘們不要。」

丹年聽了滿臉黑線。她斷定這位楊大姊絕不是沈立言派來的，沈立言為了她的身心健康著想，不會找來這麼不靠譜的人。

丹年躺到草墊子上閉目養神，不理會一旁聒噪不已的女人。她絮絮叨叨地說為了監視丹年，一天都接不了客人，損失很大。

丹年聽了覺得很有趣，一骨碌爬起身來，問道：「楊大姊，妳應該是大昭人吧，怎麼跑到勒斥人的軍營裡做生意？」

楊大姊白了丹年一眼。「勒斥人給的錢多，人又笨，不會玩什麼折騰人的花樣，姑娘們都喜歡接待這種人。再說，兩邊打仗，我們的生意就更好做了。」

簡言之，勒斥人錢多人又傻，不賺白不賺。丹年點了點頭，看來楊大姊頗有商業頭腦。

楊大姊見丹年不像普通的姑娘一樣對她大聲斥責，便熱情地看著丹年。「莫不是姑娘也想做這一行？大姊這裡開的分成最是公道。」

丹年有些無言地擺手道：「還是算了……」

楊大姊滿腔熱情被潑了冷水，不屑地哼了一聲。「妳就是想來，我還得掂量掂量妳這種的有沒有生意上門呢！」

丹年笑咪咪地看著她。「楊大姊，妳們的姑娘不見得有我漂亮吧？」

楊大姊被人污了生意信譽，跟貓被踩了尾巴一樣跳起來。「老娘的姑娘們個個都美豔無雙，妳這長相頂多吸引公子哥兒，想要大老爺們感興趣？差得遠了！」

「那妳讓我去看看啊，不看我怎麼知道妳們的姑娘長得比我好看？」丹年笑著說道。

楊大姊剛要嚷嚷，忽然想到了什麼似的，看著丹年得意地笑道：「差點被妳這丫頭給騙了，慕公子根本不讓妳出門！想騙老娘，門都沒有！」

丹年悻悻地哼了一聲，她原本想騙這個女人好偷偷混出去，搶匹馬溜掉呢！

傍晚時，小石頭再次進來送飯，他看到帳篷裡多了一個不停向他拋媚眼的楊大姊後暗吃一驚，看向丹年的眼神也變得冷淡，彷彿不認識丹年一般。

小石頭將飯食端到丹年面前，不動聲色地從袖子裡滑落出一件東西，丹年看到便迅速將它撥到草墊子底下，自己則大剌剌地坐在上面。

送完飯食，小石頭便離開了。

吃完飯，丹年抹了抹嘴巴，仰頭朝楊大姊「喂」了一聲，趾高氣揚地說道：「快點過來把這些碗筷端走！」

楊大姊看著丹年吃飯，自己卻餓著肚子，早就窩了滿腔怒火，這會兒見丹年吩咐下人似地使喚她，跳起來就要開罵。

丹年的速度比她更快。「妳想做什麼？我又不是男人，不吃妳那一套！慕公子派妳過來，不就是伺候本小姐的？有本事妳就去伺候男人，別來伺候我啊！門在那邊，好走不送！」

「妳、妳這個……」楊大姊大概是長期被飢渴的男人捧著，底下的姑娘們又尊敬她，罵人的功力大為退步，半天嚷不出來一句合適的話。

門口兩尊門神聽到爭吵聲，掀開門簾進來罵道：「吵什麼吵！」

丹年先發制人。「我堂堂大昭官家小姐，居然支使不動這個人？」

楊大姊翻了個白眼，張著血紅的嘴巴怒道：「老娘才不伺候這黃毛丫頭！」說著就站起身一扭一扭地走了。

兩尊門神其中一個趕緊上前去勸她回來，另一個看了看耍大小姐脾氣的丹年，惱恨地朝她哼了一聲，用力甩下門簾。

丹年乘機翻開草墊子，把小石頭給她的東西拿了出來。

好東西！丹年兩眼發亮，這是把短小的匕首，拔出來一看，在夜晚微弱的燈光下銀光四射。

丹年迅速將匕首塞進自己的袖子裡，她披著寬大的外袍，只要不搜身，誰都看不出來。原先自己買的匕首被扎蒙給搜走了，這下正好是雪中送炭。

等丹年藏好匕首，帳篷上的門簾再次被人掀開了，這次來的居然是慕公子本人。

丹年剛把他派來監視的人氣走，這會兒莫非是來修理她的？丹年看不出慕公子到底是喜是怒，她垂下眼睛玩著草墊子上的草根，不理會一步步朝她走來的慕公子。

「沈丹年，非常好。妳覺得趕走了楊老鴇，我就不會再找人來看著妳了？」慕公子的音調平淡，聽不出情緒。

丹年心思急轉，挑釁道：「我本是官家小姐，你找那種人來作踐我，我還覺得委屈呢！」

「喔？妳還覺得妳是官家小姐？」慕公子語氣帶著輕快的笑意。「要不要我收了妳當侍妾，讓妳一輩子留在草原上，永遠回不了大昭當妳的官家小姐？」

丹年一聽來了興致。前世時她就聽說過古代蒙古有個風俗，只要男人死了，女人還能再嫁，不知道勒斥是不是如此？

丹年興致勃勃地朝慕公子問道：「聽說游牧民族要是男人死了，很歡迎女人再嫁，有這回事嗎？」

慕公子有些接不上丹年的思維。「妳想做什麼？」

丹年扔掉手上的草根，拍拍手笑道：「我覺得那樣挺好的。要是你哪天從草原跑到我們大昭搶劫，被大昭人打死了，我就能帶著你的財產改嫁。讓別的男人花你的錢、睡你的女人，還要你兒子管別的男人叫爹！」

慕公子半天沒吭聲，丹年一想到面具下那張臉現在肯定青白交加，心中就一陣暢快。

想嚇唬我沈丹年，你道行還差得太遠！

半晌，慕公子終於開口了，他咬牙切齒地說：「沈小姐果然是虎父無犬女，想法跟大昭那些賢良淑德的閨閣女子不同，莫非沈立言只教妳如何耍嘴皮子？」

丹年悠哉地坐在草墊子上又玩起草根，仰起頭驚奇地笑道：「你一個蠻夷，居然也懂得賢良淑德？」

慕公子看著面帶嘲諷微笑的丹年——長長的睫毛，原本蒼白的臉色染上了些許紅暈，和剛看到她時那灰頭土臉的模樣完全不同，細膩得想讓人伸手摸一摸。她的眼睛帶著笑意，黑黑亮亮的，如同天上的星星一般，把整個人都襯得鮮活了起來。

慕公子的喉嚨不自覺地嚥了口口水，竭力保持鎮定。「為何懂不得？」

丹年沒接他的話，他的身分就是他的秘密，不然他也不會成天在臉上戴著面具。知道得愈少，她活下來的希望就愈大。

一想到自己的小命還捏在別人手裡，丹年就有些意興闌珊，她一把扔了手中的草根，撇嘴道：「你急什麼？我又不是你什麼人，打個比方而已，又不真的是你妻子！」

慕公子方才覺得自己反應過度有些失態，這會兒見丹年又耍起了小姐脾氣，冷哼了一聲拂袖而去。

夜色漸漸變沈，丹年迷迷糊糊躺在草墊子上睡著了，黑暗中感覺到有人摸上了她的臉，嚇得丹年張嘴就要尖叫，被來人一把捂住了。

「別吭聲，是我！」

入耳的是小石頭那敦厚的聲音，丹年驚魂未定，小聲說：「你是怎麼進來的？」

「我跟看守的人說，我來收晚飯的食具，他們就放我進來了。」小石頭答道。

「你趕緊走吧，萬一他們發現你不是勒斥人，會殺了你的。」丹年催促道。

小石頭搖了搖頭。「不行，我還沒把妳救出去。這裡把守得太嚴，妳一出去就會被巡夜的士兵看到，我得找機會。」

看到丹年有些沮喪，小石頭連忙說道：「東平府那邊的軍馬今天夜裡就會趕到，等援軍衝進來時，妳不要亂跑，我帶妳走！」

丹年連忙點點頭，想不到援軍比她預期中來得更快！

看著小石頭貓著腰鑽出了帳篷，丹年一顆心因為緊張而開始狂跳。她暗笑自己沒出息，被架到兩軍陣前時都沒害怕，這會兒倒是慌得不得了。

丹年打起精神等到半夜，就聽到帳篷外有了騷動，聲音愈來愈大，她料想是援軍攻進了勒斥人的軍營，內心說不清是激動還是緊張，心臟就快要跳出胸口了。

此時，帳篷的門簾忽然被掀開了，丹年欣喜地看向門口，卻發現來人並不是小石頭，那個人臉上戴著她熟悉的銀色面具！

丹年把手伸到衣袖裡，裡面還藏著小石頭送進來的匕首。

慕公子大步踏上前來，一把抓住丹年便往前走，丹年的胳膊被他抓得生疼，想要拿出藏在袖子裡的匕首，卻也搆不著。

出了帳篷，丹年看到一直隱藏在衣袖下的慕公子的手，孔武有力，一看就知他是長期練武，拇指上還有一道月牙形的白色傷疤，對比了一下自己的小身板，丹年聰明地選擇放棄抵抗。

門外早已是殺聲震天，遠遠望去，木奇鎮的城門大開，士兵喊殺連天地衝了出來，東平府的援軍也騎馬呼嘯而來。
丹年心下一片欣喜，蘇允軒人品雖然差了點，但還是誠實守信，援軍一到，就跟沈立言他們裡應外合，對勒斥人突襲。
就著月光與火光，丹年看到從木奇鎮出來的領頭將士正是她爹沈立言，雖然連日征戰讓他清瘦了許多，但依然容光煥發。
丹年激動地大喊。「爹，我在這裡！」
在前面拉著她走的慕公子一把捂住丹年的嘴，拖著她上了一匹馬，將她禁錮在他身前。他的雙腿一夾馬腹，馬嘶鳴了一聲，便衝出了軍營，朝西北方跑去。
沒多久，慕公子和丹年已經跑到離勒斥軍營三里開外的山坡上，前方就是「迷失林」。慕公子勒停了馬，回身看向燈火通明、殺聲震天的勒斥軍營，一雙閃亮的眸子喜怒難辨。
丹年眼睜睜錯失了和沈立言相聚的機會，心中怒火難以平息，這會兒見慕公子停下了，出言諷刺道：「公子真是識時務者啊！」
慕公子並未答話，扯著韁繩的手臂將丹年牢牢鎖在懷裡，丹年想把匕首從袖子裡掏出來都難，稍微有點動作，慕公子就警告她不准亂動。
慕公子靜靜看了戰場一會兒，雙腿一夾馬腹，繼續朝西北方奔馳。丹年心下焦急不已，現在她離她爹愈來愈遠，這該死的面具男要是真把她帶到草原上去，想再回來可就難了。
想到這裡，丹年不禁感到茫然，慘白的月光照在地上，方才還響徹耳邊的殺喊聲，已漸漸消失不見。

丹年忽然用力向後向左向右亂打一通，馬受了驚嚇，開始在原地打轉。

慕公子被丹年的小拳頭砸中了沒有面具保護的下巴，吃痛不已，他一手勒住馬，一手反制住丹年的雙手，冷喝道：「妳是想讓我殺了妳，再拋屍荒野？」

丹年惱恨不已。「你最好現在就殺了我，否則你將來一定會後悔讓我活著！」

慕公子冷哼一聲，見馬安靜了下來，便撕下身上一圈衣袍捲成繩子，將丹年的雙手捆在身前，丹年怕他發現她袖子裡的匕首，也不敢反抗。

慕公子看丹年噘嘴噙淚的倔強模樣，心下一軟，捆繩子的力道不由得小了許多，他笑著摸了摸丹年的頭。「姑娘家要乖一點才好，能討夫君疼愛。」

丹年不禁暴怒道：「老娘就是嫁豬嫁狗都不會嫁你！」

慕公子把臉撇向一邊，確定丹年不能再亂動後，便策馬繼續狂奔。他剛才看到的嬌弱委屈女孩是他的錯覺，一定是錯覺。

奔跑了大半夜，慕公子在一個丹年完全辨不清東南西北的山坳裡停了下來，觸目所及全是山林。

慕公子掏出一根竹管，點燃了之後，竹管就衝出一道紅色的火焰，消失在天際。

沒多久，幾個同樣戴著面具的人騎馬過來了。領頭的人看到舒舒服服歪在慕公子懷裡，把他當成靠墊的丹年時愣了一下，隨即驅馬上前。

慕公子向他使了個眼色，兩人便下馬轉身去了另一邊。

丹年眼看兩人的背影消失，正準備策馬離去，卻發現剩下的人速度比她更快，把她圍了個嚴嚴實實。

過沒多久，那兩人就從樹林裡鑽了出來，丹年看著他們，十分不純潔地想著兩人究竟在樹林裡做了什麼，不知道這個慕公子是在上面還是在下面？

慕公子被丹年的詭異眼神盯得發毛，剛要發問，丹年卻又哼了一聲，扭頭轉向一邊。之後這群人沒有再說過一句話，丹年不得不驚嘆這支小部隊的素質。

宿營時，慕公子和丹年有毯子能裹著睡，其餘人則守著火堆。領頭的面具男還帶著兩個人獵了兔子來，在火堆上烤。

丹年看慕公子就著火光在看一塊羊皮，不禁問道：「你看那個做什麼？」

慕公子看丹年主動跟他說話，便笑道：「這是我們要走出這片地方的地圖，要是沒這地圖，說不定就要困死在這裡了。」

丹年心下一動，面露不屑地說道：「地圖那麼簡單，一目了然的，你還看了那麼久！」

慕公子慢悠悠地答道：「莫非沈小姐能看出我們要怎麼走才能走出這裡？這裡是勒斥和大昭國土交界處，連經驗豐富的老獵手都會迷路。」

丹年窩在毯子裡笑盈盈地說：「其實你大可不必在這荒山野嶺中如喪家之犬般逃來逃去，直接向我爹投降，我還能幫你求個情，放你回勒斥。」

領頭的面具男怒喝道：「妳找死！敢對主子不敬！」說著抽出腰間的彎刀，就要架到丹年的脖子上。

慕公子抬手示意他退下，領頭的面具男不甘心地退到了一邊。

丹年篤定慕公子不會把她怎麼樣，既然受制於人，就算只能用嘴皮子讓他不痛快，丹年也樂意為之。

「沈立言精於軍事，教出來的女兒也不差。妳看不懂這地圖也就罷了，旁人又不會說妳什麼。」慕公子不怒反笑，抬起下巴譏諷道。

丹年心思一動，上前蹲到他身旁，不服氣地叫道：「拿過來，我知道怎麼走！」

慕公子用戲謔的眼神看著她，揚了揚手中的地圖。「沈小姐，這麼重要的東西我怎麼會給妳？騙人也該有個限度。」

丹年聽了，忽然飛速伸過手去，將慕公子手中的地圖一把奪了過來，得意地朝他笑了笑。

一旁幾個面具隨從緊張地站了起來，身上掛的刀也半抽出了刀鞘。

慕公子陰沈地看著丹年，大概是沒想到一個小姑娘能從他手裡搶過地圖。

丹年不滿地看著周圍的人，輕哼了一聲。她展開地圖，拚命集中精神記了個大概，然後噘著嘴說道：「也沒什麼好看的，這麼簡單的地圖你都看不懂？」

說著又笑道：「我可以領你們出去，不過前提是你們要聽我的話，畢竟地圖現在還在我手裡。」

周圍的侍從圍成了一圈，將丹年圍在中心，慕公子低低笑出聲來，銀色面具在火光照耀下反射著光芒。「沈小姐，我不得不佩服沈立言，教導出來的女兒果然與眾不同。妳以為妳有和我談判的資格嗎？」

丹年低頭說道：「現在是沒有。」

說著，她趁慕公子不注意，將地圖丟進火堆裡，地圖瞬間燒了個精光。

「妳！」慕公子大驚失色。

丹年拍了拍手，笑道：「地圖就在我腦子裡，現在，我有和你談判的資格了嗎？」

慕公子陰沈地看著丹年，丹年被盯得有些不自在，悄悄向後退了一步，未料後面就是慕公子的面具隨從。不過退無可退，丹年反而不害怕了。

半晌，慕公子揮了揮手，圍著丹年的面具隨從四散開來。

丹年明白這次她是真的惹毛了慕公子，便好聲好氣地說道：「我只想回到我爹身邊，只要出了這個地方，我們就兩不相欠。」

慕公子的話像是從牙縫裡迸出來一般。「兩不相欠？妳壞了我的作戰計劃，使我一敗千里，更別說妳還三番兩次騙我！」

丹年聽慕公子的語氣好像恨不得咬自己的肉一般，便老老實實披著毯子坐在火堆邊上不吭氣了。

——未完，待續，請看文創風200《年華似錦》2

文創風 199-202

年華似錦

全套四冊

細膩言情小說名家／天然宅

裝傻裝笨只是種保護色，
扮豬吃老虎才是高手！

死了一次差點再來一次，有沒有這麼倒楣啊?!
管他穿越重生還是重新投胎，
這一回，她要緊緊握住幸福……

常看到靈魂穿越時空成為古人的案例，怎麼到了自己身上，
事情就變得這麼詭異？！她可是硬生生被人從肚子裡擠出來啊，
得從小娃娃開始再活一回不說，還帶著原本的意識……
原以為這樣就夠驚悚了，誰知那剛回家的親爹看到她不是笑，
而是哭著要親娘把她交出去，代替當朝太子遺孤去死！
就在她以為自己這次肯定逃不過時，一雙溫暖的手護住她，
將她帶離京城，回到偏遠的鄉下落地生根，安穩度日。
只可惜，多年後的一道聖旨，將她引入風雲詭譎的情勢中——
全家人分隔兩地，大伯一家不懷好意，各家公子暗地覬覦，
這其中，還包括那個出生時就跟她成為死對頭的人……

流浪貓狗介紹所

為流浪貓狗加油

和貓寶貝　狗寶貝

廝守終生(一定要終生喔！)的幸福機會

對人來說，貓寶貝狗寶貝只是生活的一部分，
但妳(你)對牠們來說，卻是生活的全部，領養前請一定要考慮清楚——

▲ 小黑黑巴比找新家

性　　別：男生
品　　種：米克斯
年　　紀：1～2歲
個　　性：親人溫和
健康狀況：已結紮、植入晶片，完成注射年度三劑疫苗。
目前住所：新北市淡水區

本期資料來源：http://blog.xuite.net/andreacorleno/wretch

第232期 推薦寵物情人

『巴比』的故事：

大家好！我的名字叫巴比，小黑黑是我的小名，目前已經一歲多了，把拔將我照顧得很好，現在的我健康又活潑，喜歡和把拔出去玩，也愛和其他哥哥姊姊、狗狗們打成一片，臉書上有人稱我為英俊的黑狗兄，讓我都很不好意思呢！

小時候，我在外流浪好些日子卻受了傷，以為再也沒力氣去欣賞這個世界時，所幸在去年夏天，把拔遇見我，將昏倒在草叢中的我救起並送醫急救。當時我因腦部受創，常常嗜睡，容易躁動不安，甚至有嘔吐、抽搐，平衡感失調等症狀，情況不是很好，所以幾度在鬼門關外徘徊，但把拔不辭辛勞在一旁為我打氣加油，所以我告訴自己一定要活下來，好好感謝並報答他。

在醫院待了近兩個月，我恢復健康。而把拔因有其他狗狗要照顧，所以開始幫我尋找新家，在等待被認養的期間，我與其他狗狗們生活在一起，牠們都對我很好，也很照顧我。可小時候因為太皮了，我常常咬壞網路線及電線，還好把拔沒有生氣，並且給我一根兩倍滿足感超耐咬的雞筋，讓我磨磨牙，度過很快樂的時光。

我喜歡和人相處，個性隨和溫柔，雖然小時候我很調皮，但把拔有耐心地教我，現在的我已經不會隨意吠叫，不但聽得懂「坐下口令」，還會乘坐機車喔！看完我的故事，喜歡我的把拔或馬麻們，歡迎來信至andreacorleno@gmail.com，別忘了在信件標題註明「我想認養巴比」，給我一個家～～

另外，想知道更多關於我的故事，歡迎到http://blog.xuite.net/andreacorleno/wretch把拔的部落格看喔！

認養資格：

1. 須年滿20歲，有穩定收入及家人同意，租屋者須獲得室友及房東同意。
2. 須同意絕育。
3. 須同意簽訂愛心認養切結書，出示身分文件。
4. 須同意接受送養人日後之追蹤探訪。
5. 謝絕學生情侶、寄養於工廠、放養方式。

來信請說明：

a. 個人基本資料：姓名、性別、年齡、家庭狀況、職業與經濟來源等。
b. 想認養「巴比」的理由。
c. 過去養寵物的經驗，及簡介一下您的飼養環境。
d. 若未來有當兵、結婚、懷孕、畢業、出國或搬家等計劃，將如何安置「巴比」？

love.doghouse.com.tw 狗屋‧果樹誠心企劃

文創風
199

年華似錦 1

國家圖書館出版品預行編目資料

年華似錦 / 天然宅著. --
初版. -- 臺北市 : 狗屋, 民103.07
冊 ; 公分. --（文創風）
ISBN 978-986-328-318-8（第1冊：平裝）. --

857.7　　103011066

著作者　天然宅
編輯　連宓均
校對　沈毓萍　王冠之
發行所　狗屋出版社有限公司
地址　台北市104中山區龍江路71巷15號1樓
電話　02-2776-5889～0
發行字號　局版台業字845號
法律顧問　蕭雄淋律師
總經銷　知遠文化事業有限公司
電話　02-2664-8800
初版　103年7月
國際書碼　ISBN-13　978-986-328-318-8
原著書名　**《锦绣丹华》**，由創世中文網（chuangshi.qq.com）授權出版

定價250元
狗屋劃撥帳號：19001626
網址：love.doghouse.com.tw　E-mail：love@doghouse.com.tw